1895

W0053424

Das Buch

Ihre Liebe hat einen Namen: Stubbs, im Ruhrpott geborener Jack-Russell-Terrier. Jahrelang haben Denis Scheck und Christina Schenk ihrer Sehnsucht nach einem Hund widerstanden. Zu eng die Etagenwohnung, zu reisefreudig ihr Lebensstil. Bis ein befreundeter Koch ihnen einen Hundewelpen zeigt und sie dahinschmelzen wie Eis in der Sahara. Das neue Familienmitglied verändert nicht nur die Beziehungsdynamik. Sondern auch ihren Blick auf die Welt: Sie wird reicher, kurioser, überraschender. Klug und geistreich erzählen Denis Scheck und Christina Schenk von verrückten Begegnungen auf dem Hundeplatz und auf Reisen. Nicht alle reagieren so krass wie Henryk M. Broder, dem beim Anblick des Hundes spontan der Satz entfährt: »Kann er denn schon Heil Hitler?« Aber wie ein Mensch tickt, das verrät Stubbs immer sehr schnell. Und er hat noch viel mehr in petto: Selten wurde Weltliteratur so vergnüglich erzählt. Was, glauben Sie, passiert, wenn Sie die Literaturgeschichte mit den Augen eines Hundes betrachten? Sind Sie bereit für Cujo, Bauschan, Snoopy und ihre Freunde?

Über die Autor*innen

Christina Schenk, geboren 1980 in Bonn, war Buchhändlerin in Papenburg, studierte Verlagswirtschaft in Leipzig, begann als Controllerin im WDR in Köln und arbeitet heute als Redakteurin für Kultursendungen im Radio und Fernsehen. Zusammen mit Stubbs trat sie drei Jahre in Folge bei den Bundessiegerprüfungen im Turnierhundsport an.

Denis Scheck, geboren 1964 in Stuttgart, lebt heute in Köln. Als literarischer Übersetzer und Herausgeber engagierte er sich für Autoren wie Michael Chabon, William Gaddis und David Foster Wallace, Silvia Bovenschen, W. G. Sebald und Judith Schalansky. Lange arbeitete er als Literaturkritiker im Radio, heute ist er Moderator der Fernsehsendungen »Lesenswert« im SWR und »Druckfrisch« in der ARD. Sein jüngstes Buch, »Schecks Kanon«, ist ein Spiegel-Bestseller.

Stubbs, geboren 2009 im Ruhrgebiet, wurde von so unterschiedlichen Autoren wie T. C. Boyle, Richard Ford, Felicitas Hoppe, Christian Kracht, Donna Leon, Sibylle Lewitscharoff, Martin Walser und Herta Müller gestreichelt und spielte Fußball mit Thomas Gottschalk. Seit seinem zweiten Lebensjahr ist die »Wichtigtöle des deutschen Literaturbetriebs« (FAZ) Mitglied des Kölner Polizeihundsportvereins.

Denis Scheck · Christina Schenk · Stubbs

Der undogmatische Hund

Eine Liebesgeschichte
zwischen einer Frau, einem Mann
und einem Jack Russell

Mit einem caniden Kanon

Mit Illustrationen von
Torben Kuhlmann

Kiepenheuer & Witsch

Man sollte immer wissen, an welchen Baum man pisst. Kiepenheuer & Witsch gehört zu der in der Gänsheide in Stuttgart residierenden Verlagsgruppe Georg von Holtzbrinck GmbH (sieht von außen aus wie eine Zahnarztpraxis im Rheinland, aber wenn Sie mal da sind, lassen Sie sich unbedingt den NATO-Saal zeigen!), der in Deutschland neben S. Fischer, Rowohlt, Droemer Knaur auch die Mehrheit an SpringerNature gehört, in Großbritannien Pan Macmillan, in den USA Macmillan, Farrar Straus & Giroux, St. Martin's Press sowie viele andere Verlage nebst signifikanten Teilen der bewohnten Milchstraße. Außerdem gehören anderen Familienmitgliedern der von Holtzbrincks die »Zeit« und das »Handelsblatt«, aber um das alles genau zu recherchieren, war der Vorschuss echt zu mau. Um die KiWi-Autorin Katja Lange-Müller zu zitieren: Wir sitzen so oder so alle im Portemonnaie eines der großen Konzerne.

Der Verlag Kiepenheuer & Witsch hat sich zu einer nachhaltigen Buchproduktion verpflichtet. Gemeinsam mit unseren Partnern und Lieferanten setzen wir uns für eine klimaneutrale Buchproduktion ein, die den Erwerb von Klimazertifikaten zur Kompensation des CO_2-Ausstoßes einschließt. Weitere Informationen finden Sie unter www.klimaneutralerverlag.de

MIX
Papier | Fördert
gute Waldnutzung
FSC® C014496
FSC
www.fsc.org

1. Auflage 2023

© 2021, 2023, Verlag Kiepenheuer & Witsch, Köln
Alle Rechte vorbehalten
Covergestaltung: Barbara Thoben, Köln
Illustrationen Cover und Innenteil: © Torben Kuhlmann
Gesetzt aus der Chaparral Pro
Satz: Buch-Werkstatt GmbH, Bad Aibling
Druck und Bindung: GGP Media GmbH, Pößneck
ISBN 978-3-462-00453-3

Sehet auf die Hunde.

Philipper, 3:2.

Wir müssen immer wählen, uns entscheiden.
Die Tiere müssen nur sein und handeln.
Wir sind angejocht, und sie sind frei.
Mit einem Tier zusammen zu sein bedeutet daher,
ein wenig Freiheit zu erfahren.

Ursula K. Le Guin, »Der andere Wind«

Intelligenz lähmt, schwächt, hindert? Ihr werd't
Euch wundern! Scharf wie'n Terrier macht se!

Arno Schmidt, »Das steinerne Herz«

xxxxx@kiwi-verlag.de
Liebe Kerstin,

allerverbindlichsten Dank für Deine Mail. Ein Buch über
Stubbs? Werte Verlegerin, wie denkst Du Dir das? Ein
Hundebuch in Tagen wie diesen? Ist das Dein Ernst? Das
Klima heizt sich auf. Die Welt hungert. Rassismus und
schreiendes Unrecht, wohin man schaut. Ausbeutung und
Unterdrückung, so schlimm und perfide wie im alten Rom.
Das Böse triumphiert. Die Dummheit feixt. Niedertracht
und Stumpfsinn tanzen Tango auf den Tischen, während wir
auf der Suche nach dem letzten Krumen Grips unter den
Bierbänken mit unseren Birnen aneinanderstoßen. Und da
sollen wir – ein Hundebuch schreiben? In diesen Zeiten?

Fragen besorgt,
Deine
Christina, Denis & Stubbs

xxxxx@kiwi-verlag.de
Liebe Kerstin,

Du hast recht: unser Leben mit Stubbs ist etwas Besonderes
und als solches durchaus erzählenswert. Aber: dürfen wir das
überhaupt? Stubbs schlägt zwar bei jedem Klingeln an, als
stünden die AfD im Verein mit den Zeugen Jehovas und der
Steuerfahndung vor der Tür, und zudem ist er durchaus ein
Poser und kann an keinem Baum, keinem Laternenpfahl und
keinem Grasbüschel vorbei, ohne sein Bein zu heben. Aber
auf seine Weise ist Stubbs doch auch diskret und knurrend
auf den Schutz seiner Intimsphäre bedacht. Wir haben in den
letzten Jahrzehnten durch die sozialen Medien eine bis dahin

unvorstellbare Zurschaustellung des Privaten erlebt. Wer über den Ursprung der Redensart nachdenkt, dass man schlafende Hunde nicht wecken sollte, kommt zumindest ins Zögern, das Leben seines Hundes literarisch auszuschlachten. Ist aus der Perspektive eines Tiers zu schreiben nicht ein Paradebeispiel für kulturelle Aneignung? Gar literarischen Vampirismus? Wir wollen doch nicht die literarischen Zuhälter unseres Hundes werden.

Kussi & Gruß aus dem medialen Rotlichtmilieu!
Deine
Christina, Denis & Stubbs

xxxxx@kiwi-verlag.de
Liebe Kerstin,

wir haben ein wenig nachgedacht. Alle Autoren, so John Updike, beuten im Steinbruch ihrer Erinnerungen die Goldadern der eigenen Biografie aus. Die einen verbrämen das besser, die anderen schlechter. Falsche Fährten zu legen und Spuren zu verwischen gehört seit je zum Repertoire guter Schriftsteller, die ja nach Joseph Conrad immer auch zugleich Geheimagenten sind. Zu unseren Leben zählt seit zehn Jahren das Zusammensein mit Stubbs, und das hat uns existenziell verändert, emotional bereichert und unsere Augen und Ohren geöffnet für so einiges, was bislang in unserem Dasein eher brach lag. Unseren Bezug zur Natur zum Beispiel. Unsere Art, miteinander und mit unserer Umwelt umzugehen. Nicht zuletzt unser Wertesystem – wir haben zum Beispiel das breite Themenfeld »Fressen!« lange unglaublich unterschätzt! – und unsere Sicht auf die Welt. Es hat uns in vielerlei Hinsicht zugänglicher gemacht.

Stubbs ist unter anderem das, was man in der Chemie einen Katalysator nennt: Er provoziert Reaktionen. Wer unter Einsamkeit leidet, sollte sich unbedingt einen Hund anschaffen. Allerdings nicht, weil der Hund selbst die Einsamkeit vertreibt. Sondern weil ein Hund einen in Kontakt mit Menschen bringt. Wir haben beide zum Glück keinerlei Grund zur Klage, was mangelnde öffentliche Beachtung anlangt. Aber nur einmal in unserem Leben durften wir uns fühlen wie Greta Thunberg oder George Clooney, Barack und Michelle Obama, der Papst oder Leonardo DiCaprio. Nämlich als wir mit dem zwölf Wochen alten Welpen Stubbs durch die Kölner Südstadt spazierten. Jeder Mensch sollte einmal im Leben erleben, wie die Gesichtszüge entgegenkommender Passanten vor Verzückung entgleisen. So müssen Marilyn Monroe, Elvis oder die Beatles durchs Leben gegangen sein. Ja, es gibt den Zustand der Ekstase. Und ja, es gibt noch einen Zustand darüber hinaus. Noch viel besser ist es, Ekstase in anderen auszulösen. Unvergessen allerdings auch Stubbs' Zusammentreffen mit Henryk M. Broder, dem beim Anblick unseres Hundes spontan der Satz entfuhr: »Kann er denn schon Heil Hitler?« Stubbs verrät einem recht schnell, wie ein Mensch tickt.

Von alldem möchten wir erzählen. Aber, liebe Kerstin, will das auch jemand lesen? Ist es nicht in Wahrheit vielmehr so, dass Hundebücher keinen hinterm Ofen hervorlocken, weil der Markt nun mal Katzenbücher liebt? Allein, auf Katzenbüchern scheint ein besonderer literarischer Fluch zu lasten. Hape Kerkeling ist zur »Katzenreligion« konvertiert. Elke Heidenreich hat sich mit ihrem Büchlein über den schwarzen Kater Nero Corleone ein schönes Heim in Marienburg erschrieben; was von ihrer katzenverrückten Leserschaft aber kaum jemand weiß: In Wahrheit besitzt sie einen charakterstarken schwarzen Mops namens Vito, den wir öfters im Park treffen. Das Frankfurter Verlegerpaar

Klaus und Ida Schöffling subventioniert mit Katzenkalendern seit Jahrzehnten sein literarisches Programm. Akif Pirinçci hat sich mit seinen »Felidae«-Katzenkrimis um sein letztes Quäntchen Verstand geschrieben und ist in die Wahnsinnszone des Völkischen abgedriftet, während Rita Mae Brown mit dem gehorteten Zaster für ihre angeblich mit Sneaky Pie Brown verfassten Katzen-Schmöker bestimmt schon mehrere Geldspeicher von Dagobert Duck'schem Format gefüllt hat. Wahrscheinlich haben Katzenliebhaber einfach mehr Zeit zum Lesen. Hundefreunde müssen schließlich Gassi gehen.

Apropos: Was habt Ihr solventen Auflagenmilliardäre von Kiepenheuer & Witsch Euch denn als Vorschuss für so ein Hundebuch vorgestellt?

Es grüßen Deine ebenso neugierigen wie auf Eure XXXL-Spendierhosen setzenden

Christina, Denis & Stubbs

xxxxxx@kiwi-verlag.de
Liebe Kerstin,

hossa! Niemand soll uns nachsagen, gute Argumente stießen bei uns auf taube Ohren. Und Ihr Auflagenhexer vom Riesenrubel-Verlag habt wirklich ganz ausgezeichnete Argumente. Hammer!

Ein Hundebuch also. Aber es ist ja nicht so, als ob es das in der Weltliteratur nicht schon das eine oder andere Mal gegeben hätte. Im Gegenteil! Seit Argos vor Freude über das Wiedersehen mit seinem seit zwanzig Jahren vermissten Herrchen Odysseus tot umfiel, wimmelt es in der Literaturgeschichte von Hunden. Zum Glück auch von Hundegeschichten mit einem befriedigenderen Ausgang als die »Odyssee«. Denn was immer man vom Schicksal Odysseus' hält, das Schicksal von Argos erscheint uns nicht sonderlich beneidenswert: Wer wartet schon gern 20 Jahre auf sein Herrchen?

Den schönsten Beleg dafür, dass nicht die Kunst das Leben imitiert, sondern genau andersherum oftmals das Leben die Kunst, und die Wirklichkeit bloß eine schwache Kopie unserer großen Erzählungen ist, haben wir ausgerechnet in einer Kölner Hundeschule mit eigenen Ohren gehört. Dort trafen wir auf ein bildungsbeflissenes Boxer-Herrchen, das offenbar aus Begeisterung für Thomas Manns Novelle »Herr und Hund« seinen Hund Bauschan nannte – was ihm auf dem Übungsplatz statt des erhofften Reputationsgewinns allerdings lediglich die trockene Nachfrage eintrug, wie um Himmels willen er denn bloß auf die sagenhafte Schnapsidee verfallen sei, sein armes Tier »Bauschaum« zu nennen? Hundenamen sind ein Kapitel für sich und uns folglich auch eingehenderer Betrachtung wert.

In der Antike haben die Hunde sogar einer eigenen Denkschule in der Philosophie ihren Namen geliehen: den Kynikern. Mit unserem heutigen Verständnis des Worts Zynismus haben die Kyniker allerdings nichts zu tun. Ihnen ging es vielmehr um die Maximierung unseres Glücks durch die Minimierung unserer Ansprüche. Der Urvater der Kyniker, der Sokrates-Schüler Antisthenes, lehrte: »Armut und Reichtum wohnen nicht im Hause, sondern im Herzen der Menschen. Man darf wohl die Lust erstreben, die hinter der Anstrengung liegt, aber nicht die, welche davor liegt. Ich besitze nichts, damit ich nicht besessen werde.« Ihren Namen bekamen die Kyniker dank eines Schülers von Antisthenes, Diogenes von Sinope, der seine Bedürfnisreduzierung nun wirklich ins Extrem trieb und sich selbst »ὁ κύων«, Kynos,

»den Hund« genannt hat. Diogenes trennte sich von jeglichem Besitz, der ihm bloßer Ballast schien, und schlief gelegentlich in einem Vorratsgefäß, was ihm den Spitznamen eintrug, unter dem er später populär wurde: »Diogenes in der Tonne«. Es war eben jener Diogenes, der bei einer kurzen Begegnung mit Alexander dem Großen, als dieser ihm großmütig einen Wunsch gewährte, gesagt haben soll: »Geh mir aus der Sonne.«

Auf solche Geschichten möchten wir nicht verzichten. Wir wollen deshalb nicht nur unsere Geschichte mit Stubbs erzählen, sondern auch ein wenig von der Geschichte des Hundes und dessen Spuren in der Literatur. Nabelschau ist nämlich so gar nicht die Sache von Stubbs. Was uns zum ersten Mal auf die Idee gebracht hat, Stubbs zu fragen, wo eigentlich sein Nabel ist. Ohne Recherche, dämmert uns dabei, wird dieses Buch nicht geschrieben werden können. Aber gut so: Neugier ist schließlich das, was uns vielleicht am meisten mit Stubbs verbindet. Zugegeben – Faulheit auch. Wir haben uns also belehrt: Natürlich haben Hunde als Säugetiere einen Nabel. Nur beißt die Hundemutter bei der Geburt der Welpen die Nabelschnur in der Regel so säuberlich ab, dass der Hundenabel unter dem Bauchfell kaum zu erkennen ist. Wahrscheinlich kommen deshalb Hunde viel seltener als Menschen auf die Idee, dass sie der Nabel der Welt sind.

Nun also frisch ans Werk. Wie hieß es früher in der DDR so schön: »Mein Arbeitsplatz – mein Kampfplatz für den Frieden!«

Wat macht de Maloche?

Deine
Christina, Denis & Stubbs

KAPITEL 1

Hundepunkte oder: Die Stunde, da wir nichts voneinander wussten

» Im Anfang war die Erde wüst und leer, und wir lebten ohne Hund. Das war grundverkehrt.« und wir ahnten es von Beginn an. Uns hatte immer der Groucho Marx zugeschriebene Spruch eingeleuchtet: »Outside of a dog, a book is a man's best friend. Inside of a dog, it's too dark to read.« Wir wünschten uns einen Hund. Wir vermissten einen Hund. Wir sehnten uns nach einem Hund. Wir wollten einen Hund. Uns fehlte ein Hund vielleicht in der Weise, wie manchen Menschen der Antike Atlantis fehlte: Wir ließen uns träumen, dass es einen Hund für uns geben musste. Nur machten wir uns die Sache mit dem Hund wahrlich nicht leicht. Stattdessen machten wir uns Gedanken. Zu viele und zu unproduktive Gedanken, erscheint uns im Nachhinein.

Ganz abgesehen von der Angst vor Überforderung, erwachsend aus unseren offenliegenden Charakterschwächen, unserer ins Auge springenden Inkompetenz und schlagenden Unwissenheit im Umgang mit Hunden, beschäftigte uns vor allem eine Überlegung: War es denn nicht reine Tierquälerei, Hunde in der Stadt zu halten? Müsste man dazu nicht mit viel Platz auf dem Land wohnen? Wo man dem Hund nicht nur freien Auslauf über Flur und Feld, Wald und Wiesen bieten konnte, sondern auch Kontakte zu ungezähmten Mitgeschöpfen wie

Fuchs, Dachs und Reh, Hase, Waschbär oder Wildschwein – zumindest per *pee mail*? Waren all die durchgeknallten Fußhupen, neurotischen Tölen und giftigen Kläffer, denen wir in unserer Nachbarschaft begegneten, nicht das Produkt fehlgeleiteter Tierliebe beengt lebender Städter, die vor lauter »Dogs«- und »Landlust«-Lektüre gar nicht an die wahren Bedürfnisse ihrer Sozialpartner dachten? Und überhaupt: Von welcher Geisteshaltung zeugte es eigentlich, Geld für einen Hund auszugeben, statt damit etwas für Menschen zu tun, die in anderen Teilen der Welt in Hunger, Not, Unterdrückung, Ausbeutung und Elend leben? Aber das alles gibt es auch hierzulande. Allein in Köln leben an die sechstausend Menschen auf der Straße, viele davon mit Hund. Und Obdachlose mit Hund werden oft doppelt ausgegrenzt – die wenigen Unterkunftsangebote verbieten meist Tiere, sodass viele lieber auf ein warmes Bett verzichten, als ihre Weggefährten allein auf der Straße zu lassen. Seit ich als Kind Henri Malots »Heimatlos« verschlungen habe, einen echten *tearjerker* über ein Pariser Findelkind und einen alten Schauspieler, die mit ihren drei Hunden und einem Affen im Frankreich des 19. Jahrhunderts Straßentheater spielen, komme ich selten an Obdachlosen mit Hund vorbei, ohne im Vorbeigehen ein paar Euros zu spenden. Entlastungsgesten von Menschen mit Luxussorgen, gewiss. Doch verbarg sich hinter unserer Liebe zum Hund nicht schnöder Egoismus?

Man muss nicht unbedingt ein deutscher Literaturkritiker sein, um aus all diesen Einwänden das alte Argument von Mephistopheles herauszuhören: »Drum besser wär's, dass nichts entstünde.« Ein Hund ist der beste Konter gegen und der beste Schutz vor Nihilismus, den wir kennen. Damit befinden wir uns in recht guter Gesellschaft. Oft haben wir über eine Geschichte Franz Kafkas gestritten. Zu seinen lustigsten, aber auch unauslotbarsten Texten zählt die kurz vor seinem Tod entstandene lange Erzählung »Forschungen eines Hundes«. Man hat sie häufig gedeutet als Parabel auf das Leben der Juden in den europäischen Gesellschaften; auf den Preis der Assimilation; auch auf die Lächerlichkeit menschlichen Erkenntnisstrebens. Restlos überzeugt haben uns diese Lesarten nie. In jedem Fall ist es ein Text, der an die Letzten Fragen rührt: Was kann ich wissen? Was soll ich tun? Was darf ich hoffen? Kafka erzählt von einem alten Hund, der sich Rechenschaft darüber ablegt, was er eigentlich weiß von der Welt. Er beschreitet alle ihm offenstehenden Erkenntniswege der Wissenschaft, der Kunst und auch der Religion, beobachtet, forscht und denkt, weil er um jeden Preis herausfinden will, wie er seine ihn bedrückende Isolation überwinden und zu einem geglückten Leben finden kann. Doch vergebens: »Immer mehr in letzter Zeit überdenke ich mein Leben, suche den entscheidenden, alles verschuldenden Fehler, den ich vielleicht begangen habe, und kann ihn nicht finden. Und ich muss ihn doch begangen haben, denn hätte ich ihn nicht begangen und hätte trotzdem durch die redliche Arbeit eines langen Lebens das, was ich wollte, nicht erreicht, so wäre bewiesen, dass das, was ich wollte, unmöglich war und völlige Hoffnungslosigkeit würde daraus folgen.« Die Pointe der »Forschungen eines Hundes« liegt unserer Ansicht nach darin, dass dieser nach Glück und Erkenntnis strebende Hund den Menschen vollkommen übersieht – ja buchstäblich ausblendet: »Mich kümmerten nur die Hunde, gar nichts sonst. Denn was gibt es außer den Hunden? Wen kann man sonst anrufen in der weiten leeren Welt? Alles Wissen, die Gesamtheit aller Fragen und aller Antworten ist in den Hunden enthalten.« Für Kafkas Hund bleibt der Mensch so unsichtbar wie Harry Potter unter Ignotus Peverells Tarnumhang. Vielleicht, so überlegten wir, bestand ja, umgekehrt geschlossen, eine Möglichkeit, Kafkas »völlige Hoffnungslosigkeit« zu umgehen, darin, unsere transzendente Blindheit endlich zu überwinden und unsere Augen für einen Hund zu öffnen? Zugegeben, das klingt kompliziert. Heißt aber nichts anderes, als dass wir uns dachten, wir sollten uns am Riemen reißen und endlich den Platz für einen Hund in unserem Leben schaffen.

Schließlich waren wir, Kinder der Nachkriegs-Bundesrepublik und damit des Kalten Krieges, doch mit einem regelrechten Hunde-Konditionierungsprogramm aufgewachsen. Der Kommunismus als Ideologie war für uns in dem Augenblick diskreditiert, als wir mitbekamen, dass Laika an Bord von Sputnik 2 1957 ohne Rückkehrmöglichkeit ins All geschossen worden war. Ein System, das so etwas macht, ist ein Schweinesystem, punktum! Da bedurfte es der späteren Heimleuchtungen von Solschenizyn und Co. schon fast nicht mehr. Und daran änderten auch Belka und Strelka nichts, die drei Jahre danach in Sputnik 5 die Erde umkreisten und denen das sowjetische Raumfahrtprogramm ermöglichte, lebendig zur Erde zurückzukehren. Nikita Chruschtschow schenkte 1961 sogar einen von Strelkas Welpen bei einem USA-Besuch den Kennedys. Als diese Hündin sich mit dem Welsh Terrier Charlie paarte, dem damaligen First Dog im Weißen Haus, nannte John F. Kennedy diese Welpen »Pupniks« – eine wortwitzige Mischung aus Sputnik und »puppy«, dem englischen Wort für Welpe.

Einer der klügsten Sätze, die ich je von einem Interviewpartner gehört habe, stammt von dem kanadischen Autor und Künstler Douglas Coupland, der 1961 in der Nähe von Baden-Baden zur Welt kam und mir einmal sagte: Wo man in der Generation der Babyboomer im Westen seine Kindheit verbracht habe, ob in den USA, in Europa, Australien oder in Kanada, sei eigentlich egal, die Fernsehserien wie »Flipper« oder »Raumschiff Enterprise« seien doch überall dieselben gewesen. Da ist was dran. Für unsere Prägung auf Hunde während unserer Kindheiten waren jedenfalls die fiktiven Hunde der Popkultur, also Pluto, Idefix, Snoopy und Wum, Lassie, Struppi, der rammdösige Rantanplan aus »Lucky Luke« oder Rin Tin Tin mindestens so wichtig wie die realen Hunde unserer Nachbarschaften und die Hunde in den Medien wie die Corgies der Queen oder Helmut Schmidts Jaspis. Nicht zu vergessen die historischen Hunde. Trotz des damals noch nicht existierenden Internets besaßen sie in den Erzählungen, mit denen wir aufwuchsen, eine eigentümliche Geisterpräsenz. Da waren die Windhunde des Alten Fritz, die berühmten Spitze des württembergischen Königs Wilhelm II., die schon erwähnte Laika oder auch Hitlers Schäferhund Blondi, der ein eigenes Kapitel wert wäre. Das hat allerdings schon Günter Grass in seinem Roman »Hundejahre« geschrieben.

Warum will man sein Leben miteinander und dann auch noch mit einem Hund teilen? Die Frage ist falsch gestellt, möchten wir instinktiv darauf antworten. Wie jeder echte Beruf eben kein Job ist, ist auch ein Hund keine Option unter vielen, sondern eine Berufung. Die Frage lautet also nicht: Melde ich mich zur Laufgruppe an, werde ich Mitglied in einem Fitnesscenter oder besorge ich mir einen Labrador? Ein Hund ist nicht Teil des Fun-Angebots unserer Freizeitgesellschaft. Ein

Hund ist eine Aufgabe, ein Schicksal. Er wartet darauf, dass wir ihm entsprechen. Der viel geliebte und 2006 viel zu früh verstorbene deutsche Dichter Robert Gernhardt brachte das in seinem Gedicht »Tier und Mensch« einmal wunderbar auf den Punkt:

»Tier und Mensch

So viele Jahre ohne Tier schon:
Kein Klagen an der Tür, kein Grüßen
Kein sehnsuchtsfeuchter Blick, kein Drängen
Kein Streichen um das Bein, kein Schnurren
Kein selbstvergeßnes Mahl, kein Lecken
kein traumverlornes Ruhn, kein Schlummern –

So viele Jahre schon gar kein richtiger Mensch mehr.«

Auch wir fühlten uns als Menschen ohne Hund instinktiv unvollständig und defizitär, litten unter einem inneren Mangel, weil uns ein tierisches Gegenüber fehlte. Wir vermissten einen Hund, weil erst der Hund uns in unserem Menschsein definiert, uns aufzeigt, was uns ausmacht und unterscheidet. Von mangelnden Anlässen zu Spaziergängen mal ganz abgesehen ... Dass die moderne Evolutionsbiologe die Geschichte des Homo sapiens sapiens teilweise auch so interpretiert, dass wir erst durch den zum Hund gewordenen Wolf selbst zu echten Menschen wurden, ahnten wir damals noch nicht. Der Umgang mit dem Wolf machte unsere Vorfahren zu kooperationsbereiteren, ihre Aggressivität besser im Griff habenden, mit einem Wort zu netteren Menschen. Zu dieser Zeit kannten wir auch noch nicht das Werk des US-amerikanischen Biologen E. O. Wilson, der den Begriff der Biodiversität prägte und uns Menschen als Spezies über unsere Liebe zum Tier definiert. Tatsächlich ist diese Fähigkeit, Dreiecksbeziehungen zwischen uns und anderen Tierarten aufzubauen, etwas dem Menschen Einzigartiges – und etwas, das uns mindestens so guttut wie dem Tier.

So denken natürlich keineswegs alle Menschen auf der Welt, noch nicht mal im hundeliebenden Deutschland, und erst recht nicht alle deutschen Dichter. Der Schriftsteller und langjährige Hanser-Verleger Michael Krüger vertrat etwa in einem Interview im Frühjahr 2020 die genaue Gegenposition: »Es gibt unterschiedliche Typologien von Reaktionen auf die Welt«, so Krüger. »Die eine ist: immer höher, weiter, schneller. Nichts sei schöner als diese Welt, in der wir alle Chancen haben. Geld, Haus, Job, Aktien und Hund. Aber das sind äußerliche Dinge.« Nein, möchten Christina und ich da widersprechen. Ein Hund ist eben so gar keine Nebensache oder Äußerlichkeit. Ein Hund ist das Gegenteil von Geld, Haus, Job, Aktien. Ein Hund ist essenziell.

Aber die Wahrheit ist: Uns plagten in der Hundefrage Skrupel, vielerlei Skrupel. Ich bin mit einem Vater aufgewachsen, der von einem regelrechten Tierfimmel besessen war und sich gar nicht genug Pferde, Esel, Pfauen, Schafe und Ziegen anschaffen konnte – freilich ohne immer genau zu bedenken, ob er auch über ausreichend Geld, Platz und vor allem Freizeit verfügte, um sich um all das liebe Vieh zu kümmern. Stattdessen spannte er für derartige Knechtsarbeiten gern wehrlose Familienangehörige ein, die er ohnehin wie bessere Leibeigene behandelte und in denen er einen nie versiegenden Pool von gratis arbeitenden Handlangern und Hilfskräften sah, deren einziger Nachteil in ihrer erbärmlichen Qualifikation als Pfostenmacher, Zäuneflicker, Tierpfleger, Heuwender und Ausmister lag. Dass wir aufs schwäbische Land in ein gottverlassenes Kaff gezogen waren, lag im Grunde nur an diesen Gutsherrn- und Dr.-Doolittle-Allüren meines Vaters, der j. w. d. ein Stück Land mit einem Pferdestall gekauft hatte. Doch dann führte Willy Brandt auf dem Höhepunkt der Ölkrise im November 1973 den autofreien Sonntag ein. Pferde wollen aber auch sonntags fressen und saufen. Und dazu waren eben längere Autofahrten nötig – oder man zog sicherheitshalber lieber gleich aufs Land und baute ein Haus. Die Bauplätze waren schließlich unschlagbar billig. Kein Wunder, dass ich diese sagenhafte Ödnis, wo man nur dem Nichts beim Nichten zuschauen konnte, von Kindesbeinen an leidenschaftlich gehasst habe – und die blöden Viecher, die mir das eingebrockt hatten, gleich mit.

Ein Tier, das hatte mich meine Kindheit gelehrt, kann auch eine Fessel sein. Auch Christina war mit diesen Gedanken aufgewachsen, wenn auch unfreiwillig. Als kleines Mädchen in einer idyllisch an einem Kanal gelegenen norddeutschen Kleinstadt durfte sie noch gelegentlich auf dem Kutschbock des Milchmanns mitfahren, der täglich seine Runden durch die Wohnviertel drehte; das Gefühl, mit dem Zügel in der Hand ein Pferd zu kontrollieren, das gut zehn Mal so viel wog wie man selbst, bleibt unvergesslich. Christinas Herzenswunsch als Kind war denn auch ein Hund und ein Pferd, aber das scheiterte am gnadenlosen Pragmatismus ihrer Eltern, die sich ihre Freiheit in der Freizeit- und Urlaubsplanung von keinerlei Haustieren einschränken lassen wollten. Maximal erlaubt war die Betreuung des nachbarlichen Meerschweins während der Ferien, mehr war nicht drin. Später, als junge Frau, folgten einige Jahre als begeisterte Reiterin, wenn auch ohne eigenes Pferd. Aber der Traum vom Leben mit einem Hund blieb.

Wir waren Ende zwanzig und Mitte vierzig, und – so viel introspektive Einsicht immerhin besaßen wir – wie so viele Deutsche in unserem Alter bindungsscheu. So bindungsscheu, dass wir aus Prinzip so wenige Abonnements und Versicherungen wie möglich abschlossen, in keinen Verein und erst recht in keine Partei eintraten. Als fehlte in unserem molekularen Set-up das zum Aufbau von Bindungen entscheidende Valenzelektron. Muss ausgesprochen werden, dass wir über den Kauf einer Wohnung oder eines Hauses zwar gelegentlich nachdachten, die Idee aber angesichts der jahrzehntelangen damit verbundenen Verpflichtungen rasch wieder verwarfen? Ein Immobilienkredit erschien uns wie der Albatros aus Coleridges *Rime of the Ancient Mariner* – eine untilgbare Schuld, die wir uns definitiv nicht aufladen wollten. Nicht einmal zu heiraten wagten wir, obwohl wir schon jahrelang zusammenlebten. Gemeinsame Kinder, da waren wir uns von Beginn unseres Zusammenseins einig, gehörten aus vielerlei Gründen nicht zu unserer Lebensplanung. Und geschweige denn getrauten wir uns, einen Hund anzuschaffen. Uns störte schon dieses Wort: *anschaffen*. Die darin implizierte Verfügbarkeit über die vermeintliche Dingwelt war genau das, woran wir Anstoß nahmen. Ein Hund war eben kein Ding, das man sich anschaffte wie ein Auto oder einen neuen Fernseher. In unseren Ohren hatte das einen mehr als halbseidenen Beiklang. Anschaffen, das hörte sich wirklich übel nach Konsumismus und Schlimmerem an, nach der Sphäre, wo der Körper selbst zur Ware wird: nach Prostitution. Man schafft sich keinen Hund an. Genauso wenig wie einen Partner oder Kinder.

Apropos: »Ein Kind ist ein sehr schlechter Hundeersatz!« Wie oft haben wir uns mit diesem ebenso wahren wie witzigen Satz der blitzgescheiten Berliner Intellektuellen Katharina Rutschky verteidigt gegen den Vorwurf, unser Hund diene uns wohl als Ersatzkind. Wer in Deutschland auf Kinder verzichtet, dem wird gern Selbstsucht, verantwortungsloser Hedonismus und Sabotage am Projekt gesellschaftlicher Zukunft vorgehalten. Als wäre das Hauptproblem dieses Landes je gewesen, dass zu wenige mitgemacht hätten ... Gern wird dann auch noch das Totschlagargument mit der Rente ausgepackt, deren Sicherung man durch den Kinderverzicht gefährde. Volkswirtschaftlich ist das zwar Unsinn – in westlichen Gesellschaften übersteigen die Kosten der staatlichen Leistungen für die Ausbildung und die Infrastruktur die zukünftigen Steuererträge der neuen Staatsbürger. Auch dass der naheliegendste und nachhaltigste Beitrag jedes Einzelnen im Kampf gegen den Klimawandel der Verzicht auf eigene Nachkommen ist, hört man heute selbst in *woken* Kreisen selten. Doch die über Jahrtausende praktizierte Gehirnwäsche von Männern auf der Suche nach immer mehr Stammhaltern, Monarchen auf der Suche nach immer mehr Untertanen, Kirchen auf der Suche nach immer mehr Gläubigen, Generälen auf der Suche nach immer mehr Rekruten und Firmen auf der Suche nach immer mehr Kunden ist nicht so leicht auszubügeln. Insbesondere viele Gläubige, ganz unabhängig von ihrer Religion, tun sich schwer mit Menschen, die ihr Leben mit einem Tier teilen wollen – allzu deutlich wird dadurch an der vermeintlich gottgewollten Vorrangstellung des Menschen gekratzt. Es verblüfft uns bis heute immer wieder, wie schnell solche Diskussionen über Mensch und Tier hitzig werden und so manche Charaktermaske fällt. Insbesondere unter deutschsprachigen Intellektuellen gibt es nicht wenige, die die Sehnsucht nach dem Hund wundersam zu interpretieren vermögen. Und zwar ins genaue Gegenteil. Die dieser Argumentation zugrunde liegende Formel ist immer dieselbe. »Einen Hund möchtest du? Echt? Warum bekennst du dich nicht einfach zu deinem wahren Wunsch nach X, Y oder Z!« Wobei die Platzhalter für Kinder, Dominanz, Liebe, Natursehnsucht oder was auch immer stehen können. Wer als mittelaltes Paar für einen Hund votieren möchte, sollte sich ein strapazierfähiges Nervenkostüm zulegen. Wir jedenfalls begegnen derartiger Ablehnung so oft, dass wir uns gelegentlich nach etwas heftigeren Diskussionen beim Abendbrot selbstkritisch befragen mussten: Hatten wir unser Lebensmodell anderen Paaren aufzudrängen versucht? Wir verspürten damals und verspüren bis heute keinerlei Missionierungsdrang. Aber die Frage nach dem Hund dient oft als Katalysator und führt auf sprichwörtlich weite Felder, auf denen ganz andere Fragen diskutiert werden: Fragen nach dem, was einem wirklich wichtig ist im Leben. Wo man Prioritäten setzt. Nach Grundwerten, Prinzipien und Überzeugungen. Nicht zuletzt zu Fragen, die Philosophie, Religion, Ethik berühren. Kein Wunder, dass da manchmal die Fetzen fliegen und man sich am Ende – anknurrt wie übel gelaunte Hunde.

Dabei plagten uns doch schon selbst genug Bedenken. Im Erfinden von Einwänden waren wir ganz groß: Hatten wir denn überhaupt die Zeit für so einen betreuungsintensiven und anspruchsvollen Mitbewohner? Was, wenn unsere Liebe zum Hund rasch wieder erkalten würde, kaum wäre das neue Familienmitglied angekommen? Oder wir seinen Bedürfnissen nicht entsprächen? Würde ein Hund uns nicht schon bald schlicht überfordern? Muteten wir uns mit einem Hund nicht zu viel zu – blieben doch auch so schon in unserem Alltag mit zwei heiß geliebten, aber auch anspruchsvollen Berufen kaum Energie und Ressourcen übrig? Damals war Christina noch Controllerin bei einem öffentlich-rechtlichen Sender, später wechselte sie als Redakteurin ins Programm; ich selbst moderierte zwei Fernsehsendungen über neue Bücher und arbeitete als Literaturkritiker beim Radio.

Doch unsere Sehnsucht nach einem Hund ließ sich von solch rationalen Erwägungen und Einwänden nicht stillen. Schließlich führten wir uns selbst an der Nase herum, indem wir ein vertracktes System von »Hundepunkten« erfanden, das uns über fast zwei Jahre das gute Gefühl vermittelte, zumindest auf dem Weg zu einem Hund zu sein. Kompliziert war das, was wir mit den Hundepunkten ausgeklügelt hatten, eigentlich nicht. Im Gegenteil: peinlicherweise folgte unser System eher der verqueren Logik von »Tutti Frutti«, jener Nonsense-Show mit Hugo Egon Balder, die den verklemmten wiedervereinigten Deutschen Anfang der 90er Softporno im Free-TV nach Hause lieferte. Vermutlich konnte sich noch nicht mal der Moderator der Sendung einen Reim darauf machen, für was in dieser vermeintlichen Spielshow Punkte vergeben wurden – das Dekor einer Quizsendung war lediglich Vorwand für die voyeuristische Lust an den mehr als nur halb nackten Tänzerinnen. Und so ähnlich funktionierte auch unser System der Hundepunkte. Punkte ließen sich durch partnerschaftliches Wohlverhalten erwerben: endlich den auf die lange Bank geschobenen Verwandtenbrief schreiben, den Müll runterbringen, die blöde Geschichte mit dem Einwohnermeldeamt regeln – für all so was konnte man vom Partner einen Hundepunkt erhalten. Das Jiddische kennt den schönen Begriff der Mizwa für eine Wohltat, die man seinem Nächsten angedeihen lässt. Einen Hundepunkt erwarb man durch kleine Mizwas wie Flaschen wegbringen oder Altpapier entsorgen, größere Mizwas wie Steuererklärung vorbereiten, Keller entrümpeln oder das Fertigstellen eines längst überfälligen Beitrags konnten auch mal zum Erwerb von fünf oder gar zehn Hundepunkten auf einmal führen. Wer zuerst tausend Punkte auf seinem Konto hatte, so definierten wir das Ziel unseres Spiels, sollte einen Hund bekommen. Klingt das, im Nachhinein betrachtet, nicht verdammt nach einem Bausparkassenplan der Liebe? Und ob! Natürlich konnte sich so etwas nur ausdenken, wer seinen Adam Smith ein wenig zu eifrig studiert und die protestantische Leistungsethik vielleicht einen klitzekleinen Tick zu sehr verinnerlicht hatte. Weder Christina noch ich würden auf dem Erkenntnisstand unserer heutigen Erfahrung je wieder so lange zögern und zaudern. Andererseits hatten wir, auch im Rückblick betrachtet, doch sehr triftige Gründe für unser Abwarten. Und sahen wir in unserem Bekanntenkreis ringsum nicht Beispiele sonder Zahl von Menschen, die sich blindlings irgendeiner Leidenschaft ergeben und damit übel Schiffbruch erlitten hatten? Das war verblüffenderweise gar nicht so oft der neue Mann oder die neue Frau. Weit häufiger steckte ganz anderes dahinter: Träume von Selbstständigkeit. Schlecht durchdachte unternehmerische Visionen. Fantasien von Autonomie. Auch

Erschrecken über den eigenen körperlichen Verfall und gute Vorsätze zur Fitness-Ertüchtigung, die sich mit grausamer Folgerichtigkeit als Debakel erwiesen. Die Weltumseglung oder die Austernbar, der Ultra-Marathon oder die Galerie für chinesische Kunst, der Food-Truck, die Comic-Buchhandlung, die Craft-Beer-Brauerei ... waren sie nicht allesamt Ausdrucksformen von Midlife-Krisen? Genauso wie unser Traum vom Hund?

Wir wohnten im zweiten Stock einer Mietskaserne aus den 1920er-Jahren in der Kölner Südstadt direkt am Chlodwigplatz. Das ist jener magische Ort der Millionenstadt am Rhein, wo traditionell an Karneval der Rosenmontagszug startet oder endet. Wo die kölsche Seele am kölschesten ist, denn so, wie ein waschechter Cockney den Glockenklang von Londons St. Mary-le-Bow bei seiner Geburt gehört haben muss, so definieren sich Hardcore-Kölner darüber, in Hörweite der Glocken der Severinskirche geboren zu sein. Unser »abgewaschener«, also leider von seinem einstigen Jugendstilputz an der Fassade befreite 20er-Jahre-Bau hatte zwar den Zweiten Weltkrieg überstanden, war aber alles andere als ein Hundeparadies. Der Innenhof zwischen Vorder- und Hinterhaus besaß den Charme des Todesstreifens an der DDR-Grenze, der Blick aus dem Schlafzimmer ging auf eine Brandmauer, die tiefste Tristesse ausstrahlte.

Wo heute das Severinstor steht, erhob sich vor rund zweitausend Jahren zur Römerzeit das fast 15 Meter hohe Grabmal des Poblicius. Dieser Poblicius war keineswegs, wie man angesichts der Pracht seines Monuments und der aufwendigen Gestaltung mit fast lebensgroßen Figuren denken sollte, ein hoher Offizier. Poblicius war vielmehr ein aus dem Südwesten Italiens stammender einfacher Legionär der V. Legion, der nach seiner zwanzigjährigen Dienstzeit auf die offenbar schon damals ausgeprägte *Poppe-kaate-danze*-Mentalität der Bewohner Kölns setzte, das unter den Römern noch Oppidum Ubiorum hieß. Als Veranstalter von Gladiatorenspielen machte er hier binnen relativ kurzer Zeit ein Vermögen. Wir haben uns diesen Poblicius immer ein wenig wie Poldi vorgestellt, jenen dauergrinsenden geschäftstüchtigen Ex-FC-Fußballer, dessen Dönerbuden unter anderem am Chlodwigplatz als modernes Ewiges Licht zusammen mit unzähligen anderen Fast-Food-Läden die Luft mit ihren grauslichen Fettmiasmen verpesten. Die Entdeckung und Bergung des Grabmals des Poblicius durch zwei archäologiebegeisterte Schüler in den 6oer-Jahren ist eine irre Geschichte, die in mehreren Büchern und Filmen erzählt wurde – und wahrlich kein Ruhmesblatt in den Annalen der Stadt Köln, die damals wie heute ein bemerkenswert laxes und lustloses Verhältnis im Umgang mit ihrer Vergangenheit an den Tag legt. Während der Tunnelarbeiten zu Beginn des Jahrtausends für die Kölner U-Bahn, mit der zu fahren angesichts der Korruption beim Bau uns nicht weniger lebensgefährlich erscheint als der Aufenthalt in einer augusteischen Gladiatorenarena, wurden direkt vor unserer Haustür am Chlodwigplatz zwei prachtvolle Glasgefäße mit den Leichenbränden römischer Offiziere gefunden. Inzwischen zählen die leicht grünlichen Gläser zu den Prunkstücken des Römisch-Germanischen Museums direkt neben dem Dom – für mich bis heute ein Sehnsuchtsort. Die erste längere Eisenbahnreise, die ich als Kind allein unternahm, führte mich Mitte der 7oer-Jahre in dieses damals gerade in seinen brandneuen Neubau gezogene Museum direkt am

Rhein. Auch die alten Römer hielten neben Wachhunden, an die das berühmte Cave-canem-Mosaik aus Pompeji erinnert, schon Schoßhunde, wie der Fund eines über 1700 Jahre alten Hundeskeletts auf dem Gelände des heutigen Dom-Hotels gegenüber des Römisch-Germanischen Museums belegt. Zur römischen Kaiserzeit war es üblich, die Asche und Knochenüberbleibsel der verbrannten Leiche mit den Resten des Leichenschmauses zusammen zu bestatten. Diese Praxis gibt Auskunft darüber, dass die Römer in Köln damals frische Austern schätzten – deshalb sind sie auch auf dem berühmten Dionysos-Mosaik abgebildet, das 1941 bei Ausschachtungen für einen Luftschutzbunker auf der Südseite des Kölner Doms entdeckt wurde und heute das Prunkstück des Römisch-Germanischen Museums bildet. Die lustigste Darstellung des sehr figurenreichen Mosaiks war für mich immer der Hund ganz am Rand, der auf die Knochen des Banketts zu warten scheint. Bisweilen überkommt mich der Verdacht, die Austern der Römer könnten frischer gewesen sein als die, die der Kölner Fischhandel – ein anderes Wort für Mafia – im Angebot hat. Aber sei dem wie es sei, die Kölner Südstadt war schon damals und ist noch heute ein ganz besonderer Ort. Am Chlodwigplatz fand 1992 das berühmte Konzert statt, bei dem sich hunderttausend Menschen unter dem Motto »Arsch huh – Zäng ussenander« zu einem von Kölner Musikern organisierten Protest gegen rechte Gewalt versammelten. Viele Jahre liebte ich diesen Tag und Nacht quirlig und bunt belebten Platz, der beim Blick aus den Fenstern unserer Wohnung wie das Bühnenbild für Peter Handkes »Die Stunde da wir nichts voneinander wußten« wirkte – das Theaterstück, in dem sich der Großmeister der Sprache seiner größten Stärke freiwillig begibt und zwei Stunden lang Menschen vollkommen stumm, buchstäblich ohne Worte, einen Platz überqueren lässt – und dabei dennoch eine berührende Geschichte erzählt. An solchen Geschichten aus dem Leben einer Großstadt konnte man am Chlodwigplatz rund um die Uhr teilhaben, ohne sich je an ihnen sattzusehen. Ich habe es vom ersten Moment geliebt. Bis ich es zu hassen lernte.

Ein *Veedel* wie die Südstadt, bundesweit bekannt durch prominente Bewohner wie Heinrich Böll und Trude Herr, Dieter Wellershoff, Wolfgang Niedecken von BAP oder Frank Schätzing, hat eine eigene Seele. Aber Hundefreundlichkeit zählte nicht zu den hervorstechendsten Eigenschaften dieser Südstadt-Seele – dazu liegen auf den spärlichen Grünstreifen, Gehwegen und Rinnsteinen viel zu viele Flaschenscherben, Plastiktüten, Dosen, Kaugummis, Eiswaffeln und Gyros- und Döner-Überbleibsel herum. Das, was der Kölner *driss* nennt: Müll.

Natürlich auch Hundekot. Wie oft sind Christina oder ich auf unseren Gassirunden bis heute fassungslos, wenn wir kapitale Hunde beträchtliche Haufen hinterlassen sehen, ohne dass ihre Halterinnen und Halter irgendwelche Anstalten machen, ein Plastiktütchen aus der Tasche zu ziehen und die anstößige Hinterlassenschaft aufzusammeln. Ohne mit der Wimper zu zucken oder irgendwelche Anzeichen von Schuldbewusstsein wird einfach weitergegangen. Es müssen dieselben Menschen sein, die nichts dabei finden, ihre ausrangierten Kühlschränke und Waschmaschinen im Wald oder auf freiem Feld abzuladen.

Kölner Südstadt: Einmal im Jahr wird an Weiberfastnacht zum Start des legendären Kneipenkarnevals an der Severinstorburg das herzzerreißend romantische *Jan-un-Griet*-Spiel am Chlodwigplatz aufgeführt. Dann dringt die unbändige *Ich-ben-ne-Räuber*-Fröhlichkeit der dicht an dicht stehenden Kampfschunkler aus den Schankräumen bis auf die Straßen. Aber an den 364 anderen Tagen im Jahr behalten die Unfähigkeit der Stadtverwaltung, ein starker architektonischer Wille zur Hässlichkeit und die wohlstandsverwahrloste Schlamperei ihrer Bewohner die Oberhand. Unvergessen der Tag, an dem wir erwachten, um ein neu errichtetes Stehpissoir vor unserer Haustür vorzufinden. Angeblich hatten sich die Fahrer des benachbarten Taxistands die Errichtung eines solchen schon seit Jahren sehnlichst gewünscht. Bis dahin hatten wir in unserer Naivität Stehpissoirs offen gestanden für ein skurriles Relikt aus dem 19. Jahrhundert gehalten. Aber da hatten wir die Rechnung ohne die Stadt Köln gemacht. Erst wer beim morgendlichen Einkauf über den Chlodwigplatz flaniert und dabei durch die großzügig bemessenen Seitenritzen des Stehpissoirs erwachsene Männer vergnügt ihr Wasser abschlagen sieht, weiß, wie derb und sinnenfroh das Leben vergangener Jahrhunderte sein konnte. Es ist keineswegs das einzige historische Déjà-vu-Erlebnis, das die Verwaltung dieser Stadt ihren Bewohnern auf Schritt und Tritt ermöglicht. Seither rechnen wir in Köln täglich mit der Wiedereinführung von Pestkarren, der Rückkehr mittelalterlicher Badehäuser oder dem Aufstellen von Prangern. Auch ans Wiedereröffnen von Schandackern für Selbstmörder wäre zu denken. Doch was, fragte ich mich nach der Aufstellung des Stehpissoirs lange, machen eigentlich die Taxifahrerinnen? Bis heute verfluche ich den Tag, der mir darauf Antwort gab. Denn seit jenem Morgen, an dem ich gerade aus der Haustür trat, weiß ich, dass auch eine Frau im Stehen eine Hauswand anpissen kann ... Übung ist alles! Manche Arten von Wissen stimmen eher traurig.

Mit unserem seit gefühlten Ewigkeiten aufgeschobenen Wunsch nach einem Hund kamen wir uns selbst aber immer mehr vor wie Jan und Griet. Das auf eine Sage aus dem Dreißigjährigen Krieg zurückgehende historische Spiel erzählt von einem Reitknecht aus Köln, der sich in eine schöne Obsthändlerin verliebt. Die Maid ist sich aber für einen einfachen Knecht zu schade, sie sehnt sich nach sozialem Aufstieg, den ihr dieser unbedeutende Jan anscheinend nicht bieten kann. Doch als viele Jahre später der einstige Knecht Jan, im Dreißigjährigen Krieg zum lorbeerbekränzten Reitergeneral avanciert, seinen triumphalen Einzug in Köln hält, trifft er seine nach wie vor als Obstverkäuferin arbeitende Griet wieder. »Griet, wer et hätt jedonn!«, ruft er ihr hoch zu Ross auf Kölsch zu: »Griet, wer es damals getan hätte!« Worauf Griet erwidert: »Jan, wer et hätt jewoss!«, »Jan, wer es damals gewusst hätte!« Angeblich sahen sich Jan und Griet danach nie wieder. Die Redewendung »Wer et hätt jewoss, der et hätt jedonn!« ist im Kölschen bis auf den heutigen Tag der Ausdruck für eine verpasste Gelegenheit. Von Tag zu Tag kamen wir uns am Chlodwigplatz, da wo Griet angeblich an ihrem Gemüsestand Lauch, Zwiebeln und Äpfel verkaufte, immer mehr wie zwei wiedergeborene Jans und Griets vor. Waren wir moderne Zauderer, die über all ihren selbstreflexiven Bedenkenträgereien das naheliegende Glück ihres Lebens verpassten? An diesem abgasverpesteten Verkehrsknotenpunkt einer deutschen Millionenstadt wachten wir mit dem allgegenwärtigen ohrenzerfetzenden Quietschen der von der KVB notorisch schlecht gewarteten Straßenbahnen auf und schliefen auch wieder mit dieser stählernen Kakofonie im Ohr ein – keineswegs ideale Voraussetzungen für einen Hund mit seinem feinen Gehör und ausgeprägten Ruhebedürfnis, für den Lärm ein noch schlimmerer Stressfaktor ist als für Menschen. Aber all diese Einwände waren lediglich Unkenrufereien und benannten nicht unser eigentliches Problem, das erkannten wir bald. Des Pudels Kern lag ganz woanders: Wir zählten beide zu jener Sorte Mensch, die vor aller Unfreiheit und Verantwortung zurückschreckt wie die FDP vor dem bedingungslosen Grundeinkommen. Wenn wir selbstkritisch über uns Gerichtstag hielten, verlasen wir uns wechselseitig das Urteil: der Verzicht auf Hund und Hochzeit hatte ein und denselben Grund – wir ahnten, dass wir damit das definitive Ende unserer Jugend zementieren und dadurch letztlich dem Erwachsenwerden, dem Altern und folglich dem Tod Tür und Tor öffnen würden. Und was, wenn nicht so ein Grenzübertritt aus dem Reich der Freiheit ins Land von Pflicht, Not und Verantwortung mit der damit verbundenen offenen Einladung an den Sensenmann, darf einen schon mal ins Zögern und Grübeln bringen?

Doch irgendwann ließ sich die Frage nach dem Hund nicht weiter auf die lange Bank schieben. Während ich auf ewig in den 300er-Regionen der Hundepunkte herumdümpelte, hatte Christina bereits die 900-Punkte-Schallmauer durchbrochen und näherte sich mit Riesenschritten den magischen Tausend, die, so unsere Abmachung, endlich den ersehnten Hund bedeuten sollten.

Rettung bot eine Verabredung im Lokal eines befreundeten Drei-Sterne-Kochs. Wie die Oper ist seine Kunst nichts als schön, durch nichts zu rechtfertigen – und zielt doch mitten ins Herz unseres Wesens. Ein Abend bei ihm hat nichts mit Show, aber alles mit Freiheit zu tun. Wir saßen in champagnerseliger Runde, als der Wirt selbst an unserem Tisch erschien und Christina und mir erzählte, im Bistro unten sei gerade sein neuer Hund einge-troffen. Die aus dem Ruhrgebiet stammende Züchterin, zu Recht wohl auf ein kostenloses Schlemmermahl spekulierend, hatte es sich nicht nehmen lassen, den Welpen selbst vorbeizubringen. Das ließen wir uns nicht zweimal sagen. Rasch stürmten wir die schmale Treppe aus dem Restaurant nach unten ins Bistro und lernten dort Ashlee kennen, einen winzigen Jack Russell-Welpen mit Trikolorfärbung Weiß-Braun-Schwarz. Obwohl gerade mal eine Handvoll Hund und mit zehn Wochen leichter als ein Kilo, ging von Ashlee in seinem Auftreten und seiner Körperhaltung die Attitüde eines amtierenden Box-Champions aller Klassen aus. Unser Freund – in seiner Küche noch ganz ein Koch alter Schule, das heißt ein eisenharter Macho, Schleifer und Diktator – hatte selbstverständlich auf den Alpha-Rüden des Wurfs be-standen. So etwas will gut überlegt sein. Ein Alpha-Rüde verfügt über einen besonders starken Willen und ausgeprägte Durch-setzungsfähigkeit – auch gegenüber seinen Besitzern. Wir wären jedenfalls nie auf die Idee verfallen, uns ausgerechnet für so ein in der Erziehungsphase besonders anspruchsvolles Jungtier zu entscheiden.

Hundewelpen lassen Menschenherzen schneller dahin-schmelzen als Eis in einem White Russian. Uns ging es nicht anders. Natürlich hatten wir über die Jahre lang und breit die Frage diskutiert, welcher Hund für uns der geeignetste wäre. Musste es denn wirklich ein Rassehund mit Stammbaum und Papieren sein? Waren das nicht sowieso total degenerierte und überzüchtete Wohlstandsbestien? Sollten wir nicht lie-ber einen armen Hund aus dem Tierheim erlösen? Was war mit den Horrorgeschichten, die man über ausgesetzte Hunde in Spanien und Rumänien hörte? Da musste man doch helfen. Aber waren wir mit unserer geringen Hundeerfahrung überhaupt in der Lage, einem Tier, das einen so verkorksten Start ins Leben erfahren hatte, das Maß an Geborgenheit und Sicherheit zu bieten, das ihm psychische Stabilität und die Chance auf einen Neuanfang ermöglichte?

Wir hatten von Zwergdackeln bis zu Königspudeln alle möglichen Hunderassen ins Spiel gebracht, freilich ohne konkretes Ergebnis. Ich war in meiner Kindheit mit einem Rehpinscher aufgewachsen, ein toller Hund und eine beglückende Erinnerung, für die ich sehr dankbar bin. Aber das Leben scheut Wiederholung, und auch ich zögerte, ob ich mir nun ausgerechnet einen zweiten Rehpinscher ins Haus holen wollte. Vielleicht weil ich dunkel ahnte, dass ein Hund das Bild eines anderen in der Erinnerung auszulöschen vermag. Geeinigt hatten Christina und ich uns alsbald nur auf eines: nämlich dass wir einen eher kleinen Hund haben wollten, idealerweise einen, der mitsamt Tasche weniger als acht Kilo wog. Denn bei acht Kilo liegt die Grenze, die Lufthansa und andere europäische Fluglinien für den Transport eines Hundes in der Passagierkabine statt in einem Käfig im Frachtraum festgesetzt haben.

Ein Blick in die Kulleraugen Ashlees provozierte Christina und mich gleichzeitig zu der Frage, ob denn aus dem Wurf noch ein weiterer Welpe zu haben sei. Nur einer, erwiderte die Züchterin, ein Rüde namens Aiden. Es war eine Woche vor Weihnachten.

Der Mann mit der Lederpeitsche

Thomas Mann: »Herr und Hund«

Hömma, daafichma als Hund aussem Ruhrgebiet frei nach Schnauze reden? Ja? Gut, is gebongt.* Also:

Dat mitti Literatur is mir lange Zeit wie'n endloses Quatschiquatschiquatschi vorgekommen. Null Schnuff habbich da drauf gehabt. War mir reinemang schisskojenno. Is doch der reine Hirnwix. Und watti Laberköppe für ein Bohei darum am machen waren. Wat geht ein halbwegs vernünftigen Hund wie mir der ausgedachte Schmonzes von ausgedachten Schmierlapps an? Dacht ich mir getz. Solchen Furzknoten kannze doch im Bein kneifen und dann sagense immer noch danke für dich.

Binnich ja auch in beste Gesellschaft mit diese Einstellung. Schon der olle Rousseau lässt seinen Émile motzen: *»Ich hasse die Bücher; sie lehren uns nur über Dinge zu reden, die man nicht versteht.«*

Der Großmeister von all dem inkohärenten Kokolores is – logo – dieser Thomas Mann. Diesem Fatzke seine ach so gerühmte Ironie is doch reine Katzenpisse, wennze mich fraachs, aber sowwat von. So isset mir jehnfalls beim ersten Lesen** vorgekommen. Ne Sprache wie Graf Koks von der Gasanstalt.

---

* Ein kleines Glossar Ruhrdeutsch – Deutsch finden Sie hinten im Buch.
** Logo kann ich lesen. Und anders als viele, die schreiben, lese ich sogar viel und gern. Allerdings stickum. Als Welpe habbichma ein Exemplar von Susanne Fröh-

Als hätt sich dieser Spacko nen Eimer Stinkefein innen Hals gekippt un is den nu als Tinte nach und nach wieder am auspullern. War jedenfalls so mein erster Check, weisse. Ironie, wenn ich dat schön hör: Es gibt kein ironisches Fressen. Und ironisches Ficken schomma gaanich. Wennet aber weder ums Fressen noch ums Ficken geht, wieso sollet dann irngsein Schwein interessieren?

Aber: immer dobsche tucketucke, krisse nie ein aufe Hucke! Verdorri nommaa, war ich schief gewickelt. Wat für mich früher reiner Killefitt war, dat find ich heut geilomat. Getz hab ich echt Schmacht auf das, wattich früher nichma als Streu im Katzenklo geschmissen hätt.

Aber hallo, geneichte auf Äcktschen jiepernde Leserinnen und Leser! In diesem Buch »Herr und Hund« passiert asselig wenig, eingslich kein Schnatz. Nullkommanull. Zero Spiel Dreck dagegen. Hustekuchen. Absolut rein gar un überhaupt nix – außer, dat einer alle Naslang mit seinem Kröer teita geht, einem Hühnerhund, der irngswann ein bisschen zisselmissel wird un sich nach vierzehn Tagen dann wieder bekrabbelt.***

lichs »Moppel-Ich« und eins von Eckart von Hirschhausen sein »Glück kommt selten allein …« angeknibbelt. Bloß son Fitzelken vom Umschlag, echt. Herrchen hat daraufhin aber schwer am Rad gedreht, denn er war sich am ausrechnen, datter, wenner nu alle Bücher ausse untersten beiden Regalreihen von seine Bibliothek vor meine Beißerkes retten will, rund tausend Bände weniger in seine Kabache unterbringen kann. Dabei wolltich dem Döskopp doch bloß verklamüsern, wie richtig er mit seinem vernichtenden Urteil über diese beiden Bücher liegt. Aber der ösige Zwischenfall hat mich gelernt, mit meinen literaturkritischen Ansichten seither fein hintern Berg zu halten. Soll der Mäkelpott doch sehen, wo er ohne mich bleibt. Umso mehr freu ich mich getz, endlich mal aus meine Perspektive aussem literarischen Nähkästken plaudern und über all die Bücher schreiben zu dürfen, die mir wirklich am Herz gewachsen sind.

*** Übersetzt: »Auf Action begierige Leserinnen und Leser seien gewarnt! In diesem Buch passiert absolut und rein gar nichts – außer, dass einer einen Spaziergang

Die himmelschreiende Handlungsarmut dieser Erzählung ist nur erklärbar, weil ihre Entstehungszeit, das Jahr 1918, für ihren Verfasser Thomas Mann so verflixt ereignisreich ist. »Herr und Hund« wird zu einer Zeit geschrieben, als Thomas Mann rappzapp vieles an Sicherheit und Glauben wegbricht, worauf er bisher seine Existenz gebaut hat: sein Vaterland hat zum ersten Mal seit über hundert Jahren einen Krieg verloren – futschikato perdito! Is natürlich Miesnixdörfer, klaro. Sein Kaiser dankt nach dreißig Regierungsjahren ab und geht ins Exil. Die Monarchie wird durch die Republik ersetzt, die angesichts der absurd hohen Reparationen für den verlorenen Krieg kaum eine Chance haben wird. Bei so viel Brassel, wenn allet kappores geht, darf man, gerade in besseren Kreisen, schon mal Fracksausen kriegen.

In solchen Zeiten gesellschaftlichen Remmidemmis besinnt man sich gern auf den engsten häuslichen Kreis, aufs Tier und auf die Natur, um in den ganzen Kuddelmuddel mal wieder etwas Grund reinzukriegen. Ein wenig von dieser existenziellen Erschütterung vibriert noch in Thomas Manns Schilderung der eigenen Bewusstseinslage beim Morgenspa-

mit seinem Hund unternimmt, einem Hühnerhund, der irgendwann ein bisschen krank und nach vierzehn Tagen dann wieder gesund wird.« Dem Verlag und mir erschien dieser hier im Vernakular wiedergegebene Absatz ein gutes Beispiel dafür, warum wir in einem in der Verlagsgeschichte einmaligen bell-e-tristischen Lektorat gemeinsam die Entscheidung getroffen haben, der besseren Lesbarkeit im Süden und Norden und jenseits des deutschen Sprachgebiets halber ab hier behutsam aus meinem angestammten Ruhrpott-Deutsch ins Hochdeutsche zu übersetzen und nur noch einige wenige spezifische dialektale Idiome quasi des Aromas halber im Original stehen zu lassen. Wie der Kölner sagt: Usse Pisspott kannze eben ken Mokkatässchen maake. Sprachpuristen mögen einwenden, dass der spezifische Reiz meiner Sprechweise dadurch verschütt gehe. Mag sein. Ich sage dazu: Hasse Scheiße am Schuh, hasse Scheiße am Schuh. Eine alle Interessen berücksichtigende Lösung gibt es nicht. Selbstverständlich habe ich mich daher für den Weg entschieden, der am meisten Penunsen einzubringen verspricht.

ziergang mit Hund Bauschan nach – wenn man ausnahmsweise einmal zeitig inne Poofe gegangen is und sich nich bis zum Abwinken einen verlötet hat: »*Die Illusion eines stetigen, einfachen, unzerstreuten und beschaulich in sich gekehrten Lebens, die Illusion, ganz dir selbst zu gehören, beglückt dich; denn der Mensch ist geneigt, seinen augenblicklichen Zustand, sei dieser nun heiter oder verworren, friedlich oder leidenschaftlich, für den wahren, eigentümlichen und dauernden seines Lebens zu halten und namentlich jedes glückliche ex tempore sogleich in seiner Phantasie zur schönen Regel und unverbrüchlichen Gepflogenheit zu erheben, während er doch eigentlich verurteilt ist, aus dem Stegreif und moralisch von der Hand in den Mund zu leben. So glaubst du auch jetzt, die Morgenluft einziehend, an deine Freiheit und Tugend, während du wissen solltest und im Grunde auch weißt, dass die Welt ihre Netze bereit hält, dich darein zu verstricken und dass du wahrscheinlich morgen schon wieder bis neun Uhr im Bette liegen wirst, weil du um zwei erhitzt, umnebelt und leidenschaftlich unterhalten hineingefunden ...*«

Mein lieber Kokoschinski, so gern und so oft ich knurre, vor der Finesse und dem Nuancenreichtum dieser Sprache leg ich mich auf den Rücken. Dat is sowwat von psychologisch klug, messerscharf beobachtet und, wenn ich mir die Pointe erlauben darf: menschlich wahr – aber ehmt auch obendrein wirklich meisterlich ausgedrückt. Was immer man an »Herr und Hund« auszusetzen haben mag, eines muss man Thomas Mann lassen: besseres *Nature Writing* gab es auf Deutsch nie. Oder lassen Sie es mich genauer ausdrücken: *Nature Writing* in besserem Deutsch gab es nie. Manche Menschen mögen jetzt meinen, diese Aussagen seien kongruent. Hunde wie ich wissen es besser.

Aber bei allem Respekt vor dem künstlerischen Rang des »Zauberers« und getz mal ohne Kokolores: Wären Sie gern

Thomas Mann sein Hund? Ich nich. Das fängt schon auf der ersten Seite dieser für die deutschsprachige Literatur des 20. Jahrhunderts wichtigsten Erzählung über das Verhältnis zwischen dem Menschen und seinem liebsten Haustier an. Sage und schreibe achtmal ist da von »ich« die Rede, ehe Thomas Mann zum ersten Mal den Namen seines Hundes Bauschan nennt. Echte Zuwendung sieht anders aus – keine Spur von Empathie. Agape, gar Seelenverwandtschaft? Hustekuchen.

Zudem liegt ein dunkler Schatten auf diesem Text und über dem ganzen kurzen Leben Bauschans. Voll spooky, mir sträubt sich das Fell, wenn ich bloß daran denke. Eine geisterhafte Präsenz irrlichtert durch dieses Buch. Wie ein Gespenst spukt sein Vorgänger darin herum, ein schottischer Collie namens Motz, den Thomas Mann unter dem Namen Perceval, abgekürzt Percy, schon 1909 in »Königliche Hoheit« auftreten ließ. Bereits ganz am Anfang von »Herr und Hund«, bei der ersten Inaugenscheinnahme des Hundewelpen auf Vermittlung einer befreundeten Gastwirtsfamilie, als das Ehepaar Mann unzufrieden und enttäuscht von Bauschans Gestalt mit dem Gedanken spielt, vom geplanten Kauf zurückzutreten, ist kurz und unheimlich von dem Collie die Rede: »*Eine mysteriöse und schreckliche Gestalt erhob sich in unserer Phantasie: der Wasenmeister, vor dessen abscheulichem Zugriff wir Percy einst durch ein paar ritterliche Kugeln des Büchsenmachers und durch eine ehrliche Grabstätte am Rande unseres Gartens bewahrt hatten.*« Wasenmeister, das musste ich nachgugeln****, ist ein alter Ausdruck für Abdecker. Gruselig, nich?

**** Getz kuckense nich so kariert, selbstverständlich benutze ich das Internet. Oder denkense etwa, ich wetz für sowwat am zehnbändigen großen Duden? Der steht inzwischen im Keller.

Aber wie isset getz um den Nachfolger Percys bestellt? »Es ist ein kurzhaariger deutscher Hühnerhund – wenn man diese Bezeichnung nicht allzu streng und strikt nehmen, sondern sie mit einem Körnchen Salz verstehen will; denn ein Hühnerhund wie er im Buche steht und nach der peinlichsten Observanz ist Bauschan wohl eigentlich nicht. Für einen solchen ist er erstens vielleicht ein wenig zu klein, – er ist, dies will betont sein, entschieden etwas unter der Größe eines Vorstehhundes; und dann sind auch seine Vorderbeine nicht ganz gerade, eher etwas nach außen gebogen, – was ebenfalls jenem Idealbilde reiner Züchtung nur ungenau entsprechen mag. Die kleine Neigung zur ›Wamme‹, das heißt: zu jener faltigen Hautsackbildung am Halse, die einen so würdigen Ausdruck verleihen kann, kleidet ihn ausgezeichnet; doch würde auch sie wohl von unerbittlichen Zuchtmeistern als fehlerhaft beanstandet werden, denn beim Hühnerhund, höre ich, soll die Halshaut glatt die Kehle umspannen. Bauschans Färbung ist sehr schön. Sein Fell ist rostbraun im Grunde und schwarz getigert. Aber auch viel Weiß mischt sich darein, das an der Brust, den Pfoten, dem Bauche entschieden vorherrscht, während die ganze gedrungene Nase in Schwarz getaucht erscheint. (...) Der Ausdruck seines Kopfes, ein Ausdruck verständigen Biedersinnes, bekundet eine Männlichkeit seines moralischen Teiles, die sein Körperbau im Physischen wiederholt: der gewölbte Brustkorb, unter dessen glatt und geschmeidig anliegender Haut die Rippen sich kräftig abzeichnen, die eingezogenen Hüften, die nervicht geäderten Beine, die derben und wohlgebildeten Füße – dies alles spricht von Wackerkeit und viriler Tugend, es spricht von bäurischem Jägerblut, ja, der Jäger und Vorsteher waltet eben doch mächtig vor in Bauschans Bildung, er ist ein rechtlicher Hühnerhund, wenn man mich fragt, obgleich er gewiss keinem Akte hochnäsiger Inzucht sein Dasein verdankt; und eben dies mag denn auch der Sinn der sonst ziemlich verworrenen und logisch *ungeordneten Worte sein, die ich an ihn richte, während ich ihm das Schulterblatt klopfe.«*

Leckoballo! Der Ästhet und Aristokrat Thomas Mann hat ein Problem mit seinem neuen Hund Bauschan, oder vielmehr gleich drei: er is ihm zu plebejisch, er is ihm zu hässlich und er is ihm zu blöd. Einige seiner sechs Kinder sollten in Mann später ähnliche Gefühle auslösen – mit teilweise noch desaströseren Folgen für ihr Leben als für das des armen Bauschan. *»Er ist kein Gelehrter, kein Marktwunder, kein pudelnärrischer Aufwärter; er ist ein vitaler Jägerbursch und kein Professor«*, heißt es in »Herr und Hund« über Bauschan. Wie eine Gebetsmühle betont Thomas Mann wieder und immer wieder das Derbe, Bäurische dieses Hundes. Dem »Jägerburschen« fehlt eben alles zur höheren Lebensart – vor allem der Stammbaum. Allzu oft kippt seine Physiognomie »ins Bestialische«; der Kontrast zum Vorgängerhund Percy, einem *»schottischen Schäferhund und harmlos geisteskranken Aristokraten«*, könnte nicht größer sein. Allerdings hat man diesen Blaublütler erschießen lassen – *»müssen«* –, wie Thomas Mann schreibt. Mir ist bei der Lektüre ziemlich mau geworden, etwa wenn ich über die Formulierung stolperte *»dass Bauschan sich vollkommener geistiger Gesundheit erfreut, während Percy, wie ich schon einflocht, und wie es bei adligen Hunden nicht selten vorkommt, Zeit seines Lebens ein Narr war, verrückt, das Musterbild überzüchteter Unmöglichkeit.«*

Wat en Eschek! Aber wie, frag ich mich, ist eigentlich aus einem Familienhund mit dem ordinären Namen Motz ein adliger Perceval geworden? Darin, in dieser magischen Verwandlung, scheint mir das Geheimnis der Literatur insgesamt zu liegen. Thomas Manns Kunst will über den Alltag hinaus. Sein wahres Metier sind megalomane Sperenzkes. Der feine Herr spielt in seiner Literatur unablässig das »Prinzenspiel«, jenes Gedankenspiel, einer höheren Sphäre zu entstammen und nur aus Versehen in die grobe Welt bürgerlicher Mühsal geraten zu sein – und geht dabei zur Not über Leichen, jedenfalls über Hundeleichen. Wer selbst ein Herr sein will, braucht Volk, das ihn bewundert, anhimmelt, verehrt. Und just das ist Bauschans Rolle: seinen Herrn darin zu bestärken, dass er unbedingt und unter allen Umständen ein Herr ist. »*Ein Mann im Isartale hatte mir gesagt, diese Art Hunde könne lästig fallen, sie wolle immer beim Herrn sein. So war ich gewarnt, die zähe Treue, die Bauschan mir wirklich alsbald zu beweisen begann, in ihrem Ursprunge allzu persönlich zu nehmen, wodurch es mir wiederum leichter wurde, sie zurückzudämmen und, soweit es nötig schien, vor mir abzuwehren. Es handelt sich da um einen von weither überkommenen patriarchalischen Instinkt des Hundes, der ihn, wenigstens in seinen mannhafteren, die freie Luft liebenden Arten, bestimmt, im Manne, im Haus- und Familienoberhaupt unbedingt den Herrn, den Schützer des Herdes, den Gebieter zu erblicken und zu verehren, in einem besonderen Verhältnis ergebener Knechtsfreundschaft zu ihm seine Lebenswürde zu finden und gegen die übrigen Hausgenossen eine viel größere Unabhängigkeit zu bewahren.*« Wat fürn arroganten Kokolores! Is getz dem Erzähler von »Herr und Hund« diese Bewunderung und Anerkennung echt so zuwider? Oder sonnt sich der Schlickefänger nich vielmehr ganz im Gegentum in ihr, kostet sie bis ins letzte aus und genießt sie, wo er geht und steht?

Thomas Mann kommt einfach nich drüber weg, dass sein Hund ne bessere Promenadenmischung ist – Rasse Einmalquer-durchs-Dorf. Bauschan ist ihm seine eigene Frage in Gestalt: denn auch Manns Mutter, die Deutschbrasilianerin Julia da Silva-Bruhns, gilt zwar als schönste Frau Lübecks, hat aber mütterlicherseits portugiesisches Blut in den Adern.

Im deutschen Großbürgertum des 19. Jahrhunderts wirft so ein Stammbaum mindestens so viele Fragen auf wie der Bauschans. Und zudem steht ihm die Mutter für alles, was Thomas Mann an sich selbst aasig suspekt ist: das Träumerische, sein Künstlertum, seine Homosexualität. Für Mann ist all das »Süden«. Im Gegensatz zum von Verantwortung, Erwerbsstreben und Pflichtgefühl geprägten Norden des Vaters steht der Süden auf der Karte menschlicher Eigenschaften für die Kunst, aber auch für Disziplinlosigkeit und Untergang. Am 29. Juni 1939 schreibt Thomas Mann an seine amerikanische Vertraute und Gönnerin Agnes Meyer über seine Mutter, die damals schon sechzehn Jahre tot ist: »*Unterströmungen von Neigungen zum ›Süden‹, zur Kunst, ja zur Bohème waren offenbar immer vorhanden gewesen und schlagen nach dem Tode ihres Mannes und der Änderung der Verhältnisse durch.*«

Das Wahlrecht für Frauen wird in Deutschland 1919 eingeführt, also im selben Jahr, in dem Thomas Mann »Herr und Hund« veröffentlicht. Mensch und Hund sollten sich hüten, aus der Selbstgewissheit unserer heutigen Überzeugungen, mit den moralischen Maßstäben unserer Denkungsart schnauzfidel über Prinzipien anderer Zeiten zu urteilen. Und dennoch lege ich die Ohren an, wann immer ich auf diese Passage stoße, die zur Zeit der Erstveröffentlichung von »Herr und Hund« zwar sicher nicht überlesen, wohl aber als unanstößig empfunden wurde: »*Bauschan nämlich ist zwar derb, wie das Volk, aber auch wehleidig wie dieses; während sein adliger Vorgänger mit mehr Zartheit und Leidensfähigkeit eine unvergleichlich festere und stolzere Seele verband und trotz aller Narrheit es an Selbstzucht dem Bäuerlein bei weitem zuvortat. (...) Die Lederpeitsche fürchtete er, wie Bauschan sie fürchtet, und leider bekam er sie öfter zu kosten als dieser; denn erstens war ich jünger und hitziger in seinen Lebenstagen als gegen-*

wärtig, und außerdem nahm seine Kopflosigkeit nicht selten ein frevelhaftes und böses Gepräge an, welches nach Züchtigung geradezu schrie und dazu aufreizte. Wenn ich denn also, zum äußersten gebracht, die Karbatsche vom Nagel nahm, so verkroch er sich wohl zusammengeduckt unter Tisch und Bank, aber nicht ein Wehelaut kam über seine Lippen, wenn der Schlag und noch einer niedersauste, höchstens ein ernstes Stöhnen, falls es ihn allzu beißend getroffen hatte – während Gevatter Bauschan vor ordinärer Feigheit schon quiekt und schreit, wenn ich nur den Arm hebe.«

Wat ne fiese Möpp! Thomas Mann, ein Hundeprügler. Diese kleine Erzählung ist so etwas wie die Ursünde im Verhältnis zwischen Mensch und Hund in der deutschen Literatur. »Ein Idyll«, nennt Thomas Mann »Herr und Hund« im Untertitel. Fragt sich nur, für wen das hier Beschriebene ein Idyll ist: nur für den Herrn oder auch für den Hund? Bauschan wurde übrigens wenige Wochen nach der Erstveröffentlichung von »Herr und Hund« im November 1919 am 16. Januar 1920 wegen einer Staupe-Erkrankung eingeschläfert. Ein Happy End stell ich mir anders vor. Mistikack.

Thomas Mann: »Herr und Hund«
S. Fischer, 96 S.

KAPITEL 2

Von Reverends,
Rassen und dem Ruhrpott

Nur mal so. Ganz unverbindlich natürlich. Ohne irgendwelche Verpflichtungen. Mit diesem frommen Mantra auf den Lippen – haben wir uns selbst wirklich auch nur eine Minute geglaubt? – werfen wir alle unsere so lang gehegten Bedenken über Bord und vereinbaren noch am selben Abend im Restaurant unseres Freundes, uns den Sitzenbleiber des Wurfs einmal anzusehen. Wie so etwas ausgeht, weiß man. Schließlich hatte die Evolution der Hundwerdung rund 40 000 Jahre Zeit, aus einem bedrohlichen Wolf und potenziellen Fressfeind ein unwiderstehlich niedliches und attraktives Familienmitglied im Wartestand werden zu lassen. Hundewelpen zählen, die Postkartenstände aller Länder dieser Welt belegen es, zum Bezauberndsten, was die Natur hervorgebracht hat. Was unsere Empfänglichkeit für den aus der Literatur berühmten Hundeblick anlangt, bilden wir keine Ausnahme.

Drei Fotos des Welpen im Alter von neun Wochen hat die Züchterin uns gemailt. Sie zeigen einen kleinen Hund mit weißer Fellfarbe, einer braunen Panzerknacker-Maske, braunen Ohren und braunen Flecken auf dem Körper, die aussehen wie die Flächen der Kontinente auf einem Globus. Am hinteren Rücken zieht sich ein brauner Fleck bis über zwei Drittel des Schwanzes, der aber in einer neckischen weißen Spitze ausläuft. Auf dem ersten Foto guckt der Welpe etwas verträumt nach links ins Licht, seine übergroßen Pfoten lassen darauf schließen, dass er noch kräftig wachsen wird. Auf dem zweiten sitzt er leicht verdutzt und eingeschüchtert mit breitgestellen Vorderpfoten auf einem Plattenboden, während sich eine riesige Menschenhand sanft auf seinen Rücken senkt, offenbar um ihm das Kommando »Sitz!« beizubringen. Auf dem dritten aber reckt er die Schnauze kühn nach oben, sein Blick trifft optimistisch, unternehmungslustig und herausfordernd das Auge des Betrachters: Auf diesem Bild ist ein furchtloser Explorator neuer Welten zu entdecken, ein kecker Freibeuter, ein Hund gleichermaßen geeignet fürs Pferdestehlen wie zum Schäfchenzählen.

Also machen wir uns eine Woche später auf von Köln ins eine gute Autostunde entfernte Lünen, einer Stadt in der Nähe Dortmunds, in der sich Heinrich von Kleist während der napoleonischen Fremdherrschaft einmal vergebens um eine Stelle als Postmeister beworben hat. (Ist Bildung nicht etwas Herrliches? Wie einem bei passender und unpassender Gelegenheit Wissensfetzen um die Ohren fliegen? Sodass man die ganze Hinfahrt darüber nachdenkt, ob Kleist als Briefmarkenlecker glücklicher geworden wäre? Garantiert nicht, denn damals gab es noch gar keine Briefmarken: q. e. d.) Denn hier, in Lünen, ganz im Osten des Ruhrpotts, steht die Wiege unseres Hundes.

Das heißt, streng genommen steht sie natürlich in Großbritannien. Dort hatte in Südengland zu Anfang des 19. Jahrhunderts ein Reverend namens John Russell eine geniale Idee. John Russell, von Freunden Jack genannt, war als Schüler ein rauflustiger Tunichtgut und auch als Student in Oxford nicht

gerade ein intellektueller Überflieger. Was seine seelsorgeri-
schen Ambitionen als Pfarrer anlangte, so beschränkten sie
sich auf das für seine Klasse der *Landed Gentry* übliche Maß:
Für ihn war seine Tätigkeit als Geistlicher der anglikanischen
Kirche in erster Linie eine lästige Pflicht zur Erlangung einer
auskömmlichen Pfründe, die ihm ein standesgemäßes Auskommen sichern und vor allem die große Leidenschaft seines Lebens finanzieren sollte: die Jagd. Mit Blick auf diesen
kostspieligen Zeitvertreib wählte er sich auch seine Braut, als
Tochter eines Vizeadmirals der Royal Navy eine vermögende
Erbin aus Devon, die allerdings wenig von ihrem Mann hatte.
Denn das lange Leben von Jack Russell kannte nur drei echte
Passionen: Pferde, die Fuchsjagd und die Zucht der dafür erforderlichen Hunde.

Vor Reverend Jack Russell gab es für die Parforcejagd nur
die in großen Meuten gehaltenen English Foxhounds. Diese
Hunderasse zeichnet sich durch eine große Lauffreude aus,
war mit ihrer Größe von bis zu 65 Zentimetern und einem Gewicht von über dreißig Kilo aber denkbar ungeeignet, einem
Fuchs in seinen Bau zu folgen und ihn daraus wieder herauszutreiben. Ein ungewöhnlicher literarischer Glücksfall lässt
uns bis heute an der eigentlichen Geburtsstunde der Jack
Russell-Terrier teilhaben. Der viktorianische Jagdschriftstel-
ler E. W. W. Davies stellte in den 70er-Jahren des 19. Jahrhunderts biografische Anekdoten und Schnurren des schon zu
Lebzeiten legendär gewordenen Hundezüchters und *sports-
man* Jack Russell zusammen. Einen Großteil der Texte, so ver-
sichert Davies im Vorwort seines seit dem ersten Erscheinen
1878 in über einem Dutzend Auflagen verbreiteten Buchs »*The
Out-of-Door Life of the Rev. John Russell*«, ließ er sich noch zu

Lebzeiten des Alten auf ihre Richtigkeit hin absegnen. Ob und inwieweit dem wirklich so war, ist heute nicht mehr zu klären. Zumindest klingt Davies' Schilderung sehr authentisch und liest sich, als enthielte sie zumindest einen wahren Kern. Im Mai 1819, gegen Ende seines Studiums am Exeter College in Oxford, unternahm Russell einen Ausflug aufs Land. Weil er sich auf sein Abschlussexamen vorbereiten musste, vertiefte er sich in eine Horaz-Ausgabe, während er sich in einem Stocherkahn ans andere Ufer des Cherwell übersetzen ließ, und brach dann zu einem Spaziergang in Richtung des Dörfchens Elsfield und des Shotover Wood auf. »Doch noch ehe Jack Russell in Marston angelangt war«, schreibt E. W. W. Davies, »begegnete er einem Milchmann mit einem Terrier – einem Tier, wie es Russell bislang nur im Traum erblickt hatte; er blieb wie angewurzelt stehen gleich Actaeon, als er zum ersten Mal Diana im Bade erblickte; anders als jener unglückselige Jäger rührte er sich jedoch nicht vom Fleck, ehe er die Beute erworben und für sich gesichert hatte. Es war eine Hündin namens Trump, die zur Stammmutter jener berühmten Terrier-Rasse werden sollte, die bis auf den heutigen Tag im In- und Ausland mit Russells Namen verbunden ist – seine kompetenten und unermüdlichen vierbeinigen Jagdgefährten. Es existiert ein Ölgemälde von Trump, das sich meines Wissens im Besitz S. K. H. des Prinzen von Wales befindet; eine Kopie davon, ausgeführt von einem nicht untalentierten Künstler, besitze aber ich, und Russell zufolge weist sie nicht nur eine bewunderungswerte Ähnlichkeit mit dem Original auf, sondern stellt zugleich auch den allgemeinen Typus der Rasse mustergültig dar, und dieses Porträt, das während ich schreibe vor mir liegt, versuche ich nun so gut wie möglich zu beschreiben. Zu-

nächst: die Grundfarbe ist Weiß mit je einem dunkelbraunen Fleck über Auge und Ohr, während ein ähnlicher Fleck, nicht größer als ein Pennystück, die Schwanzwurzel markiert. Das Fell, das dicht, eng anliegend und leicht drahtig ist, eignet sich gut zum Schutz des Körpers vor Nässe und Kälte, besitzt aber keine Ähnlichkeit mit dem langen und rauen Haarkleid eines Scotch Terriers. Die Beine sind pfeilgerade, die Pfoten perfekt; Lenden und der ganze Körperbau deuten auf Kühnheit und Ausdauer hin, während Größe und Höhe des Tiers vergleichbar dem einer ausgewachsenen Füchsin sind.«

Wie die meisten modernen Hunderassen sind Jack Russell-Terrier also gerade einmal zweihundert Jahre alt. Und tatsächlich befindet sich das erwähnte Porträt der zierlichen Terrier-Hündin Trump nach wie vor im Besitz der Queen und lässt sich heute auf ihrem Landsitz Sandringham House in Norfolk besichtigen. Doch hat der Maler die Terrier-Hündin Trump natürlich nie leibhaftig zu Gesicht bekommen – das Porträt wurde gut fünfzig Jahre nach der ersten Begegnung zwischen Jack Russell und Trump bei Oxford angefertigt. Der Prince of Wales freundete sich in den 1870er-Jahren mit Reverend Russell an. Der spätere Edward VII. lud den Reverend nicht nur zu einem Ball in Sandringham House ein, wo dieser trotz seines hohen Alters bis um vier Uhr morgens das Tanzbein schwang, sondern nahm ihn auch mit auf die Jagd. Allzu intim darf man sich dieses Verhältnis allerdings nicht vorstellen, denn der Prince of Wales ließ sich 1879 auf der Hirschjagd von sage und schreibe 2000 Reitern und einem 9000 Köpfe zählenden Gefolge zu Fuß begleiten. Wie so oft im Leben nutzten Jack Russell seine Verbindungen in den Hochadel aber nichts: Der Witwer starb 1883 so verarmt, dass er zwischenzeitlich sogar seine Hundezucht hatte verkaufen müssen. Allein vier hochbetagte Terrier namens Rags, Sly, Fuss und Tinker leisteten Reverend Russell am Ende seines Lebens noch Gesellschaft. Immerhin begleiteten über tausend Hunde- und Fuchsjagd-Enthusiasten seinen Sarg.

Von alldem wissen wir nichts, als wir in einem Bungalow in Lünen zum ersten Mal in unserem Leben einen Jack Russell-Welpen sehen. Christina und ich sind beide mehr als überrascht, als uns der zehn Wochen alte Aiden vorgeführt wird. Auf den Fotos der Züchterin haben wir die Größe des Welpen trotz der kurzen Begegnung mit seinem Bruder Ashlee in Düsseldorf völlig falsch eingeschätzt. Statt knapp unters Knie, wie wir dachten, reicht uns der Hund eher knapp über den Knöchel. Er ist schlicht winzig – so klein hatte ich ihn mir wirklich nicht vorgestellt. Doch ich bin keineswegs enttäuscht, nur verblüfft: Der Hund ist unfassbar niedlich, hat aber die Größe eines Meerschweinchens. Ob er ein Kilo auf die Waage bringt? Auf einer Decke liegt Aidens Mutter Emily und spielt mit seiner Schwester Ada. Es ist ihr erster Wurf, deshalb, so lernen wir, beginnen alle Hundenamen mit A. Neben Aiden und Ashlee gibt es noch Alpheus und Ambrose, die aber schon verkauft und abgeholt wurden, sowie eine Hündin namens Ada, die in der Familie der Züchterin bleiben soll.

Was sind das für Menschen, überlege ich mir, die in ihrer Freizeit Hunde züchten? Sind es reine Enthusiasten, motiviert von Tierliebe und ihrer Begeisterung für Jack Russell- und andere Hunde? Oder leiten sie eher kommerzielle Interessen, geht es ihnen ums Geld? Ist es am Ende eine Mischung aus beidem? Die zahllosen Nachfragen des Züchter-Pärchens, beide etwa Mitte fünfzig, an uns zerstreuen diesen Verdacht rasch. Christina und ich werden regelrecht gegrillt. Die Züchter zeigen reges Interesse, welche Lebensumstände den Welpen bei uns erwarten. Wer gehört alles zu unserer Familie? Wie groß ist unsere Wohnung in Köln? Gibt es einen Garten oder wie weit ist der Weg zum nächsten Park? Wissen wir, dass schon der Verzehr von ein paar Dutzend Gramm Schokolade für Hunde und insbesondere für Welpen zum Tod führen kann, weil Schokolade Koffein und Theobromin enthält, die für Hunde giftig sind? Ist uns klar, dass Jack Russell äußerst langlebige Hunde sind und wir uns auf 15 oder vielleicht auch 20 Jahre an ein Tier binden? Sind uns die Wesensmerkmale dieser Hunderasse bekannt? Dass es sich bei Russell-Terriern eben, anders als ihre Größe vermuten lässt, um Hunde handelt, die besonders viel Auslauf brauchen und die nur dann ein ausgeglichenes Wesen bewahren, wenn sie in puncto Bewegung und geistiger Anregung auf ihre Kosten kommen? Haben wir an die Grundausstattung für den neuen Mitbewohner gedacht: Fress- und Wassernapf, ein Rückzugsort, Halsband und welpengeeignete Leine? Sind alle Stromkabel so aus dem Weg geräumt, dass sie ein kaulustiger Welpe nicht anknabbern kann? Wie sieht es überhaupt mit unseren Hundeerfahrungen aus? Haben wir uns schon einen Platz in einer Welpenschule gesichert? Kaum dass ich zwischendurch fragen kann, warum das Ehepaar mit ihrer Jack Russell-Hündin überhaupt züchtet. Die Antwort lässt eine gewisse Beklommenheit entstehen: Auch die erwachsene Tochter hatte einen Jack Russell, doch der ist von einem Paketboten überfahren worden. Es soll nicht das letzte Mal sein, dass wir von solch traurigen Geschichten hören: Jack Russell sind zwar überaus folgsam, aber eben auch lebhaft und werden immer wieder Opfer des Straßen-verkehrs. Die Tochter hat sich aus dem Wurf die Hündin Ada reserviert, die bei Mutter Emily auf der Decke liegt. Eigentlich hatten die Eltern gar nicht vor, mit Emily zu züchten, doch auch wenn die anderen Welpen außer Ada nun nicht in der Familie verbleiben, werden sie nicht stiefmütterlich oder wie bloßer Beifang behandelt. Innerhalb der letzten zehn Wochen hat man sie doch so lieb gewonnen, dass man sie keineswegs um jeden Preis verkaufen möchte. Viel wichtiger als das Geld ist die Gewissheit, dass jedes Tier in gute Hände kommt und die Chance auf ein schönes Hundeleben hat.

Der Hund soll 750 Euro kosten. Im Nachhinein erscheint uns dieser Betrag ein Witz. Wer auch nur eine kleine Ahnung davon hat, wie aufwendig die Erziehung von Hundewelpen ist, weiß: Ums Geld geht es da nicht. Nicht nur dass Aiden geimpft, gechipt und dreimal entwurmt wurde, ehe er zu uns kommt, vor allem hat ihn das Leben inmitten einer Familie während seiner ersten Lebenswochen an den Alltag und seine unver-meidlichen optischen und vor allem akustischen Kulissen ge-wöhnt: das Klingeln von Tür, Telefon oder Handy, Besucher, die Geräusche von Spül- und Waschmaschine, das Geschep-per von Töpfen auf dem Herd oder das Klirren von Schlüsseln, Geschirr und Besteck. Es waren auch schon erste Autofahr-ten trainiert und Ausflüge in Wald und Park unternommen worden. Ein Hund aus Zwingerhaltung bekommt von alldem viel zu wenig mit und tut sich entsprechend schwerer, sich als neues Familienmitglied zu integrieren.

An dieser Stelle kommen wir nicht darum herum, über Rassismus nachzudenken. Rassismus bei Hunden und Rassis-mus bei Menschen. Eigentlich ist uns dieses ganze Gewese um die Rasse eines Hundes zuwider. Warum muss es überhaupt Hunderassen geben? Die Natur kennt sie nicht. Sind Rassestandards, also die Vorgaben der Zuchtverbände, nicht ein vollkommen absurdes Erbe einer zum Glück überwundenen Vergangenheit? Einer Vergangenheit, in der man auch Menschen in Rassen einteilte? Schädel vermaß und unter dem Deckmantel vermeintlicher Wissenschaftlichkeit hirnrissige Theorien über Arbeitsfreude, Ernährungsgewohnheiten, Leistungswille und Sexualvorlieben von Menschen aufstellte? Soll doch jeder nach seiner Façon glücklich werden, denken wir uns mit dem Alten Fritz. Und warum soll das nur für Menschen gelten und nicht auch für Hunde? Klar ist aber auch, wenn man die freie Wahl der Geschlechtspartner für Hunde in die Tat umsetzte, wäre es ganz schnell vorbei mit der verblüffenden Ausdifferenzierung zwischen Dobermännern, Labradoren, Königspudeln, Cockerspanieln, Chihuahuas und wie sie alle heißen ... Aber seit wann gibt es überhaupt Hunderassen? Während die Römer gerade mal eine Handvoll Hunderassen kannten und im Europa des Mittelalters nur rund ein Dutzend verschiedene existierten, haben die Zuchtbemühungen des Menschen inzwischen über achthundert Hunderassen weltweit hervorgebracht. Die meisten davon sind im 19. Jahrhundert entstanden. Warum befürworten wir aber eine Praxis für Hunde, die wir für Menschen strikt ablehnen und auf keinen Fall Anwendung finden ließen? Sind wir Hunderassisten? Warum verteufeln wir eine reglementierte Auswahl von Sexualpartnern bei Menschen, heißen sie aber bei Hunden gut? What the fuck – in des Wortes wortwörtlichster Bedeutung – trifft für Mensch und Hund gleichermaßen zu. Eine Bereicherung des Genpools ist eine Bereicherung des Genpools. Aber ohne strikte Auswahl der Zuchttiere gäbe es eben ganz schnell keine Jack Russells mehr – genau so wenig wie Islandpferde, Perserkatzen, das Bunte Bentheimer Schwein oder das Coburger Fuchsschaf. Uns persönlich wäre die ethische Verantwortung dieser Zuchtauswahl eher unangenehm und eine Last – aber als moralische Trittbrettfahrer haben wir gar nichts dagegen, dass es Tag für Tag viele andere Menschen für uns tun.

Es gibt aber mindestens noch einen anderen Grund, über Rassen und Rassismus nachzudenken. Und dieser andere Grund heißt Parson Russell-Terrier. Ja, es gibt seit einigen Jahren eine zweite von der Fédération Cynologique Internationale, dem internationalen Hundezüchterverband, offiziell anerkannte Hunderasse neben den Jack Russells. Die Parsons sind von den Jackies gar nicht so einfach auseinanderzuhalten. Hat man aber einmal einen Blick dafür entwickelt, fällt es leichter – jedenfalls wenn man mustergültig idealtypische Vertreter der beiden Rassen vor sich hat. Doch Vorsicht: Wie immer in der Natur sind die Übergänge fließend. Und viele Liebhaber der Parson Russell-Terrier verkomplizieren die Angelegenheit noch weiter, indem sie mit bemerkenswerter Starrköpfigkeit behaupten, ›ihr‹ Terrier entspreche viel eher denen des Reverend Jack Russell als die später unter seinem Namen bekannt gewordenen Hunde. Unseretwegen mag das so sein. Aber halten wir zunächst einmal fest, was einen Jack Russell-Terrier eigentlich von einem Parson Russell-Terrier unterscheidet. Parsons sind etwas größer und hochläufiger und haben einen etwa eine Handbreit höheren Widerrist als Jackies. Parson Russells wirken daher etwas kompakter und quadratischer als die in ihren Proportionen ein wenig langgestreckteren Jack Russells, und da sie größer sind, wiegen sie natürlich auch etwas mehr als die zwischen fünf und sieben Kilo auf die Waage bringenden Jackies.

Aller Wahrscheinlichkeit besaß Reverend Jack Russell Hunde von beiderlei Physiognomie, denn die hochbeinigeren Terrier konnten während der Jagd besser in der Meute seiner Foxhounds mitlaufen. Die Kleineren und Schlankeren waren dagegen geschickter darin, einen Fuchs in seinen Bau zu verfolgen, fachsprachlich Einschliefen genannt, um ihn zur Freude der Jagdgesellschaft wieder daraus herauszutreiben, das sogenannte Sprengen des Fuchses. Fest steht, dass so wie fast alle Hunde sowohl die allermeisten Parsons als auch Jack Russells heute ihr ganzes Leben lang niemals vor die Aufgaben gestellt werden, für die sie ursprünglich gezüchtet wurden. Sie sind quasi arbeitslos: Niemand gibt ihnen die Möglichkeit, ihren natürlichen Jagdtrieb auszuleben, geht mit ihnen auf die Fuchsjagd, lässt sie Meister Reineke aufspüren und aus seinem Bau treiben. Also gilt es, die dafür vorgesehene Energie anderweitig zu nutzen und in neue Bahnen zu lenken.

Und wer ist nun der bessere Hund – ein Jack Russell oder ein Parson Russell? Eher würden wir uns anmaßen, eine Lösung für den Irland-Konflikt, den Streit zwischen Israel und Palästina oder zwischen dem Baskenland und Spanien vorzuschlagen, als in dieser Frage Position zu beziehen.

Aiden jedenfalls, das steht nach wenigen Minuten mit dem Jack Russell-Welpen in Lünen fest, ist in Christinas und meinen Augen der beste und schönste Hund der Welt. Die Lebensfreude, Energie und Neugier des Welpen kennt keine Grenzen: Wir werden beschnüffelt und beleckt und unaufhörlich zum Spielen aufgefordert. Immer wieder läuft Aiden zurück zur

Decke, wo seine Mutter und seine Schwester Ada liegen und uns freundlich und zugewandt betrachten. Kurz beleckt Aiden Emily an den Lefzen, was diese mit großer Gelassenheit über sich ergehen lässt, und legt sich dann neben seiner Mutter und Ada nieder: Ein schöneres Bild für tierisches Urvertrauen lässt sich nicht denken. Wenige Augenblicke später aber, mit erneuertem Selbstbewusstsein, gewinnt die Neugier auf die Fremden die Oberhand und Aiden kommt wieder zu uns gelaufen. Die wenigen Minuten dieser ersten Begegnung haben gereicht, eine Bindung zu schließen, an der weder Christina noch ich je auch nur einen Moment gezweifelt haben. Aiden ist unser Hund fürs Leben.

Die Formalitäten sind rasch erledigt. Wir werfen einen Blick auf die Ahnentafeln der Elterntiere, die uns mit ihren hochtrabenden Fantasienamen – »Dragon Castle«, »Hunting Hall«, »Fox Manor«, »House of Jack« – eher amüsieren und ein wenig befremden als beeindrucken. Uns ist klar, dass unser Hund einen anderen Namen braucht: So wird aus Aiden Stubbs. Seine Papiere selbst werden uns einige Wochen später zugeschickt, es dauert geraume Zeit, bis die Einträge in der Ahnentafel durch den Zuchtbuchführer des Verbands vorgenommen werden.

Zum Abschied erhalten wir noch ein Geschenk: eine Decke mit dem Geruch von Stubbs' Mama. Stubbs schläft jede Nacht darauf. Das erste Mal gewaschen wurde die Decke erst, als Stubbs ganz sicher kein Heimweh mehr hatte. Diese Decke, ein einfaches graues Fleecetuch mit symbolisierten Pfotenabdrücken, hüten wir bis heute wie unseren Augapfel. Es ist Stubbs' größter Schatz.

»Der beißt nicht.«

Stephen King: »Cujo«

Boah ej! Zweimal in meinem Leben bin ich dem Sensenmann vonne Schippe gesprungen un hab dem Tod direktemang ins kalte Auge geglotzt. Einmal is Freund Hein in Gestalt eines Rottweilers zu mir gekommen, den irgendson Kappeskopp vonne Leine gelassen hatte. Dat war an einem vonne schönsten Orte der Welt, wo ich je in meinem Leben gesehen hab: dem Vorplatz der direkt am Meer gelegenen Kathedrale von Trani in Apulien. Da isset sowwat von schön, datte dich kaum noch zu pullern traust. Träumchen! Und direkt vor der blendend weißen Freitreppe, die zum Eingangsportal der Kathedrale führt, kommt dann son Mistbolzen angepest und will dir anne Gurgel.

Das zweite Mal ist mir der Tod in Gestalt eines mordlüsternen Dobermanns begegnet, der sich auf mich stürzte, als wir »Freunde« auf ihrem Landsitz in der Normandie besuchten – »Freunde«, die leider vergessen hatten, uns Bescheid zu sagen, dass sie sich zwischenzeitlich einen blutrünstigen Wachhund angeschafft hatten, den sie abends von der Kette ließen. Sowwat von panne! Blödbatzen, die.

Angeblich liegt der Unterschied zwischen Mensch und Tier darin, dass nur der Mensch ein Bewusstsein der eigenen Sterblichkeit besitzt. Reiner Schmonses, wennse mich fragen. Glaumse mir, niemanden, ob Hund oder Mensch, der diesem Dobermann oder diesem Rottweiler begegnet ist,

wird jemals wieder das Bewusstsein der eigenen Sterblichkeit verlassen. Und jeder, der an der Existenz des Guten zweifelt, aber aus eigener Erfahrung weiß, dass das Böse zweifelsfrei existiert, ist als Leserin und Leser für das opulente Werk von Stephen King prädestiniert.

Wann haben Sie zuletzt wegen eines Hunds die Straßenseite gewechselt? Ich gestern. Alles eine Frage der Traute.

Geben wir's ruhig zu: Hunde können uns Angst machen. Genau wie Menschen. Aber hallo. Und das mitunter sehr zu Recht. Die Angst vor dem großen bissigen Hund ist eine Welpen- bzw. Kinderangst, ja mehr noch, eine Urangst. Vielleicht weist sie zurück in jene Zeit, in der sich Menschen mit Wölfen zusammentaten und aus dieser Schicksalsgemeinschaft der Hund hervorging. Das war hier in Europa in der Eiszeit, vor ungefähr 35 000 Jahren. Seither treibt Mensch und Hund die Angst um, der große böse Wolf könnte plötzlich wieder zurückkehren. Von dieser Angst erzählt Stephen King in diesem Dampfdruckkochtopf von einem Roman mit dem Titel »Cujo«.

Die Kriminalstatistik lehrt, dass Menschen nicht Gefahr droht von irgendeinem unbekannten bösen Birnemann, der als dunkler Schatten durch ihre Vorgärten schleicht, in ihre Wohnungen eindringt und sie erschlägt oder erdrosselt, ersticht oder erschießt. Gewalt erfahren Menschen in der Regel von Menschen aus ihrem unmittelbaren Lebensumfeld, von Angehörigen. Ihrer Mischpoke. Die Mörder der Menschen sind im Zweifel Männer und Frauen, die sie einmal »Liebling« oder »Schatz« genannt haben.

Menschen verändern sich. Und Hunde auch. Das ist das zweite Thema von »Cujo«. In Stephen Kings Roman sorgt der amerikanische Heranwachsende Brett seit fünf Jahren für den Bernhardiner Cujo – ein fast hundert Kilo schwerer

Knuddel und nichts als lieb und lammfromm. Bretts Vater betreibt eine Autoreparaturwerkstatt vor den Toren von Castle Rock, wo so viele King-Romane spielen. Bis Brett eines Tages eine plötzliche Persönlichkeitsveränderung seines Hundes erleben muss:

»Und dann hörte er das Knurren.

Sein Herz machte einen Satz, und er sprang einen Schritt zurück. Alle seine Muskeln spannten sich. Ein Wolf, dachte er voll Entsetzen, wie ein Kind, dem plötzlich ein altes Märchen einfällt. Es war nichts zu sehen, nur Weiß.

Cujo kam aus dem Nebel.

Ein schluchzendes Geräusch drang Brett aus der Kehle. Der Hund, mit dem er aufgewachsen war, der geduldig den fröhlich jauchzenden fünfjährigen Brett auf seinem Wagen immer wieder über den Hof gezogen hatte und dabei ein Geschirr trug, das Joe in seiner Werkstatt gebastelt hatte. Der Hund, der jeden Tag, selbst bei Wind und Regen, am Briefkasten auf den Schulbus gewartet hatte ... dieser Hund war in der schlammbedeckten, zottigen Kreatur nicht mehr wiederzuerkennen, die langsam aus dem Morgennebel zum Vorschein kam. Die großen traurigen Augen des Bernhardiners waren gerötet und hatten einen stumpfen Blick: Es waren eher Schweineaugen als die eines Hundes.

Sein Fell war von bräunlich grünem Morast überzogen, als hätte er sich an der sumpfigen Stelle unten an der Wiese gewälzt. Sein Maul schien zu einem höhnischen Grinsen verzerrt, das Brett vor Entsetzen erstarren ließ. Das Herz schlug ihm bis zum Hals.

Dicker weißer Schaum troff Cujo zwischen den Zähnen hervor.

»Cujo?«, flüsterte Brett. »Cujo?«

Mein lieber Lelleck, da geht dir der Arsch auf Grundeis. Cujo hat sich bei der Jagd nach einem Kaninchen in eine Fledermaushöhle verirrt und mit Tollwut infiziert. Aus dem ipschigen Wonneproppen und putzigen Spielgefährten von einst ist ein Monster geworden, das direkt aus den Albträumen aller Hundehasser stammen könnte. Ein Killer. Eine Beißmaschine, die dir rubbeldiekatz an der Gurgel hängt. Am trostlosen Ende dieses Romans meldet sich der Erzähler zum ersten Mal in Ich-Form zu Wort und teilt uns Lesern mit: »*Die Höhle, in die Cujo das Kaninchen gejagt hatte, wurde nie gefunden. Aus irgendwelchen Gründen zogen die Fledermäuse schließlich weiter. Das Kaninchen konnte nicht heraus und musste verhungern. Es starb einen elenden, stummen Tod. Seine Knochen liegen, soweit ich weiß, noch immer dort, zusammen mit den Knochen anderer kleiner Kreaturen, die das Unglück hatten, schon vor ihm hineinzustolpern.*«

Stark, nich? Kein Schriftsteller hat im letzten Drittel des 20. Jahrhunderts die kollektive Imagination der literarischen Welt so geprägt wie Stephen King. Wir können keinen Clown mehr sehen, ohne an den mörderischen Pennywise aus Kings Roman »Es« zu denken. Bei jedem Plymouth Fury souffliert unser Lesergedächtnis »Christine« und erschaudert bei der Erinnerung an die vielleicht köstlichste Erfindung Kings, die Fusion von Auto und Vampir, Benzinfresser und Blutsäufer. Bei jedem abgelegenen Berghotel denken wir an »Shining« und den unter einer Schreibblockade leidenden Jack Torrance, der wieder und wieder den Satz »*All work and no play makes Jack a dull boy*« in seine Schreibmaschine hackt. Und der Anblick eines jeden Bernhardiners löst eben unweigerlich die Erinnerung an »Cujo« aus – es sei denn, es handelt sich um eine heiße Bernhardiner-Hündin, die natürlich ganz andere Gedanken in mir auslöst, aber von meinen Kröskes mehr an anderer Stelle. Natürlich darf bei der ersten Begegnung zwischen dem zu diesem Zeitpunkt noch ganz gesunden Cujo und dem kleinen Jungen Tad sowie dessen Eltern Donna und Vic, Kunden einer Autowerkstatt, der Hundeklassiker schlechthin nicht fehlen – der berühmte »Der-beißt-nicht«-Satz, oder, wie man in meiner Heimat sagt, »Der tut nix«:

»›Das ist aber ein verdammt großer Hund, mein Junge. Bist du sicher, dass er nicht beißt?‹

›Der beißt nicht‹, sagte der Junge, aber Vic rückte näher an seine Frau heran, als sein Sohn auf den Hund zuwatschelte, neben dem er unglaublich klein wirkte. Das Tier hielt den Kopf schief, und sein buschiger Schwanz bewegte sich langsam hin und her.

›Vic ...‹ Donna beendete den Satz nicht.

›Es ist schon in Ordnung‹, sagte Vic und dachte: hoffentlich. Der Hund sah aus, als könnte er Tadder in einem Bissen verschlingen.

Tad blieb einen Augenblick unsicher stehen. Er und der Hund sahen einander an.

›Wauwau?‹, sagte Tad.

›Cujo‹, sagte Cambers Sohn und ging zu Tad hinüber. ›Er heißt Cujo.‹

›Cujo‹, sagte Tad, und der Hund ging zu ihm und leckte ihm schlabbernd das Gesicht. Tad kicherte und versuchte, ihn abzuwehren. Dann drehte er sich zu seinen Eltern und lachte, wie er immer lachte, wenn sie ihn kitzelten. Er ging einen Schritt auf sie zu und stolperte über seine eigenen Füße. Er stürzte und plötzlich war der Hund über ihm. Vic hatte den Arm um Donna gelegt und spürte und hörte die entsetzte Reaktion seiner Frau. Er setzte sich in Bewegung ... und blieb stehen.

Cujos Zähne hatten sich in Tads T-Shirt mit dem Spider-Man-Emblem verbissen. Er hob den Jungen hoch – einen Augenblick lang sah Tad aus wie ein Katzenjunges im Maul seiner Mutter – und stellte ihn auf die Füße.

Tad rannte zu seinem Vater und seiner Mutter zurück. ›Mag Wauwau! Mom! Dad! Ich mag Wauwau!‹«

Mach dat Wau ma ei ... Aber Blagen, die wat wollen, kriegen wat auffe Bollen! Im Verlauf des Romans wird aus dem freundlichen Knuddel der ersten Begegnung eine Bestie im antiken Sinn des Wortes. Ein furchterregendes Tier, ein Untier eben, eher ein Produkt menschlicher Fantasie als der Evolution. Cujo verwandelt sich in einen skrupellosen Geiselnehmer, der Mutter und Kind über Tage in ihrem glühend heißen Auto belagert, in das er immer wieder einzudringen versucht. Die Qualität des Schriftstellers Stephen King liegt unter anderem darin, dass er einer banalen Dämonisierung Cujos souverän widersteht. King nimmt eine raffinierte Überblendung vor, indem er das Böse zunächst gestaltlos in einem Schrank im Kinderzimmer des kleinen Tad lokalisiert. Doch es ist kein harmloser Kinderspuk, der Tad Nacht für Nacht terrorisiert, sondern der Geist des Frauenmörders Frank Dodd, King-Lesern aus dem früheren Roman »Dead Zone« bekannt. Und dieser Geist fährt, ohne dass King dies näher beschreiben müsste, in das von der Tollwut geschwächte Gehirn des Hunds. Als Sheriff Bannerman von Cujo am Ende zerfleischt wird, blickt er ihm sterbend in die Augen und denkt: »*Hallo, Frank. Das bist du, nicht wahr? War die Hölle für dich zu heiß?*«

Auf die Omme kriegt man bei Stephen King auch noch aus der Hölle. Auch in der Ehe von Donna und Vic, Tads Eltern, hat sich eine Veränderung vollzogen. Stunk is im Anmaasch. Donna hat eine Affäre mit einem Möchtegern-Schriftsteller namens Steve Kemp, und schon is Panhas am Schwenkmast. Wann immer King über andere Schriftsteller schreibt – denken wir nur an den großartigen Roman »Misery«, wo eine begeisterte Leserin und Krankenschwester ihren Lieblingsautor als Geisel nimmt und ihn mit der Amputation von Körperteil um Körperteil dazu zwingt, die

Handlung seines neuen Romans in eine ihr genehme Richtung zu wenden –, wird er besonders garstig – und besonders lustig. Das ist Kings Art, Spökes zu machen. In »Es« lässt er zum Beispiel den Schriftsteller Bill Denbrough einen Creative-Writing-Kurs besuchen. Dort wird jemand gelobt für ein Theaterstück, dessen Figuren alle jeweils nur ein einziges Wort sagen, aus dem sich im Lauf der Aufführung der Satz bildet: »Krieg ist das Werkzeug der sexistischen Todeshändler.« Dösige Sache das ... Ein Schriftsteller von diesem Schlag ist auch Steve Kemp, ein echter Mistbolzen und Rachulla, viel mehr als Cujo der eigentliche Bösewicht des Romans. Kemp restauriert alte Möbel und verdient damit, unstet von Stadt zu Stadt ziehend, seinen Lebensunterhalt. Ihm gehört Stephen Kings ganze Verachtung: »*Er hielt Masturbation für ein Zeichen von Kreativität. Dem Bett gegenüber stand sein Schreibtisch. An beiden Seiten lagen Stapel von Manuskripten. Weitere Manuskripte hatte er in Pappkartons verstaut. Er schrieb viel und reiste viel in der Gegend umher, und sein Gepäck bestand hauptsächlich aus dem, was er geschrieben hatte – sehr viele Gedichte, einige Kurzgeschichten, ein surrealistisches Theaterstück, in dem die Charaktere insgesamt neun Worte sprachen, und ein Roman, den er unter den verschiedensten Blickwinkeln erfolglos bearbeitet hatte.*«

Watten Schmierlapp! Stilistische Exerzitien wie die von Steve Kemp sind für King, so seine wieder und wieder geäußerte Ansicht, nichts als l'art pour l'art, eben eine höhere Form von sich einen runterholen. In seinem Vorwort zu seinem Erzählungsband »Night Shift« führt er aus: »*Mein ganzes Leben als Schriftsteller bin ich immer von einem überzeugt gewesen: In der Fiktion muss die Geschichte selbst so gut sein, dass sie alle anderen Qualitäten des Autors in den Schatten stellt; Charakterisierung, Stil, Thema, Stimmung, das alles bedeutet nichts, wenn die Geschichte langweilig ist. Und wenn die Geschichte fesselt, kann der Leser alles andere verzeihen.«*

Vadda ... wie willze da ästhetisch gegenhalten? Was immer man Stephen King vorwerfen kann: langweilig isser nie. Weder für Mensch noch Hund. Woran liegt das? Stephen King lesen heißt, sich auf den Tod einzuüben. King weiß, dass der Tod das absolute Böse ist: die individuelle Katastrophe, die keinem, weder Tier noch Mensch, erspart bleibt. Das Unerklärliche und Unvermittelbare, das Allgemeinste und zugleich das Allergemeinste. *»Die große Anziehungskraft der unheimlichen Phantastik war zu allen Zeiten, dass sie uns als Probeaufführung unseres eigenen Todes dient«,* so King im Vorwort zu »Night Shift«. Wie meine Begegnungen mit dem Rottweiler in Trani und dem Dobermann in der Normandie ist eine Geschichte von Stephen King immer ein längeres Gedankenexperiment über die Frage: Wie wird es sein zu sterben? Daraus resultiert Kings Spannung, daraus speist sich sein *thrill.* Vielleicht ist Stephen King deshalb immer dann am besten, wenn er über Kinder und Tiere schreibt. Die vermeintliche, die vermutete Unschuld von Kind und Tier gegenüber dem Tod erhöht sozusagen den literarischen Einsatz. So oder so, King weiß, dass üble Dinge im Schrank lauern, unterm Bett oder hinter der Tür zum Keller, die sich von allein öffnet. Als Welpen und Kinder ahnen wir das auch. Als Erwachsene wissen wir es. Deshalb zählt Kings Publikum weltweit viele Millionen.

King macht uns dat Hemd am Flattern. Aber wie genau eigentlich? Er lässt »Cujo« eben nicht nur von Donnas und Tads Geiselnahme durch einen tollwütigen Bernhardiner handeln. Daneben erzählt King sehr überzeugend vom Kampf um den Werbeetat einer Frühstücksflocken-Firma, die nach einem Lebensmittelskandal um gefärbte Cornflakes ins Schlingern gerät. Und von der Ehe von Donna und Vic, der mit einem Partner eine Werbeagentur betreibt. Als sein Sohn von wiederkehrenden Albträumen über die Monster in seinem Schrank geplagt wird, schreibt der wortgewandte Vic ihm einen Zettel, der den Schrecken bannen soll. Am Ende des Romans wird er diese Beschwörungsformel an der Leiche seines Sohns finden:

> »Ungeheuer, kommt nicht in dieses Zimmer!
> Ihr habt hier nichts zu suchen.
> Keine Ungeheuer unter Tads Bett!
> Dort passt ihr nicht hin.
> Keine Ungeheuer, die sich in Tads Schrank verstecken!
> Dort ist es zu eng.
> Keine Ungeheuer vor Tads Fenster!
> Dort könnt ihr euch nicht festhalten.
> Keine Vampire, keine Werwölfe, nichts, was beißt.
> Ihr habt hier nichts zu suchen.
> Die ganze Nacht wird niemand Tad anfassen oder ihm
> etwa ...

Er konnte nicht weiterlesen. Er zerknüllte das Stück Papier und warf es auf die Leiche des Hundes. Das Papier war eine sentimentale Lüge, sein Gehalt so unbeständig wie diese dämlichen gefärbten Flakes. Es war eine Lüge. Die Welt wimmelte von Ungeheuern, und sie durften die Unschuldigen und die Unvorsichtigen beißen.«

Zugegeben: King philosophiert mit dem Mottek. Aber gerade deshalb heißt Stephen King lesen fürs Leben lernen. Isso.

Stephen King: »Cujo«
Deutsch von Harro Christensen
Heyne Verlag, 397 S.

KAPITEL 3

Die Welt ist groß,
und Gefahr lauert überall ...

Am Mittag des Heiligabends ward uns also ein Hund geboren. Das heißt, zur Welt kam Stubbs Anfang Oktober, wir übernahmen den Welpen mit knapp zwölf Wochen am 24. Dezember. Das ist schon relativ alt: Viele Welpen werden bereits mit acht bis zehn Wochen abgegeben, um die wichtige Prägephase, in der sie besonders leicht neue Verhaltensweisen lernen, für ihre Erziehung auszunutzen. Wir führen viele Charakterzüge von Stubbs jedoch gerade auf diese ungewöhnlich lange Bindung an seine Mutter und seine Geschwister zurück: seine Gelassenheit zum Beispiel und sein rasseuntypisches in sich ruhendes Wesen – wir sagen gern, Stubbs sei der Dalai Lama der Jack Russell – zeugen von einem starken Urvertrauen, das aus jenen Wochen stammen muss.

Im Nachhinein wären wir bereit gewesen, auch ein Vielfaches der 750 Euro zu berappen. Aber hier versagt ohnehin die kapitalistische Logik: Der Wert eines Familienmitglieds ist in Geld nicht auszudrücken.

Allerdings hatten wir beim Kauf des Hundes noch eine Bedingung mit den Züchtern ausgehandelt. Seit Langem schon stand fest, dass wir im Februar drei Wochen aus beruflichen Gründen Neuseeland und Australien bereisen wollten. Doch den Hund mitzunehmen, war ausgeschlossen, denn auch wenn Stubbs theoretisch in der Kabine hätte mitfliegen können – ein so langer Flug war keinem Welpen zuzumuten. Und an Bord des Schiffes, mit dem wir reisen wollten, waren Hunde sowieso nicht erlaubt. Es gibt nur ein einziges Kreuzfahrtschiff der Welt, das Hunde an Bord duldet, die Queen Mary 2 der Cunard Line, und auch nur zu bestimmten Zeiten auf bestimmten Routen, meistens zwischen Southampton und New York. Wer bereit ist, rund tausend Dollar extra für die Überfahrt des Vierbeiners zu berappen, kann seinen Hund in einem Zwinger auf Deck 12 unterbringen. Dort kümmern sich eigens ausgebildete Angehörige der Crew um die Tiere, führen sie auf einem kleinen Rollrasenstück aus und versorgen sie mit Wasser und Futter. Zwar dürfen die Mitreisenden ihre Tiere zu bestimmten Zeiten besuchen, ein hundefreundlicher Urlaub sieht aber sicher anders aus. Für uns stellte sich diese Frage nicht – für einen zuwendungsbedürftigen Welpen sind solche Bedingungen keinesfalls ideal.

Was also tun? Eine Hundepension kam aus den gleichen Gründen nicht infrage, und niemand aus unserem Familien- oder Freundeskreis besaß ausreichend Erfahrung mit Hunden, um sich dreieinhalb Wochen um einen knapp vier Monate alten Welpen zu kümmern. Die Lösung war, Stubbs für diese Zeit noch einmal zurück zu seiner Mutter nach Lünen zu bringen. Als wir dem Züchterpaar die Umstände geschildert hatten, erklärten sie sich zu unserer riesigen Erleichterung bereit, den Hund im Februar noch einmal kurze Zeit zu sich zu nehmen und seine Ausbildung dort fortzusetzen, wo wir sie unterbrechen mussten.

Nun stand unserem ersten Weihnachtsfest mit Hund also

nichts im Wege. Für die Rückfahrt hatten wir eine kleine beige Transportbox besorgt, mit einer Decke ausgelegt und einen zur Hälfte gefüllten Wassernapf aus Weichplastik hineingestellt. Das Züchterpaar hatte Stubbs zwar schon einige Male zu Spaziergängen und Einkäufen kurze Strecken im Auto mitfahren lassen, das bewahrte ihn aber nicht davor, sich während der ersten längeren Fahrt auf einer deutschen Autobahn trotz angemessen gedrosselter Geschwindigkeit prompt auf der Rückbank unseres Wagens zu übergeben. Hundekotze auf den Lederpolstern meines alten Jaguars hätte mich sonst wenig beglückt, aber ich überraschte mich selbst, mit welcher Seelenruhe ich das Malheur registrierte. War die Reaktion des Hundes nicht die allernatürlichste auf des deutschen Rasers liebstes Kind? Das geht ja gut los, dachte ich, als ich sah, wie Stubbs das angebotene Wasser verschmähte. Was, wenn der Hund nun ewig vor sich hin mickern und wir von einem Besuch beim Tierarzt zum nächsten leben würden? Oder war es gar keine durchs Autofahren induzierte Übelkeit? Vielleicht fand er uns ja einfach schrecklich und ließ seinen Gefühlen auf diese Weise freien Lauf? Aber als er dann wie ein kleines Häuflein Unglück auf der Rückbank saß und uns schuldbewusst aus großen runden Augen ansah, war schnell klar, dass der allen Hunden angeborene *will to please* auch in Stubbs vorhanden war. Ohnehin beseitigten zwei Feuchttücher das Schlamassel im Handumdrehen, die Magenkapazität eines Jack Russell-Welpen ist überschaubar.

Nach diesem eher wackligen Beginn nahm unser erster Tag mit dem neuen Hund einen dramatischen weiteren Verlauf. In Köln angekommen, fuhren wir mit Stubbs als Allererstes in den von einer dünnen Schneedecke bedeckten Südpark in

Marienburg, um ihm dort, in der am wenigsten überlaufenen Grünanlage der Stadt, die Möglichkeit zu bieten, sich in aller Ruhe zu erleichtern und ein wenig mit seinem neuen Rudel zu spielen. Allerdings hatten wir nicht mit dem riesigen schwarzen Hund gerechnet, eine Art Riesenschnauzer, gut und gern 40 Kilo schwer. So stellten wir uns den dreiköpfigen Höllenhund Zerberus vor, der in der Vorstellung der griechischen Antike den Eingang zur Unterwelt bewacht. Wie ein schwarzer Blitz schoss das Monster mit entblößten Fängen, hängenden Lefzen und aus dem Maul tropfendem Geifer aus dem Busch und stürzte sich mit lautem Gebell auf Stubbs.

Doch keine Sorge, sagten wir uns, nur nicht überstürzt eingreifen und unseren Welpen vor wichtigen Sozialkontakten und ersten Erfahrungen mit anderen Hunden abschirmen. Wir wollten ja keine Helikopter-Hundehalter werden. Zum Glück sind kleine Hunde durch den sogennnten Welpenschutz vor Übergriffen erwachsener aggressiver Tiere geschützt. So hatten wir das jedenfalls in den vielen Büchern über Hundehaltung gelesen, die wir uns besorgt hatten: Ältere Tiere begegnen Jungtieren auch anderer Rassen mit Toleranz und sehen ihnen durch eventuelle Tollpatschigkeit, Unkenntnis oder auch schlichte Dreistigkeit verursachte Verhaltensfehler oder fehlende Unterwerfungsgesten gutmütig nach. Blöderweise hatte aber das schwarze Monster keines dieser Bücher gelesen. Zwischen dem hitzigen Geblaff des Angreifers und dem hellen Schmerzgewinsel unseres offenbar ins Fell gezwickten oder gebissenen Welpen wurde uns schlagartig klar: Hier ging es um Leben und Tod. Also stürzten wir uns mit Gebrüll und einem am Wegesrand liegenden Ast auf das Untier. Ob unserer plötzlichen Kampfeslust wohl eher verblüfft als wirklich besorgt, ließ sich das Monster nach einigem ärgerlichen Schnappen und weiterem Hin und Her immerhin überzeugen, wenigstens für heute Nachmittag auf einen Jack Russell-Welpen als Snack zu verzichten. Und gerade als wir uns gegenseitig versicherten, nicht verletzt zu sein und unseren zitternden Hundewelpen nach etwaigen Bisswunden absuchten, kam auch das Herrchen des Riesenschnauzers mit fröhlicher Miene gemütlich schlendernd zum Vorschein: ohne Leine, beide Hände in die Hosentaschen gesteckt und ohne jede Spur von Unrechtsbewusstsein. Auf unsere empörten Vorhaltungen hörten wir zum ersten Mal jenen Satz, der uns seit inzwischen vielen Jahren begleitet: »Das hat er ja noch nie gemacht!«

Der sogenannte Welpenschutz ist nichts als eine fromme Legende. Sicher reagieren Hunde, die mit vielen Hundewelpen sozialisiert wurden, auf tapsige Junghunde toleranter. Auf diese Toleranz zu bauen, kann sich aber als Fehler mit fatalen Konsequenzen erweisen. In der freien Wildbahn begegnen Wolfswelpen nur Wölfen aus dem gleichen Rudel. Andere Wölfe kommen niemals in ihre Nähe, weil sie von den erwachsenen Rudelmitgliedern sofort vertrieben würden. Es ist also keine Folge von Degeneration oder Entwöhnung vom Leben in der Natur, dass manche Hunde aggressiv auf Welpen reagieren – unter Wölfen ginge es nicht anders zu.

Womit eine echte Schattenseite im Leben mit einem Jack Russell angesprochen ist. Wer Gefahr scheut, ist bei diesen Hunden an der falschen Adresse. Auch wenn es schwer fällt, dies unverblümt zuzugeben: Diese Rasse zeichnet sich durch ein absurd übersteigertes Selbstbewusstsein aus. Wer käme auch sonst auf die Idee, einem wehrhaften Dachs oder Fuchs in seinen Bau zu folgen? In der Praxis heißt das: Ein Jack Russell fühlt sich einem American Pitbull, Dobermann, Rhodesian Ridgeback, Rottweiler oder Schäferhund absolut ebenbürtig. Doch was heißt da ebenbürtig? ›Platz da, hier komm ich, ich mach dich fertig!‹, beschreibt ihre Attitüde viel eher. Nicht verschwiegen werden soll daher, dass Begegnungen mit großen, potenziell gefährlichen und unangeleinten Hunden Beklemmung auslösen können. Kommt es zum Showdown? Wird Blut fließen? So verwandelt sich manch friedlicher Spaziergang im Handumdrehen zum Finale von »High Noon«. Zum Glück wird mit der Zeit der Blick geschärft, ob es sich bei dem Entgegenkommenden um einen Rüden handelt, ebenso für die Körpersignale, die wirklich heikle Situationen ankündigen, und für alltägliche Begegnungen mit anderen Hunden, die glimpflich verlaufen werden. In jedem Fall braucht man als Jack Russell-Besitzer starke Nerven.

Gebundenheit: Thomas Mann benutzt diesen Begriff in seiner Erzählung »Herr und Hund« zur Schilderung des Treffens zweier Rüden bei einem Spaziergang, wo fraglich ist, ob daraus ein Ignorieren, eine Beißerei oder ein Duell auf Leben und Tod wird. Tatsächlich aber herrscht Gebundenheit weniger zwischen Hunden untereinander als zwischen Mensch und Hund. In der Beziehung zu seinen Haltern geht es für den Hund buchstäblich um alles: Fressen, Spazierengehen, Schlaf, Spiel, Sex! Deshalb ist man gut beraten, in diese Gebundenheit das größtmögliche Element von Freiheit einzuführen. Auch hier gilt der Kant'sche Imperativ: Willst du am anderen Ende der Leine sein?

Das schwarze Monster aus dem Kölner Südpark haben wir

übrigens nie wiedergesehen. Sein unvermutetes Auftauchen hat uns aber für alle Zeiten einen durchaus heilsamen Schreck in die Glieder gejagt: Seither ist unser Radar für potenziell auftauchende andere Hunde permanent eingeschaltet. Man erkennt Besitzer unkastrierter Rüden an diesem schweifenden Blick, der unentwegt Ausschau nach anderen Hunden hält. Die Welt ist groß, und Gefahr lauert überall ...

Andererseits baut sich im Lauf der Zeit auch ein wachsendes Vertrauen zum eigenen Hund auf. Wie heißt es so schön in einem Gedicht von Joseph von Eichendorff, das Richard Strauss als Text zu einem seiner Vier letzten Lieder verwendete:

»Wir sind durch Not und Freude
gegangen Hand in Hand
vom Wandern ruhen wir beide
nun überm stillen Land.«

Die Begegnung mit dem großen schwarzen Hund konnte uns das erste Weihnachten mit Stubbs nicht vermiesen. Eine Erstausstattung für das neue Familienmitglied war längst angeschafft. Ein kleines Hundebett mit Stoffbezug und eine mit einem Schaffell ausgekleidete Bordeauxkiste dienten als Ruhe- und Schlafplätze. Eine extra leichte Nylonleine und ein schmales Halsband hatten wir von der Züchterfamilie geschenkt bekommen, ein Wasser- und ein Futternapf standen bereit – und längst hatten wir auch einige Spielzeuge für den kleinen Hund ausgesucht: einen Gummiball – klein, aber groß genug, um definitiv nicht verschluckt werden zu können –, einen Stoffesel und eine Quietschmaus, beide weich und so gut wie unzerstörbar. Natürlich drehte sich an diesem Heiligen Abend alles um den Neuankömmling. Stubbs beschnüffelte sämtliche Ecken in allen Zimmern unserer Wohnung ausführlich und ließ bereits seine lebenslange Vorliebe für die Küche als Aufenthaltsort erahnen. Auf das Aufstellen eines Christbaums hatten wir wohlweislich verzichtet, schließlich lag das Hauptaugenmerk unserer Hundeerziehung im Moment auf der Stubenreinheit. Die erste Nacht in der neuen Wohnung verlief ruhiger, als wir es erwartet hatten. Auch Stubbs war nach den vielen neuen Eindrücken, die auf ihn eingeprasselt waren, steinmüde. Allerdings dämmerte uns bald, dass die Nächte des erholsamen Durchschlafens fürs Erste vorbei waren. Stubbs wollte alle paar Stunden raus und gab dies durch beharrliches Fiepen zu erkennen. Schuldbewusst muss ich einräumen, dass ich offenbar tiefer schlafe als Christina: Wir hatten abgesprochen, dass wir abwechselnd mit dem Hund Gassi gehen wollten, aber ohne Christinas Ermahnungen hätte ich das leise Winseln des Hundes allzu oft überhört. Wer da in seiner Wohnung oder in seinem Haus nur die Terrassentür in den Garten öffnen muss, ist natürlich fein raus. Wir mussten aber erst mal mit Stubbs auf dem Arm – Treppensteigen ist für Welpen tabu, zu groß die Gefahr lebenslanger Gelenkschäden – zwei lange Treppen überwinden und mit dem Welpen in unseren Innenhof, der zwischen Mülltonnen und Fahrrädern eine kümmerliche Bepflanzung aufwies. Dort erleichterte sich Stubbs in der Nacht und war meist schon wieder eingeschlafen, bis wir ihn über die zwei Treppen zurück in unsere Wohnung trugen. Die anschaulichsten Erzählungen meiner 1939 geborenen Mutter über ihre Kindheit handelten von den vielen Bombennächten in Stuttgart am Ende des Zweiten

Weltkriegs. Das permanente Aus-dem-Schlaf-gerissen-Werden. Die Verwirrtheit. Die Hast auf dem Weg in die Bunker. Der Anblick der in die Nacht tastenden Flak-Scheinwerfer. Die Angst, die auch dann noch blieb, als die Bomberflotten vom Himmel verschwunden waren. Ich tröstete mich mit der Erinnerung an diese Geschichten, wenn ich vor Kälte schlotternd bei minus 7 Grad um drei Uhr morgens im Pyjama und Mantel in unserem Innenhof stand und wartete, bis sich der Schnee unter dem Welpen gelblich verfärbte. Wenigstens musste ich anders als meine Mutter keine Todesangst ausstehen. Tagsüber waren die Bedürfnisse des Hundes leichter zu erkennen: Wenn er mit gesenktem Kopf im Kreis zu laufen begann, war dies das Zeichen: sofort raus! Natürlich blieb auch uns die eine oder andere Pfütze auf dem Parkett oder den Küchenfliesen nicht erspart. Schuld daran waren immer wir, weil wir Stubbs' Signale nicht richtig gelesen hatten. In der Rückschau wurde uns beiden immer sehr schnell klar, dass der kleine Hund im Grunde alles versucht hatte, uns auf sein Bedürfnis aufmerksam zu machen. Wir waren nur zu dusselig und zu sehr mit anderem beschäftigt gewesen oder hatten seine Zeichen schlicht missdeutet.

Nach solchen nächtlichen Eskapaden befanden sich auf meinem schwarzen Wollmantel Dutzende und Aberdutzende weißer Haare. Auch dies sollte wissen, wer sich für einen Jack Russell entscheidet. Jack Russell haaren, und zwar reichlich, sommers wie winters das ganze Jahr hindurch. Diese Hunde haben drei Fellformen: kurz- und glatthaarig wie Stubbs, drahtig-rauhaarig und eine Zwischenform, das sogenannte »broken-coated«, stichelhaarig. Wer sich für einen rauhaarigen oder stichelhaarigen Jack Russell entscheidet, wird weniger

Haare auf seiner Kleidung finden, die sich zudem leichter entfernen lassen. Wehe aber all denen, die sich von der seidigen Weichheit des glatthaarigen Fells zu einem Kurzhaar-Jackie verführen ließen, denn ihnen ist fortan ein Leben mit Kleiderbürste und Fusseljet beschieden. Zudem lassen sich die kurzen glatten Terrierhaare verflixt schwer von bestimmten Stoffen entfernen. Man kann zum Beispiel ohne Übertreibung Stunden damit zubringen, einen schwarzen oder dunkelblauen Kaschmirmantel davon freizuzupfen, und wird sich rasch angewöhnen, solche heiklen Materialien entweder vor jedem Kontakt mit dem Hund zu schützen, oder sie von vornherein ganz aus seiner Garderobe entfernen. Samt, Cord und Fleece sind besonders empfindlich, besser eignen sich Tweed-, Leinen- oder Baumwollstoffe. Gelegentlich begegne ich bei Fernsehdrehs für die Garderobe zuständigen Menschen, die mich bekümmert fragen, ob ich denn einen Hund hätte. Ich gebe mich dann immer betont schuldbewusst, tatsächlich habe ich mich aber längst damit abgefunden, dass meine schwarzen, braunen und dunkelblauen Anzüge nur dann einigermaßen von Stubbs' Haaren zu befreien sind, wenn ich nicht nur die stets in unserem Schrank griffbereit liegende Kleiderbürste und den Fusseljet benutze, sondern diese Werkzeuge auch im Auto sowie auf Reisen im Koffer dabeihabe. Eine Patentlösung dafür gibt es nicht – höchstens die Erkenntnis: Wer seinen Hund liebt, der liebt auch seine Haare – oder findet sich jedenfalls mit ihnen ab. Tatsächlich ertappe ich mich auf Reisen nicht selten dabei, wie ich ein Haar von Stubbs von meinem Jackett abzupfe und voller Sehnsucht an ihn denke.

Die ersten fünf Wochen mit Stubbs vergingen wie im Flug. Jeder Tag bot ein neues Abenteuer. Bällchenspielen im Park.

Kleine Spaziergänge im Königsforst – Welpen ermüden rasch, an ausgedehnte Wanderungen ist da noch nicht zu denken. Nachmittage in der Welpenspielgruppe eines Hundesportvereins, denn mit Christina und mir waren zwar nun zwei neue Bezugspersonen in Stubbs' Leben getreten, dafür hatte er ja aber seine Geschwister als Spielgefährten verloren. Ersatz boten die anderen jungen Hunde in der Spielgruppe, die dafür sorgten, dass Stubbs gut sozialisiert aufwuchs und kein neurotischer Hundeautist wurde. Auch mit der Stubenreinheit klappte es immer besser, und schon nach gut zwei Wochen dehnten sich die Schlafphasen des jungen Hundes erst auf vier und schließlich auf fünf Stunden aus.

Doch was uns schon an Weihnachten geschwant hatte, rückte nun unabwendbar immer näher. Wie ein Damoklesschwert hing der Tag unserer Abreise nach Australien und Neuseeland über uns. Aus etwas, auf das wir uns beide noch vor wenigen Wochen von Herzen gefreut hatten, war längst etwas geworden, das uns bevorstand und bedrückte wie eine unangenehme Prüfung. Der Countdown lief und mischte in jede positive neue Erfahrung mit Stubbs eine Spur von Bedauern, dass es damit nun zumindest für gewisse Zeit bald ein Ende haben würde. Das ließ uns einerseits diese ersten Wochen mit Stubbs besonders intensiv erleben und machte sie kostbar. Andererseits legte sich doch ein Schatten über diese Zeit, und wir fragten uns, ob der Hund etwas von unserer wachsenden Beklommenheit mitbekam. Im Nachhinein erstaunt uns die eigene Naivität: Wie in jeder guten Partnerschaft liest auch ein Hund die Stimmungen, Gedanken und Gefühle seiner Bezugspersonen mit erstaunlicher Sensibilität. Es ist ja gerade diese fast schon unheimliche, weil ans Gedankenlesen grenzende besondere Fähigkeit zur Empathie, die die Bindung zwischen Mensch und Hund so einmalig macht.

Am Tag vor dem gebuchten Flug nach Sydney über Singapur traten wir nachmittags schweren Herzens und mit hängenden Köpfen die Fahrt nach Lünen an, um Stubbs gute drei Wochen in der Obhut seiner Züchter zu lassen. Im Gepäck hatten wir eines seiner Lieblingsspielzeuge. Wir konnten selbst nicht glauben, wie rasch uns Stubbs ans Herz gewachsen war. Der Abschied von unserem Hund fiel sehr kurz aus. Wir schalten uns kindisch. Nannten uns sentimental. Rückgratlose Tränentiere. Und doch weinten Christina und ich auf der Rückfahrt beide und schworen uns, unseren Hund nach dieser Reise nie, nie wieder und unter keinen Umständen so lange allein zu lassen.

Jeder Jeck (p)is(s)t anders.
Virginia Woolf: »Flush«

Boah, hömma! Datt ne Schriftstellerin, die Woolf heißt, genau meine Leinenweite is, versteht sich ja wohl von selbs. Et is ja nu zwischen dich, liebe Leserin, lieben Leser, und mich mittlerweile doch sonne gewisse Vertrautheit am Entstehen – wir ham zwar noch keine Currywurst geteilt, aber nu isset doch ma anne Zeit für Klartext. Um ein intimes Geständnis abzulegen: Ich bemühe mich selbstverständlich Tag für Tag, ein aufgeklärter Hund zu sein. Meine Vorurteile ab- und mein Verständnis für andere auszubauen. Doch so sehr ich auch Hunden und Menschen, ja allen Geschöpfen auf diesem Planeten mit Liebe oder zumindest mit Respekt zu begegnen versuche, Cockerspaniels sind mir von Herzen verhasst. Diese usseligen Zottel kannich einfach ums Verrecken nich ab. Allein schon der rhetorische Aufwand dieser Hunde geht mir auf den Senkel. Ihr sogenannter »Behang« am Bauch. Ihre »Fahnen« an den Pfoten. Vor allem jedoch ihre unerträglich ringellockigen Schlappohren. Richtige Rotzlöffel! Da krieg ich echt n Föhn. Cockerspaniels sehen in meinen Augen aus wie Rauschgoldengel, die man in eine Klorolle reingepröfft hat. Diese Ohrengardinen schreien einem doch förmlich die Aufforderung entgegen, kräftig, beherzt und mit Schmackes in sie hineinzubeißen, an ihrem blöden Gepuschel zu ziehen, zu zerren und sodann mit einem befriedigend großen Stück Lockenskalp von der Stätte der Begegnung davonzutraben ...

Jau! Aber Lesen bedeutet nun mal, seine Ressentiments auf den Prüfstand zu stellen und wo nötig zu überwinden.

Wie sich Hass in Liebe verwandelt, das ist das Thema von »Flush«, dem 1933 veröffentlichten Roman über einen Cockerspaniel von Virginia Woolf. Genauer gesagt erzählt Woolf in diesem Buch vom Leben des Cockerspaniels der englischen Dichterin Elizabeth Barrett Browning. Es schildert den großbürgerlichen Alltag im viktorianischen London Mitte des 19. Jahrhunderts. Vor allem aber berichtet es von der radikalen Wandlung eines eingefleischten Aristokraten in einen Demokraten.

Meine Begegnungen mit dem deutschen Hochadel halten sich in Grenzen. Aber anders als meine Besitzer, die sich – wie soll ich mich ausdrücken, ohne ihre Gefühle zu verletzen? – eines bestenfalls als buntscheckig zu bezeichnenden Stammbaums erfreuen, entstamme ich selbst einer durchaus alten und reinen Blutlinie, ja man kann ohne Übertreibung sagen, einer der ersten Familien der Jack Russell. Doch das Leben in Köln hat mich längst von allen aristokratischen Prätentionen Abstand nehmen lassen. Jeder Jeck (p)is(s)t anders, heißt es hier am Rhein, und diese Denkungsart habe ich mit Freuden übernommen. Mein Geburtsname, Aiden von Pygmy Castle, ist ja auch nichts, mit dem man sich inner Kneipe anne Ecke vorstellen möchte. Klingt ja wie Graf Rotz vonne Gasanstalt. Unvergesslich ist mir meine Begegnung während einer Wochenendeinladung mit einem veritablen Prinzen, dessen Frau ihn dazu verdonnert hatte, eine Maus zu verjagen, die sich in der Couchgarnitur einer Jagdhütte niedergelassen hatte. Ich traf den Blaublütler mit dem Staubsauger in der einen Hand und einer Bürste in der anderen umgeben von Polsterbergen an, und auf meinen nachdenklich schräg gelegten Kopf und fragenden Blick reagierte der

Mann mit dem noch lange in meinen Ohren nachklingenden Satz: »Ein deutscher Fürst kann alles!«

Da fällt einem doch der Kitt ausse Brille. Aber so verstanden, als sich selbst zu helfen wissende Leistungselite, soll mir der Adel recht sein. Die dünkelhafte Standesgesellschaft jedoch, in die Virginia Woolf hineingeboren wird und der sie in allen ihren Werken den Spiegel vorhält, ist weder für Mensch noch Tier ein Honigschlecken. Wie einen der Verlust sicher geglaubter Privilegien treffen kann, bekommt auch Flush zu spüren, als er Opfer einer Entführung wird: »*Er war völlig fassungslos. Eben noch war er in der Vere Street, zwischen Bändern und Spitzen; gleich darauf wurde er kopfüber in einen Sack gesteckt; eilends durch die Straßen gezerrt und nach langem endlich herausgekippt – hier. Er fand sich in völliger Dunkelheit. Er fand sich in Kälte und Feuchtigkeit. Nachdem seine Benommenheit sich gelegt hatte, erkannte er ein paar Umrisse in einem niedrigen dunklen Raum – zerbrochene Stühle, eine zerwühlte Matratze. Dann wurde er gepackt und mit dem Bein eng an irgendein Hindernis gebunden. Irgendetwas lag am Boden hingestreckt – ob Tier oder Mensch, vermochte er nicht zu sagen. Gewaltige Stiefel und zerlumpte Röcke torkelten unablässig ein und aus. Fliegen summten über Fetzen von altem Fleisch, das am Boden verweste. Kinder krochen aus dunklen Ecken hervor und kniffen ihn in die Ohren. Er winselte, und eine schwere Hand hieb ihm über den Kopf. Er kauerte sich auf die paar Zoll feuchter Ziegelsteine gegen die Wand. Jetzt konnte er sehen, dass der Boden von Tieren aller möglichen Arten wimmelte. Hunde zerrten wütend an einem verfaulenden Knochen, den sie zwischen sich hatten. Die Rippen stachen aus ihrem Fell hervor – sie waren halb verhungert, schmutzig, krank, ungekämmt, ungebürstet; doch waren sie alle, das konnte Flush sehen, Hunde von allerbester Abstammung, Leinenhunde, Hunde, von Dienstboten umsorgt wie er selbst.*«

Kerl inne Kiste! Wie ist der Cockerspaniel Flush in diesen existenziellen Schlamassel geraten? »Flush« liest sich stellenweise wie ein Krimi. Dabei ging es Virginia Woolf in diesem Buch wie in dem schon fünf Jahre zuvor erschienenen »Orlando« in erster Linie darum, sich über die literarische Form der Biografie lustig zu machen, die ihr Roman bis hin zu zehn ganzseitigen Fotografien und Illustrationen mit verschiedenen Porträts von Flush, Elizabeth Barrett und Robert Browning in unterschiedlichen Lebensaltern perfekt imitiert. Woolfs satirischer Spott gilt dem Glauben, man könne ein Leben aus der Asche seiner Glut rekonstruieren, aus hinterlassenen Briefen, Dokumenten und anderen Quellen einen Homunkulus schaffen, der irgendeine Ähnlichkeit mit der gelebten Erfahrung aufweist. Is natürlich Lapiralla ... Charles Dickens vermochte menschliches Elend zu beschreiben wie kein zweiter. Aber niemand hat das Elend eines Hundes im 19. Jahrhundert anschaulicher geschildert als Virginia Woolf. Dognapping ist ein beliebtes Verbrechen in den Straßen der Reichenviertel im viktorianischen London. Das Risiko, dabei geschnappt zu werden, ist gering, die Strafen relativ milde, die Aussicht auf happige Lösegelder angesichts der drückenden Armut verlockend. Sage und schreibe dreimal wird Flush der Dichterin Elizabeth Browning entführt, und dreimal bezahlt sie Lösegeld für ihn, damit es ihr nicht so ergeht wie einer Nachbarin: »*Mr Taylor war der Kopf der Bande. Sowie eine Dame aus der Wimpole Street ihren Hund verlor, ging sie zu Mr Taylor; er nannte seinen Preis, und er wurde bezahlt; und wenn nicht, dann wurde ein paar Tage später ein Packpapierpaket in die Wimpole Street geliefert, das den Kopf und die Pfoten des Hundes enthielt. Dies war jedenfalls die Erfahrung einer Dame in der Nachbarschaft gewesen, die mit Mr Taylor zu feilschen versucht hatte. Miss Barrett hingegen hatte selbstver-*

ständlich die Absicht zu zahlen. So sagte sie, als sie nach Haus kam, ihrem Bruder Henry Bescheid, und Henry suchte an jenem Nachmittag Mr Taylor auf. Er traf ihn ›zigarrenrauchend in einem Zimmer voller Gemälde an‹ – Mr Taylor verdiente angeblich zwei-, dreitausend im Jahr an den Hunden der Wimpole Street – und Mr Taylor versprach, dass er sich mit seiner ›Sozietät‹ in Verbindung setzen und der Hund am nächsten Tag zurückgegeben werden würde. Lästig, wie es war, und besonders ärgerlich in einem Augenblick, da Miss Barrett ihr ganzes Geld benötigte, waren dies die unausweichlichen Konsequenzen, wenn man im Jahr 1846 seinen Hund an die Leine zu nehmen vergaß.«

Leck mich inne Täsch, hasse da noch Worte! Tapersse friedlich durche Zitti und auf eima, mir nix dir nix, nehmense dich hopps! Iss ja direktemang wie bei Lady Gaga.

Elizabeth Barrett Browning war im viktorianischen Großbritannien überaus populär und eine viel gelesene Lyrikerin. Sie war eine der vielen ewig kranken Frauen des 19. Jahrhunderts, von denen man nicht weiß, ob ihre Krankheit eingebildet war oder Ausdruck einer Furcht vor dem Leben, vor übermächtigen Vätern und Brüdern oder vor beidem. Real waren in jedem Fall ihre Schmerzen. Dann aber erlöste sie ihre aus einem Briefwechsel entstandene Liebe zu Robert Browning aus der Passivität und einem Dasein als in einem Zimmer ohne Licht und Sonnenschein vegetierendes Hausgespenst bei den ebenso reichen wie kinderreichen Barretts. Sie heiratete heimlich, wurde von ihrem Vater prompt enterbt und gemeinsam begannen Elizabeth und Robert ein neues Leben in Italien, das ihnen die Engstirnigkeit und Vorurteile ihrer viktorianischen Geisteshaltung vor Augen führte.

Ich bin ja eher nich so etepetete. Der Cockerspaniel Flush hingegen is zimmich fimmelig, wennze mich fraachs. »Flush« ist denn auch ein Buch über Hass, der sich in Liebe verwandelt, über Tod und Gefahr – und über Snobismus. Flush wird zu Anfang als Vertreter einer caniden Aristokratie eingeführt, die schon regierte, als der englische Adel noch auf den Bäumen lebte: »*Er ließ es sich in Palästen wohl sein, während die Plantagenets und die Tudors und die Stuarts hinter anderer Leute Pflügen durch anderer Leute Schlamm stapften. Lange bevor sich die Howards, die Cavendishs oder die Russells über das gemeine Volk der Smiths, Jones' und Tomkins erhoben hatten, war die Spanielfamilie bereits eine vornehme und besondere Familie.*«

Flush issen echt schrägen Fürst. Doch in Italien wird der Cockerspaniel mit der Nase darauf gestoßen, seine Privilegien zu überdenken, und von seinem Standesdünkel kuriert: »*Doch bald schon wurde Flush sich über die tieferreichenden Unterschiede klar, die Pisa – denn Pisa war es, wo sie sich jetzt niedergelassen hatten – von London trennten. Die Hunde waren anders. In London konnte er kaum bis zum Briefkasten trotten, ohne einem Mops, Retriever, einer Bulldogge, einem Mastiff, Collie, Neufundländer, Bernhardiner, Foxterrier oder einer der sieben berühmten Familien vom Stamme der Spaniels zu begegnen. Jedem gab er einen anderen Namen und jedem einen anderen Rang. Hier in Pisa hingegen gab es, obwohl es von Hunden wimmelte, keine Rangstufen; alle – war das denn möglich? – waren Mischlinge. Soweit er sehen konnte, waren sie einfach bloß Hunde – graue Hunde, gelbe Hunde, gesprenkelte Hunde, gefleckte Hunde; es war jedoch unmöglich, auch nur einen einzigen Spaniel, Collie, Retriever oder Mastiff unter ihnen zu entdecken. Hatte die Rechtsprechung des Kennel Clubs denn in Italien keine Geltung? War der Spaniel Club unbekannt? Gab es hier kein Gesetz, das den Schopf zum Tode verurteilte, das das lockige Ohr hochhielt, die Fahnen der Pfoten schützte und uneingeschränkt dafür eintrat, dass die Stirn gewölbt und nicht spitz sein müsse?*

Offensichtlich nicht. Flush fühlte sich wie ein Fürst im Exil. Er war der einzige Aristokrat inmitten der canaille. Er war der einzige reinrassige Cocker Spaniel in ganz Pisa.«

Eine schöne Pointe von »Flush« besteht übrigens darin, dass sich Herrin und Hund ganz bemerkenswert ähnlich sehen: Wo Flush mit seinen rassetypischen belockten krüsseligen Hängeohren prangt, trägt Elizabeth Barrett Browning auf den im Buch enthaltenen Zeichnungen und Fotografien eine markante Schillerlocken-Frisur – fehlen bloß noch die rosa Röllekes drin. Zum Beömmeln! Ich bin nicht der Erste, der das geschnallt hat. Vita Sackville-West, die Geliebte Virginia Woolfs, selbst Angehörige des englischen Hochadels, schrieb in »Gesichter – Portraits einiger Hunde«: »*Kein Hund hat je ein langweiligeres und sesshafteres Leben geführt als Miss Elizabeth Barretts Flush, dessen Ohren so sehr den Locken seines Frauchens ähnelten.*«

Virginia Woolf: »Flush«
Deutsch von Karin Kersten, S. Fischer, 133 S.

KAPITEL 4

Begleithundeprüfung

Alles ist lächerlich angesichts des Todes, hat ein österreichischer Schriftsteller einmal gesagt. Richtiger muss es heißen: Alles ist lächerlich angesichts eines Hundes. Ein Hund relativiert vieles, ja im Grunde alles. Ich stand zum Beispiel einmal eine Zeit lang unter großem beruflichem Stress. Mein Horizont verfinsterte sich zunehmend. Ich wurde immer unleidlicher und erlebte nach bald zwanzig Jahren in derselben Firma keine frohe Stunde mehr im Büro. Mehr als alle Gespräche im Freundes- und Kollegenkreis war es mein vermeintlich sprachloser Hund, der mir half, die Krise zu bewältigen, indem er mir zu verstehen gab: Warum tust du dir das eigentlich an? Ist das denn alles wirklich so wichtig? Wichtiger als mit allen Sinnen den Wald zu erleben, die Sonne, den Wind? Den Duft frisch umgegrabener Erde zu riechen? Die blühende Kamille, die Fuchslosung und diesen wunderbaren toten Vogel, in dessen Aas man sich so herrlich wälzen kann? Wichtiger, als deine Existenz im Hier und Jetzt vollkommen auszukosten?

Die Beziehung zu einem Hund ist von allen Beziehungen, die ein Mensch aufbauen kann, vielleicht die merkwürdigste. Höchstens vergleichbar der Zuneigung, die wir Pferden oder Katzen entgegenzubringen in der Lage sind. Aber was uns mit einem Hund verbindet, reicht tiefer. Die ersten Wochen und Monate mit Stubbs hatten etwas Magisches, unterlagen einem Zauber, wie ich ihn vorher und seitdem nie wieder erlebt habe. Mit jedem Tag festigte sich unsere Bindung an den Hund, und Stubbs' Bindung an uns. Es entstand tatsächlich so etwas wie blindes Vertrauen – jenes Urvertrauen, das uns erlaubt, ruhig zu schlafen, während der Partner auf langen Autofahrten das Steuer übernimmt. Es hält bis heute an.

Dazu war allerdings, dies sei nicht verschwiegen, einiges an Ausdauer und Konsequenz bei der sogenannten Hundeerziehung vonnöten – und zwar auf beiden Seiten, unserer und der von Stubbs. Es gibt kaum etwas Neugierigeres und Lernbegierigeres als einen wenige Wochen alten Jack Russell-Welpen. Doch will dieser Lerneifer auch in die richtigen Bahnen gelenkt werden. Noch zwischen den Jahren, unmittelbar nachdem Stubbs bei uns eingezogen war, hatten wir uns für die Welpenspielgruppe einer Kölner Hundeschule angemeldet. Schon nach dem ersten Treffen dämmerte uns allerdings, dass dies jedenfalls für Stubbs und uns die falsche Wahl war. Gut 25 Hundebesitzer waren zur Welpenspielstunde erschienen, viele kannten sich offenbar und diskutierten leidenschaftlich den mal wieder frustrierenden Tabellenstand des 1. FC Köln. So gut wie alle anderen Hunde waren bedeutend größer als Stubbs, der entsprechend oft angerempelt und überrannt wurde. Immer noch lag Schnee, und da niemand den Trainingsplatz geräumt hatte, stand unser Hund zitternd und eingeschüchtert am Rand und gab ein eher klägliches Bild ab. Da außer dem gegenseitigen Beschnüffeln keine anderen Aktionen oder Spiele geplant waren, wirkte Stubbs zudem bald gelangweilt. Zumindest das Angebot verschiedener Untergründe unter den Schneeresten – Gras, Kies, gestampfte Erde und so weiter – hätte etwas Abwechslung unter die Pfoten und in die Nase gebracht. Natürlich fragten wir uns, durch unsere Unerfahrenheit verunsichert, ob das nicht einfach alles so sein musste und es mit der Zeit schon klappen würde. Aber es ist eben wichtig, sich in solchen Fragen auf seine Intuition zu verlassen. Wenn der Hund unglücklich wirkt, ist es sehr wahrscheinlich, dass er unglücklich ist.

Also schauten wir uns nach anderen Anbietern von Welpenspielstunden um. Ein Schlüsselerlebnis dafür war eine Begegnung auf einer Freilauffläche im Kölner Süden. Christina war eine Frau aufgefallen, deren weit vorauslaufender Dalmatiner auf Kollisionskurs mit einem Radfahrer geraten war, worauf sie ihn mit einem laut gerufenen »Steh!« zum augenblicklichen Verharren in der Spur veranlasst hatte. Der Radfahrer fuhr unbehelligt vorüber, und die Frau forderte ihren Hund mit dem Kommando »Lauf!« zum Weitergehen auf. Das, fanden wir beide, sollte unser Hund auch können, einfach weil es den Alltag beim Spazierengehen ungemein erleichterte und praktisch war. Wir fragten die Frau, in welcher Hundeschule ihr Hund und sie das gelernt hatten.

Über die Antwort schmunzeln wir noch heute – denn wir wurden ausgerechnet an die Hundeabteilung des Kölner Polizeisportvereins verwiesen. Als wir uns dort mit Stubbs umschauten, kamen wir uns ein wenig vor wie Anarchisten auf der Hauptversammlung der Deutschen Bank. Als trügen wir in unseren Herzen die geheime Absicht, den Verein subversiv zu unterwandern. In unserer Fantasie hatten wir uns ausgemalt, in einer Greser-&-Lenz-Karikatur deutscher Schäferhundbesitzer zu landen, die ihre Tiere »Blondi«, »Dolf« oder »Fang« nennen. Aber ein Blick auf die anderen Hunde und ihre Halterinnen und Halter ergab rasch, dass wir uns in dieser

Hinsicht keine Sorgen machen mussten. Zwar trainiert auf dem Vereinsgelände an zwei Tagen die Woche auch der Zoll mit seinen professionellen Spürhunden, meist Belgischen und Deutschen Schäferhunden, aber auch Labradoren und Weimaranern, ansonsten ist die Hundesportabteilung des seit 1922 bestehenden Kölner Polizeisportvereins aber eine jedermann zugängliche Gemeinschaft. Ihr idyllisch neben einer Ölraffinerie gelegenes Übungsgelände mit Vereinsheim, Spaziergehwäldchen und der eigentlichen Sportfläche mit zwei separat abgezäunten Welpenplätzen überzeugte durch ein reichhaltiges Angebot an Spiel- und Trainingsmöglichkeiten: Es gab eine Wippe, eine flach auf dem Boden liegende Leiter, durch deren Sprossen man vorsichtig steigen konnte, eine Rampe, ein Tor mit herunterhängenden Flatterbändern, eine Sandkiste und einen Stofftunnel, eine A-Wand und einen Steg zum Balancieren sowie einen kompletten Hindernisparcours mit ganz unterschiedlichen Untergründen. In einem Gerätehaus fanden sich daneben viele weitere Geräte, zum Beispiel Slalomstangen für Staffelläufe oder Stellwände für Versteckspiele. Vor allem trafen wir im Polizeihundesportverein aber auf eine lustige Truppe mit ganz unterschiedlichen Hunden, vom Chihuahua bis zum Berner Sennenhund, sehr unterschiedliche Menschen, die eines verband: mit ihren Hunden jede Menge Spaß haben zu wollen. Den Trainerinnen und Trainern ging es nicht darum, den Hunden stupiden Gehorsam einzubläuen. Jeder Hund besitzt einen eigenen Charakter, so die Überzeugung, ein unveränderbares Wesen, aber auch jede Menge sehr wohl ausprägbarer und trainierbarer Merkmale und Fähigkeiten. Ziel der Hundeerziehung war vielmehr der »gesellschaftsfähige« Hund – ein Tier, das sich in allen Situationen, die ein

Leben in der Stadt mit sich bringt, souverän zurechtfindet. Dieses Konzept überzeugte uns auf Anhieb. Wir investierten 120 Euro und meldeten uns für einen Gästekurs an.

Bei der ersten Hundeschule wurden wir gefragt, welche Ziele wir mit unserem Hund hätten. Wenn ich ehrlich bin, habe ich diese Standardfrage aus Einstellungs- oder Zielvereinbarungsgesprächen immer gehasst. Allein schon dieses Wort: »Zielvereinbarungsgespräch« – welch grauenvolles Orwell'sches Neusprech! »Über welche Ziele wollen wir denn reden«, möchte ich da unwillkürlich rückfragen, »Ihre oder meine?« Ist denn auch nur ein Hauch von Habermas'schem herrschaftsfreiem Diskurs bei einem mit abhängig Beschäftigten geführten Zielvereinbarungsgespräch gegeben? Oder ähnelt die Situation nicht eher jener auf dem phönizischen Handelsschiff aus den »Asterix«-Comics, in denen sich der Schiffskapitän Epidemais in seiner Eigenschaft als Generaldirektor-Präsident an die Ruderer seines Schiffes wendet? Diese seien keineswegs Sklaven, wie Epidemais nicht müde wird zu betonen, sondern Gesellschafter, welche lediglich unglücklicherweise einen Vertrag unterschrieben hätten, ohne das Kleingedruckte sorgfältig genug zu studieren. Wie rechtfertigt sich Epidemais so schön: »Was wollt ihr? Wie ich immer zu meinen Gesellschaftern sage: Wir schwimmen alle im selben Boot! Und man muss sich anstrengen, wenn man nicht von den Betriebskosten aufgefressen werden will!« Wie oft in meinem Leben habe ich mich wie so ein phönizischer Gesellschafter gefühlt ... Zielvereinbarungsgespräche in Firmen sind in den allermeisten Fällen eine Einladung zur Lüge und zu einem Wettrennen auf der Schleimspur der Vorgesetzten. Wer vermag schon offen auszusprechen, dass sein eigentliches

Hauptziel ist, diese Klitsche möglichst bald zu verlassen? Den unfähigen Idioten von Chef raschestens abzusägen? Oder jedenfalls aus dessen Zuständigkeitsbereich zu verschwinden? Beziehungsweise so schnell wie möglich aus dem Rattenrennen generell auszusteigen und sich möglichst früh, mit intaktem Rückgrat und möglichst wenigen psychischen Blessuren, zur Ruhe zu setzen?

Christina überraschte mich bei unserem Zielvereinbarungsgespräch in der ersten Hundeschule mit dem Satz: »Ich möchte mit Stubbs die Begleithundeprüfung machen.« Darüber hatten wir nie auch nur eine Sekunde gesprochen – ich wusste damals noch nicht einmal, dass es so etwas überhaupt gab und was sich hinter diesem typisch deutschen Bürokratieunwort verbarg. Noch mehr als Christinas Ankündigung verblüffte mich aber die Antwort der Hundetrainerin, die mit einem Blick auf Stubbs erklärte, dafür hätten wir uns lieber einen Schäferhund anschaffen sollen. Ein Jack Russell-Terrier sei dafür viel zu eigensinnig und dickköpfig und daher ganz und gar ungeeignet für solche Gehorsamsprüfungen. Ich glaube, gerade diese pauschale Aussage hat Christinas Ehrgeiz erst recht entzündet.

Die Begleithundeprüfung ist eine Art erweiterter Hundeführerschein. In einem theoretischen Teil wird Fachwissen über Hundehaltung abgefragt. Anschließend erfolgt ein sogenannter Straßenteil, bei dem der Hund von einem Prüfer auf sein Verhalten gegenüber fremden Menschen und anderen Hunden bewertet wird und wie er auf Jogger und Radfahrer reagiert. Danach werden Hund und Mensch auf dem Trainingsplatz geprüft, unter anderem das Gehen an der Leine (die sogenannte »Leinenführigkeit«), das Durchqueren einer

Menschengruppe mit und ohne Leine, die Kommandos »Hier«, »Sitz« und »Fuß« sowie das Ablegen, bei dem der Hund nach dem Kommando »Platz« ruhig liegen bleiben und zusehen soll, wie sich seine Bezugsperson ein Stück weit entfernt, bis diese ihn nach einigen Minuten wieder abholt.

Stubbs machte das erstaunlicherweise Spaß. Und das war sogar noch untertrieben: Wer Lebensfreude in einem jungen Hund sehen wollte, musste nur auf den Übungsplatz kommen und dabei zusehen, mit welchem Lerneifer, Leistungswillen und schierer Begeisterung unser Hund die Aufgaben annahm und mit schwanzwedelndem Enthusiasmus spielerisch bewältigte. Ich muss einräumen, dass ich anders als Christina anfangs von derlei Aktivitäten weniger angetan war. In meiner Sozialisation war nicht das Mitmachen, sondern das Verweigern cool. Mich erinnerten die Aufgaben auf dem Hundeübungsplatz, dieses fortwährende »Sitz!«, »Bleib!«, »Nein!«, »Platz!«, »Hier!« fatal an den Drill der Bundeswehr. Stupides Exerzieren, das ich als Kriegsdienstverweigerer wohlweislich nie selbst miterlebt habe, aber eben auch meinem Hund nicht zumuten wollte. Andererseits musste ich zugeben, dass alle Übungsteile, die das Training und die Begleithundeprüfung umfassten, im Alltag mit Stubbs enorm nützlich waren, ja im Grunde sogar unentbehrlich.

Andererseits – ich will es mir in dieser Sache nicht zu leicht machen – berührt diese Frage doch ein zentrales alltagspolitisches Thema, nämlich unser Verhältnis zur Macht. Gerade weil ich mich selbst durchaus im Verdacht habe, für die Faszination der Macht anfällig zu sein, prüfe ich mich selbst und andere darauf besonders skeptisch. Es gibt meiner Erfahrung nach ganz zweifellos Menschen, die sich am Gehorsam und an der Unterwürfigkeit anderer schlicht aufgeilen. Anderer Menschen oder zur Not auch anderer Tiere. Ich bin solchen Macht-Perversen oder vielmehr Ohnmacht-Vampiren im Lauf meines Lebens leider immer wieder begegnet in Gestalt von Erziehern, Lehrerinnen und Menschen, die Positionen mit Verfügungsgewalt über andere – und währte sie auch nur sekundenlang – anstreben, ausfüllen und mit sichtlicher Lust bekleiden. Die Skala reicht vom Schulhausmeister über die Operngarderobiere, den Türsteher und die Pförtnerin bis hin zum VW-Aufsichtsratsvorsitzenden (haben Sie dieses absolut irre Glitzern in den Augen von Ferdinand Piëch früher bemerkt?) und US-amerikanischen Präsidenten. Auch wenn es zugegeben längst ein Klischee ist: Viele DDR-Zöllner verkörperten bis zur Wende 1989 diesen Typus des stets schikanebereiten Machtbesoffenen, des seelisch verkrüppelten Angstbeißers besonders gut. Während meines Studiums in Texas begegnete mir diese Art Sadist in Gestalt der US-amerikanischen Zöllner an der Grenze zu Mexiko übrigens als unverhoffter Wiedergänger.

Auch solche Menschen trifft man auf Hundeübungsplätzen. Denn dort kommt man eben buchstäblich mit allen Sorten Menschen in Kontakt. Aber es zählt zu meinem Lernprozess während des Lernprozesses unseres Hundes, dass man den von Hannah Arendt so wunderbar beschriebenen autoritären Charakter eher seltener als öfter auf dem Trainingsgelände des Kölner Polizeihundesportvereins antrifft. Wenn ich neu nach Deutschland Gekommenen einen Tipp zur Integration geben sollte, würde ich sagen: Schaffen Sie sich einen Hund an und kommen Sie hierher! Ich habe an wenigen Orten in unserem Land einen derartigen alle sozialen Unterschiede nivellierenden Freundschaftsgeist erlebt, ein so ausgeprägtes Gespür für kulturelle Differenz und einen so hohen Grad an Toleranz. So anders die Rolle von Hunden in vielen Gesellschaften Asiens, wo sie teilweise auf dem Speisezettel stehen, oder Afrikas auch sein mag: Hundehaltung ist keine Frage der Abstammung oder Mentalität. Hundehaltung ist *a way of life*.

Der Hund ist das erste Alien, dem wir Menschen begegnet sind. Dass uns Hunde zur Toleranz erziehen, darin steckt demzufolge auch eine gewisse Logik. Hunde machen uns notgedrungen alle zu Übersetzern. Ihre Mimik, ihre Gestik, ihre ganze Körperhaltung erzählen etwas von ihrem Befinden, ihrer Laune, ihrem Willen, ihren Wünschen. Aber all dies muss verstanden und interpretiert, verdolmetscht und gedeutet werden. Vom Hund und von uns. Alle Annahmen, sämtliche Dogmen – *a dog knows no dogmas ...* – und erst recht jegliche identitären Diskurse schrumpfen in sich zusammen und werden bedeutungslos angesichts dieser Aufgabe, die Kluft zwischen zwei Arten zu überwinden und eine Brücke der Verständigung zu bauen. Wir glauben nicht, dass Arthur Conan Doyle recht hatte, als er schrieb: »Ein Hund spiegelt die Familie. Wer sah jemals einen munteren Hund in einer verdrießlichen Familie oder einen traurigen in einer glücklichen? Mürrische Leute haben mürrische Hunde, gefährliche Leute gefährliche.« Auch wenn wir Stubbs' sonniges Naturell gern als Widerschein unserer eigenen Persönlichkeit sähen: Hunde sind nun mal im Guten wie im Schlechten Individuen.

Dass die Wochen ohne Hund in Neuseeland und Australien nicht leicht werden würden, dämmerte mir spätestens nach Silvester. Ich hatte zur Vorsicht aus einundzwanzig leeren Streichholzschachteln einen Stubbs-Kalender für Christina gebastelt, der für jeden Tag der Reise eine kleine Erinnerung an unseren in Deutschland zurückgebliebenen Welpen enthielt. Bald war es zum Ritual unseres Alltags an Bord geworden, jeden Morgen das aktuelle Schächtelchen wie einen Adventskalender zu öffnen und nachzusehen, welche Andenken an Stubbs es enthielt: Mal lagen nur einige seiner Haare in der Streichholzschachtel, aber natürlich weiße genauso wie braune, mal ein Vorschlag für ein neues Spiel im Park, mal ein Gutschein für ein lustiges Spielzeug oder eines seiner Leckerlis für den Tag, an dem wir Stubbs in Lünen wieder abholen würden. Trotz der absurden Kosten konnten wir dem Drang, mit dem Züchterpaar einige Male von Bord zu telefonieren und live einen Zustandsbericht einzuholen, nicht widerstehen. Wobei uns schon klar war, dass wir natürlich einerseits wünschten, er möge möglichst unbeschwert sein Leben genießen, andererseits natürlich auch auf irgendwelche noch so kleine Zeichen hofften, dass wir von ihm vermisst würden. Mir ist insbesondere der trockene Humor des Züchters in Erinnerung geblieben, der unseren ersten Anruf entgegennahm und unsere Frage nach dem Befinden von Stubbs mit den Worten kommentierte: »Stubbs? Ein Hund? Bei uns? Wie kommen Sie denn darauf?«

Selten fühlten wir uns mehr durchschaut. Das Lachen blieb uns aber offen gestanden im Halse stecken. So sehr uns die über Jahrhunderttausende geformten Fjorde Neuseelands beeindruckten, so titanisch und in ihrer menschenleeren Einsamkeit erhaben die Naturschönheiten der Insel uns an jedem neuen Morgen erschienen, so aufregend neu die Kombinationen auf der Palette aus Steingrau, Schneeweiß, Hügelgrün, Himmelazur und Meerblau immer wieder waren: Wir dachten beide den lieben langen Tag lang an wenig anderes als einen braunweißen Jack Russell-Welpen, den wir in Deutschland zurückgelassen hatten, und zählten die Tage bis zum Wiedersehen. DbddhkP: doof bleibt doof, da helfen keine Pillen. Und für so was gibt man dann auch noch Geld aus ... Heulen wie ein Schlosshund war eine schwäbische Redewendung aus meiner Kindheit, die ich oft aus dem Mund meiner Großmutter gehört und in meinen Wortschatz übernommen hatte. Aber schon als Kind glaubte ich unwillkürlich an einen Hörfehler. Was zum Teufel sollte denn ein Schlosshund sein? Wirklich ein Hund, der in einem Schloss lebte? Warum sollte so eine Adelstöle denn dann Grund zum Heulen haben? Frohlocken oder jubeln musste so eine Privilegienbestie doch vielmehr. Oder musste es sich nicht vielmehr um einen Schoßhund handeln? Ein eher kleines Tier, das, der Wärme des es bergenden, vermutlich weiblichen Schoßes beraubt, seine existenzielle Verlassenheit in die Nacht hinausweint? Oder war nicht vielmehr drittens ein Schlosshund ein Tier, das angekettet hinter Schloss und Riegel lag, ein Schließhund, der ein verrammeltes Anwesen bewachte? Angeblich ist ein Schlosshund eher ein Burghund, jedenfalls ein Hund in einer erhöht gelegenen Immobilie, dessen Heulen aufgrund dieser privilegierten Alleinlage besonders weit, laut und deutlich in der Landschaft zu hören ist. So jedenfalls die Weisheit unserer Wörterbücher. Überzeugt Sie diese etymologische Erklärung zum Schlosshund? Mich nicht die Bohne. Wobei wir schon bei der nächsten unauslotbaren Wörterbuchfrage wären ... Neben dem Repertoire der Redewendungen meiner Großmutter waren auch Comics für meine literarische Sozialisation prägend. Wenig geliebt, aber dennoch unwiderstehlich waren die »Gespenster

Geschichten« der 70er-Jahre, Anthologiehefte mit vier, fünf Comic-Geschichten pro Ausgabe, die immer mit denselben Sätzen in einem Schriftkasten endeten: »Seltsam? Aber so steht es geschrieben ...«

Womit vertrieben wir uns also die Zeit an Bord, wenn wir nicht über die erstaunlichen Naturschönheiten und die kulturellen Unterschiede zwischen Australien, Tasmanien und Neuseeland nachsannen? Wir plauderten über Schafe, erforschten die kulinarischen Geheimnisse der Abalonen und sprachen natürlich über all das, was Lewis Carroll so schön in seinem Gedicht »The Walrus and the Carpenter« beschreibt, in dem er ein Walross und einen Zimmermann schildert, denen es gelungen ist, einige leichtfertige Austern zu ihrer Begleitung auf einen Strandspaziergang zu animieren – für mich eines der schönsten Gedichte in englischer Sprache überhaupt:

>»The time has come, the Walrus said,
To talk of many things:
Of shoes – and ships – and sealing-wax –
Of cabbages – and kings –
And why the sea is boiling hot –
And whether pigs have wings.«

Für die Austern nimmt dieser Strandspaziergang übrigens gar keinen guten Ausgang. Aber was die Beschreibung angeht, wie mäandernd divers die Themen im Verlauf eines längeren Gesprächs, eines Abends oder gar einer dreiwöchigen Reise sein können, ist Lewis Carroll unschlagbar. Wir redeten über alles Mögliche während dieser drei Wochen – und wunderten uns nur über eines: Welch erstaunlich gutes Gedächtnis die Haut besitzt für Berührungen. Wie sehr sich uns das Gefühl von Stubbs' Fell eingeprägt hatte. Wie das seiner Zunge, die über unsere Finger leckte. Wie das Gefühl seiner Nase auf unseren Handballen. Das Streicheln über sein flaumig weiches Bauch-fell. Ich weiß noch genau, wie sich Besorgnis in uns einnistete: Würde uns Stubbs denn überhaupt noch wiedererkennen? Reichten die wenigen Wochen seiner Prägephase, um bei ihm überhaupt einen Eindruck zu hinterlassen? Oder hatte er, re-integriert bei seiner Mutter und seiner Schwester und in sein ursprüngliches Familienumfeld, uns längst vergessen? Hatten wir wirklich keine anderen Sorgen? Offenbar nicht. Seltsam? Aber so steht es geschrieben ...

»Dog = God!«

Paul Auster: »Timbuktu«

Boah ej! Ich sachet echt nich gerne, aber irngswann müssen
ja alle mal den Griffel weglegen. Es kommt der Tag, da führt
unser letzter Weg über die Wupper. Da kannze nix gegen tun.
Scheißspiel. »Timbuktu« ist ein Buch über den Tod. Wer will
oder muss, kann daraus sterben lernen. Wir erfahren es mit
den allerersten Sätzen: »*Mr Bones wusste, dass Willys Tage auf
dieser Welt gezählt waren. Er trug den Husten nun schon seit
über sechs Monaten in sich, und es sah nicht so aus, als würde
er ihn je wieder los. Langsam, aber unausweichlich hatte dieser
Husten ein Eigenleben angenommen und sich, ohne je besser
zu werden, von einem leisen, gurgelnden Rasseln in der Lunge
am 3. Februar in den keuchenden Auswurf und die würgenden
Krämpfe vom Hochsommer verwandelt.*«

Willy hat die Motten, und zwar sowwat von schlimm, dass
sein Hund schon lange spannt, bald is Schicht im Schacht. Es
ist diese tickende Uhr, der unabänderlich verrinnende Sand
im Stundenglas von Willys Leben, die Paul Austers Geschichte
ihre Eindringlichkeit verleiht. Erzählt wird »Timbuktu« aus
der Sicht von Mr Bones, »*teils Collie, teils Labrador, teils Spaniel, teils Promenadenmischung*«. Starke Kombi! Dies ist aber
auch ein Buch über einen Menschen, der vor die Hunde geht.
»Timbuktu« erzählt vom Schicksal eines Dichters in den Ver-
einigten Staaten. Isser ein guter Dichter? Wir erfahren es im
Verlauf des Romans nicht wirklich. Es ist aber jedenfalls ein

Dichter, der seine ganze Existenz in die Waagschale seiner Kunst wirft – und vielleicht kommt es nur darauf wirklich an. Willy Christmas zeigt schon als Jugendlicher Talent zum Schreiben, doch dieses Talent gereicht ihm eher zum Fluch als zum Segen. Es macht ihn jedenfalls vollkommen untauglich für ein bürgerliches Erwerbsleben in den USA der 60er- und 70er-Jahre. Hinzu kommen ein schizophrener Schub, den Willy Christmas mit Anfang zwanzig erleidet, und daran anschließend einige Monate in der Psychiatrie, die damals fast so schlimm ist wie ein amerikanisches Tierheim. Pannemann und Söhne als WG inne Klapse! Umso verlockender erscheint Willy Christmas damals die Möglichkeit, in der gerade aufblühenden Hippiekultur ein Vagantenleben zu führen. Nur hat der längst nicht mehr junge Willy irgendwann verpasst, dass sich das gesellschaftliche Klima in den USA gewandelt hat: »*Die Ausreißer waren wieder bei Mom und Dad untergekrochen, die Kiffer hatten ihre Liebesperlenketten gegen paisleygemusterte Krawatten eingetauscht, der Krieg war vorbei.*« Seither ist der Verseschmied Willy ein aus seiner Zeit gefallener Mensch. Und in steter Gefahr, unter die Räder zu kommen. Davor bewahrt ihn fürs Erste sein Hund Mr Bones, der mit ihm auf der Straße lebt. Den Spinnewipp und sein vierbeinigen Krepel kennt man von Florida bis Kalifornien. Ein bisschen hat für diesen Teil sicher John Steinbecks »Die Reise mit Charley« Pate gestanden, in dem der kurz darauf mit dem Literaturnobelpreis ausgezeichnete Autor in einem komfortablen Campingbus mit seinem Pudel Charley »auf die Suche nach Amerika« geht.

Paul Auster hat sich in »Timbuktu« wieder einmal einen alternativen Verlauf seines eigenen Lebens ausgemalt: Willy Christmas ist als Kind von Holocaustüberlebenden 1947 unter dem Namen William Gurevitch zur Welt gekommen und damit genau so alt wie sein Autor. Der polnische Akzent seiner Eltern ist Willy Gurevitch so peinlich wie sein europäisches Erbe insgesamt. Er will um jeden Preis so sein wie alle anderen, umarmt deshalb die amerikanische Popkultur, liebt Jazz und Baseball und ist insgeheim erleichtert, als sein Vater mit 49 Jahren an einem Herzinfarkt stirbt und ihm ein wenig Geld hinterlässt. Dann aber, nach Jahren eines Lotterlebens und einer Rumtreiberexistenz, hat Willy eine Erscheinung. Ihm springt echt der Draht aus der Mütze. Ausgerechnet zu ihm, dem agnostischen Juden, spricht der Weihnachtsmann aus der Glotze – ein amerikanisches Wunder par excellence. *»Weihnachten war ein einziger Mumpitz, eine Zeit des schnellen Geldes und der klingelnden Kassen, und der Weihnachtsmann als Symbol dieser Jahreszeit, als personifizierte Essenz dieses ganzen Verbrauchernepps, war der größte Beschiss von allen. Aber dieser Kerl war kein Betrüger, und er war auch nicht der Teufel in Verkleidung. Er war der echte Weihnachtsmann, der alleinige Herr der Elfen und Geister, und in seiner Botschaft predigte er Güte, Großzügigkeit und Selbstaufopferung. Diese unglaubwürdigste aller Erfindungen, dieses Gegenteil von allem, wofür Willy einstand, dieser wandelnde sentimentale Kitsch in roter Jacke und pelzbesetzten Stiefeln – der Weihnachtsmann in all seiner Madison-Avenue-Pracht – war aus den Tiefen des Fernsehlandes aufgetaucht, um die Gewissheiten von Willys Skeptizismus zu erschüttern und seine Seele heilzumachen. So einfach war das. Wenn hier einer ein Betrüger sei, sagte der Weihnachtsmann, dann Willy, und dann wusch er ihm richtig den Kopf und hielt dem verschreckten und verwirrten Jungen fast eine Stunde lang eine ordentliche Gardinenpredigt. Er schimpfte ihn einen Heuchler, Schwindler und untalentierten Schmierfritzen, steigerte sich zu Null, Schlappsack und Dummkopf und durchbrach so nach und nach Willys Abwehr, bis dieser das Licht der Wahrheit sah.*

*Da lag er längst auf dem Fußboden und heulte sich die Augen aus,
flehte um Gnade und versprach, sich zu bessern. Weihnachten
war echt, erfuhr er, und es würde keine Wahrheit und kein Glück
für ihn geben, wenn er nicht anfing, den Geist der Weihnacht in
sich aufzunehmen. Fortan sollte Folgendes zu seinem Lebensauf-
trag werden: jeden Tag des Jahres nach der christlichen Botschaft
zu leben, nichts von der Welt zu verlangen und ihr im Gegenzug
nur Liebe zu schenken. Mit anderen Worten: Er beschloss, ein
Heiliger zu werden.«*

Achottachott. Aber Willy Gurevitch ist nicht der erste
Heilige, der dies nur um den Preis der Entfremdung von
seiner Familie wird. Als er sich zum Zeichen seines inner-
lichen Wandels einen Weihnachtsmann auf den Oberarm
tätowieren lässt und sich fortan Willy G. Christmas nennt,
führt dies zur Entzweiung mit seiner Mutter. Mrs Gurevitch
hat ihre ganze Familie im Holocaust verloren, ist selbst nur
um Haaresbreite dem Tod in Auschwitz entgangen und keineswegs gewillt, schweigend mitanzusehen, wie ihr Sohn
Propaganda für ein abgeschmacktes christliches Werbesym-
bol macht und eine Tippelbruderexistenz führt. Den Hund
Mr Bones schafft sich Willy Christmas an, weil er mit zunehmendem Alter immer öfter überfallen und zusammen-
geschlagen wird. Nach dem Tod seiner Mutter wird Willy
endgültig obdachlos. Und Paul Auster schreckt nicht davor
zurück, in seiner im August 1983 spielenden Geschichte über
Willy und Mr Bones auch dem Hund eine transzendente Di-
mension zuzuschreiben: *»War Mr Bones ein Engel in Hundege-
stalt? Willy glaubte fest daran. Nach achtzehn Monaten genau-
ester prüfender Beobachtung war er sich sogar ganz sicher. Wie
sonst sollte er den göttlichen Witz interpretieren, der ihm Tag
und Nacht durch den Kopf ging? Um die Botschaft zu entschlüs-
seln, brauchte man sie nur vor einen Spiegel zu halten. Konnte es*

etwas Offensichtlicheres geben? Wenn man die Buchstaben des Wortes ›dog‹ herumdrehte was bekam man dann? Die Wahrheit, nichts als die Wahrheit.«

Da wird ja der Hund inne Fanne verrückt ... »Timbuktu« lässt uns zu Zeugen eines doppelten Endspiels zwischen Herr und Hund werden. In Baltimore angekommen, unternimmt Willy einen letzten verzweifelten Versuch, seine alte Englischlehrerin zu erreichen. Sie hat ihm den unseligen Wunsch eingepflanzt, Dichter zu werden, ihr möchte er deshalb seine Manuskripte hinterlassen – und so es denn irgendwie geht, auch seinen Hund. Baltimore ist die Stadt Edgar Allan Poes. Es ist die Stadt, in der Willys irdische Pilgerschaft enden wird. Er lässt sich dort nieder, wo Edgar Allan Poe zwischen 1832 und 1835 gelebt hat: 230 North Amity Street. *»Er lehnte an der Wand des Ziegelbaus wie zuvor, mit geschlossenen Augen und leicht geöffnetem Mund, und wenn seinen Lungen nicht stoßweise dieses rostige, knarzende Geräusch entwichen wäre, hätte Mr Bones glatt annehmen können, sein Herrchen sei schon in die jenseitige Welt entschwunden. Dorthin gingen die Menschen, wenn sie starben. Wenn die Seele den Leib verlassen hatte, wurde der Körper im Boden vergraben, und die Seele entschwebte in die jenseitige Welt. Willy ritt nun schon seit Wochen auf diesem Thema herum, und der Hund hegte nicht den geringsten Zweifel daran, dass diese Welt wirklich existierte. Sie hieß Timbuktu, und nach allem, was Mr Bones herausfinden konnte, lag sie irgendwo inmitten einer Wüste, weit weg von New York oder Baltimore, weit weg von Polen oder irgendeiner der Städte, die sie auf ihren Wanderschaften besucht hatten. Einmal hatte Willy diesen Ort eine ›Oase der Seelen‹ genannt. Ein andermal meinte er: ›Dort, wo die Weltkarte endet, fängt Timbuktu an.‹«*

Mann, traurig, aber auch schön, nich? Ich bin jedenfalls

durch »Timbuktu« ans Lesen gekommen. Was für eine herzzerreißende Feier des Lebens ist dieses Buch – und zugleich welch wohltuender Trost angesichts der für Mensch und Hund gleichermaßen himmelschreienden Zumutungen dieses Lebens. Was für eine Tiefe der Empfindung, welche Weisheit und Erfahrung spricht aus diesen Seiten. Wie oft haben mich Herrchen und Frauchen zum Beispiel angefleht, nur einen einzigen Satz zu sagen. Sie malten uns eine glänzende gemeinsame Zukunft aus: Millionenverträge im Privatfernsehen, tägliche Auftritte in den großen Casinos von Las Vegas, Tourneen rund um die Welt ... Ich für mein Teil hab natürlich die Klappe gehalten. Die beste Erklärung, warum Hunde nicht sprechen, habe ich aber bei Paul Auster gefunden: *»Die meisten Hunde eignen sich ziemlich gute Kenntnisse der Zweibeinersprache an, aber in Mr Bones' Fall kam noch der Vorteil hinzu, dass er mit einem Herrchen gesegnet war, das ihn nicht als untergeordnetes Wesen behandelte. Sie waren von Anfang an Kumpel gewesen, und wenn man berücksichtigte, dass Mr Bones nicht nur Willys bester, sondern auch sein einziger Freund war, und zudem wusste, dass Willy sich gern reden hörte und ein lupenreiner Logomane war, der vom frühen Morgen, wenn er die Augen aufschlug, bis zum späten Abend, wenn er betrunken einschlief, kaum je zu plaudern aufhörte, dann war vollkommen klar, warum sich Mr Bones in dieser Sprache so heimisch fühlte. So betrachtet war es nur merkwürdig, dass er sie nicht besser sprechen gelernt hatte. Nicht, dass er sich keine ernsthafte Mühe gegeben hätte, aber die Biologie war gegen ihn, und aufgrund der Gestalt von Schnauze, Zähnen und Zunge, mit der ihn das Schicksal bedacht hatte, war das Beste, was er hervorbringen konnte, ein Kläffen, Gähnen und Jaulen, was ein ziemlich irres, verworrenes Gebrabbel ergab. Ihm war schmerzlich bewusst, wie unverständlich diese Laute waren, aber Willy ließ*

ihn stets ausreden, und letzten Ende zählte nur das.« Willy issen
Quaksack, abba einen, der weiß, wat Ambach is.

»Timbuktu« besitzt eines der schönsten und schmerzlichs-
ten Enden der Weltliteratur. Es wäre wirklich hundsgemein,
diesen Schluss hier zu verraten. Reicht es zu sagen, dass
Mr Bones nach vielem Hin und Her in Baltimore, Tagen der
Wanderschaft und einer zeitweiligen neuen Heimat bei einer
amerikanischen Kleinfamilie, die Chance erhält, nach Timbuktu zu gelangen? Wem da nicht die Tränen in die Augen
steigen, der ist fürs Leben wie für die Literatur verloren. Echt
traurig. Echt schön. Haut den stärksten Inuit flennend vom
Schlitten.

Paul Auster: »Timbuktu«
Deutsch von Werner Schmitz, Rowohlt, 191 S.

KAPITEL 5

Länder, Hunde, Abenteuer

Stubbs verschwindet in Sierra Leone. Gerade strahlt der weißbraune Fleck noch hell auf dem Splitt zwischen Brombeerranken, den fahlblauen Blüten des kriechenden Günsels, Scharbockskraut und stark verzweigten Weißdornstängeln, als er im Schatten einer breitschultrigen Rotbuche plötzlich weg ist. Spurlos, wie ausgewischt. Als hätte ihn der Boden verschluckt. Gerade wehte noch das Geheul der Motorsägen von Waldarbeitern irgendwo zwischen Guyana und Costa Rica herüber, jetzt ist es außer einer schackernden Amsel vollkommen still. Kurz überlege ich mir, einfach weiterzulaufen, schließlich sind wir seit dem Start gerade mal ein paar Hundert Meter weit gekommen, aber dann bleibe ich doch stehen, bis ich eine Bewegung im Farn unter den lila Blütenkerzen des süßschwer duftenden Flieders fünfzig Meter rechts sehe. Sieben Kilo geschmeidige Muskeln schießen aus dem Strauch auf den sauber gefegten, federnden Waldweg und stürmen mir entgegen, verharren dann aber wie elektrisiert mitten im Lauf, erstarren zur Salzsäule, bis sie nur noch aus Nase und sonst nichts zu bestehen scheinen – eine schwarze Nase, die nun mit weit geöffneten Löchern einen Geruch im Hainbuchenlaub zwischen Sprösslingen von Ahorn und Buchen, Schwarz- und Weißdorn inhaliert und dabei rasend schnell schnuppert, bis zu dreihundert Atemzüge in der Minute über ihre Riechschleimhäute führt. Kein Bordeauxenthusiast kann

so im Bukett eines Pétrus schwelgen, keine Burgunderlieb-
haberin einen Corton-Charlemagne über ihre Zunge rollen
lassen wie dieser Hund flehmt, das Maul leicht geöffnet, die
Lippen weit zurückgezogen: eine Sekunde, zehn, eine halbe
Minute. Ich gebe klein bei und laufe weiter. Hinter dem Zaun
des Forstbotanischen Gartens, in dem Hunde verboten sind,
grünt fetter Rhododendron, wie ich ihn baumgroß einmal
in Neuseeland in lodernder Blüte sah, davor überbieten sich
Tulpen mit hysterischen Blütenformen und -farben wie zur
Zeit des Tulpenfieberwahns im Holland des 17. Jahrhunderts.
Tulpenzwiebeln waren der Bitcoin der 1630er-Jahre. Wenn ich
die verführerisch züngelnden Flammenblätter der Blüten, ihr
seidiges Karmesin, ihr lüsternes Purpur und weltraumkaltes
Azur sehe, kann ich mir mehr als gut vorstellen, dass man sich
von solcher Schönheit in den Ruin reißen lässt.

Die Wuchsdecke reißt hier für einige Meter auf. Das dick-
borkige Totholz wenige Schritte vom Wegesrand ist über und
über mit weißgelben Schleimpilzen bedeckt. Wildschweine
haben tiefe Furchen in den Blätterteppich gegraben – oder
waren es doch Waldarbeiter? Kurz steigt mir ein erdiger Mor-
chelgeruch in die Nase – wäre eigentlich ein Wunder, wenn
Sauen in diesem Parkkeil so dicht zwischen mehreren viel-
befahrenen Straßen überleben sollten. Aber haben wir nicht
neulich erst einen betagten Waschbären über den Waldweg
trippeln sehen? Mit seiner schwarzen Gesichtsmaske, dem
sträflingsgrauen Pelz und dem gestreiften Schwanz sah er
aus wie eine Parodie auf einen entlaufenen Panzerknacker.
Auch Fuchslosung, kackdreist in des Wortes wahrster Bedeutung mitten auf dem Weg, entdecken Stubbs und ich fast jeden Tag.

In Dahomey sind Stubbs und ich wieder gleichauf, auf Höhe von Namibia hat er mich überholt, in Swasiland und Lesotho sehe ich ihn nur noch von hinten: Einmal möchte ich meine Beine in so dynamischem Schwung nach vorn schnellen lassen können, einmal so eins sein mit einer Bewegung, einmal auch nur einen Hauch solch dynamischer Eleganz an den Tag legen. Wenn Stubbs läuft, sieht nichts nach Anstrengung aus. Eher scheint eine Welle durch seine Muskeln zu wogen. Eine Bewegung wie fallender Sand auf einer Wüstendüne oder Wind in einem Kornfeld. Ein organisches Fließen wie von einem Ballen abrollende Seide läuft durch sein Fell. Sieht bei mir leider anders aus. Von seinem Beispiel dennoch eher motiviert als frustriert, trabe ich etwas flotteren Schritts weiter in den Iran und Irak, vorbei an Jemen, Bangladesch und Sri-Lanka. Der Himmel ist heute nicht wie so oft in Köln eine geschlossene, tief hängende Schieferplatte, sondern spannt sich weit und lichtblau offen wie in Brandenburg oder Kalifornien über Wald und Park. Ein Tag zum Ballonfahren. Im Sommer ignorieren wir das Hundeverbot im Forstbotanischen Garten und laufen durch das mittlere Tor etwa zwanzig Meter weit an Englischen Azaleen, Kanadischem Staudenhartriegel und Ebereschen vorbei bis zum dann meist von Wespen umschwirrten Wasserhahn, in dessen Strahl zu beißen Stubbs niemals müde wird. Auch ich kann im Sommer der Versuchung nicht widerstehen, mir eine Handvoll Wasser über die Glatze rinnen zu lassen. Aber so weit im Jahr sind wir noch lange nicht. Wenn ich Stubbs' Wasserspiele betrachte, denke ich jedes Mal: Ist dieser Versuch, in einen fallenden Wasserstrahl zu beißen, nicht ein schönes Gleichnis für meine Arbeit als Literaturkritiker? *Here lies One Whose Name was writ in*

Water, wünschte sich der junge verbitterte John Keats als Inschrift auf seinem Grabstein auf dem protestantischen Friedhof in Rom. Ein Besuch bei Mohammed al Maktoum, dem dichtenden Emir von Dubai, in letzter Zeit in den Schlagzeilen wegen seines despotischen Umgangs mit seinen Frauen und Töchtern, lehrte mich, dass man sehr wohl auf Wasser schreiben kann. Hoheit ist ein führender Vertreter der Nabati-Dichtung, einer seit dem 16. Jahrhundert gepflegten arabischen Volkspoesie, und ließ sich zu einem runden Thronjubiläum von seiner dankbaren Bevölkerung eine künstliche Inselkette schenken, die, aus der Luft betrachtet, einen Vers aus einem seiner Gedichte nachbildet. Immer noch besser, als seine Gedichte mit Blut zu schreiben wie Mao oder Stalin. Manchmal denke ich, auch Stubbs schreibt Gedichte – pee poetry.

Ich tauche in den lenzgrünen Blättertunnel ein, genieße das Nachgeben des Waldwegs unter meinem Schritt, die nach taufeuchtem Moos und Nadelstreu riechende Luft. Einmal war ich in Kolumbien ein paar Stunden allein im südamerikanischen Regenwald: sah auch nicht viel anders aus. Roch aber dezidiert anders. Stubbs ist schon wieder ein gutes Stück voraus. Erst hinter Laos und Malaysia hole ich ein wenig auf. Der Weg verläuft nun durch eine Senke, danach weitet sich der Blick und fällt auf eine sanft hügelige Parklandschaft, in der die Wiesen aus Rücksicht auf die Tiere und Pflanzen nur an den Rainen regelmäßig gemäht werden. Der Abstand zwischen uns, dreißig Meter etwa, bleibt die nächsten fünfhundert Meter unverändert, bis ich unter Umgehung von Mexiko, den USA und Kanada in großem Bogen zu den drei Ähems abbiege: der »ehem. Sowjetunion«, der »ehem. Tschechoslowakei« und der »ehem. DDR«, wie kleine, auf Pfählen angebrachte Pla

ketten verkünden. Für die drei Ehemaligen stehen eine Sibiri-
sche Zirbelkiefer, ein Spitzahorn und eine Winterlinde; Sinn-
bilder der Vergeblichkeit alles Irdischen – *Tand, Tand ist das*
Gebilde von Menschenhand –, aber auch Anlass zu geschichts-
philosophischer Spekulation und ein klein wenig süßer west-
deutscher Nostalgie. Hatte Erich Honecker nicht im Januar
1989 prophezeit, die Mauer werde noch in hundert Jahren
stehen? Meine Großmutter wurde als Untertanin des deutschen Kaisers geboren und erlebte vier Wechsel der deutschen
Staatsform, fünf Wechsel der deutschen Währung und zwei
Weltkriege. Viel zu selten rufe ich mir ins Bewusstsein, was für
einen unfasslichen Schweinemassel ich habe, dass mir bisher
ein Leben in vergleichsweise so ruhigen Zeiten vergönnt ist.
Was ist dagegen schon eine kleine Pandemie? Und wie grotesk
nehmen sich alle Versuche von Staaten aus, ihre doch recht
auffällige Kurzlebigkeit mit allerlei protzigen Symbolen der
Unsterblichkeit zu verhüllen. Allein schon der Inszenierungs-
aufwand ihrer Wappen mit all den Adlern, Drachen und sons-
tigem Gewürm. Wie Hollywoodproduktionsfirmen spannen
sie Götter, Löwen und Heroen als unbesiegbare Schildträger
für sich ein, ja selbst scheinbar ewige Sonnen, Sternbilder und
ganze Galaxien müssen auf ihren Fahnen prangen, dabei ist die
schlichte Wahrheit: Aserbaidschan, Eritrea und die Föderier-
ten Inseln von Mikronesien gab es noch nicht mal, als unsere
Laufstrecke angelegt wurde. Genauso wenig wie Armenien,
Belize, Tadschikistan oder Turkmenien. Das heißt, natürlich
gab es diese Länder, nur existierten sie nicht als unabhängige
Staaten – weder sie noch Osttimor, Brunei, die Ukraine, Weiß-
russland oder Vanuatu. Ich gebe zu, ich ziehe beträchtlichen
Trost auf meiner Joggingrunde aus diesem Gedanken: Staaten

sind im Vergleich zu Sternen doch recht kurzlebig. Einer persischen Legende zufolge verlangte ein Sultan einmal von seinen weisen Hofratgebern einen Satz, der in allen Zeiten und unter allen Umständen wahr bleiben sollte. Ihr Ergebnis – »Auch dies wird vorübergehen!« – ist mir zum lebensbegleitenden Mantra geworden: »And this too shall pass!« Wie oft habe ich das in Arztpraxen, Zollhäuschen, Prüfungszimmern und Räumen mit Beziehungsdramen oder sonstigen unangenehmen Situationen vor mich hin gemurmelt?

Sagte der Mann, der den Kölner Grüngürtel anlegen ließ, nicht, hinter Deutz beginne Sibirien? Ganz unrecht hatte Konrad Adenauer da nicht; so gern ich reise und so begeistert ich etwa von Island, Brasilien oder Kenia zurückkehrte, hat mir die alte Lebensregel, dass überall wo die Römer nicht waren, ich auch nicht unbedingt hinmuss, eigentlich immer gute Dienste geleistet. Wie ließ Gerhard Polt einen seiner typischen bayerischen Grantler einmal so schön bemerken: »Mei Frau und i ham heuer mal so eine Weltreise g'macht. Aber ich sag's Ihnen gleich wia's is: da farma nimmer hin!«

Stubbs ist nun längst wieder neben mir, und egal wie verkatert und zerschlagen ich aufgestanden bin, spätestens beim Anblick der Schweiz, Italiens und des Staates Vatikanstadt wird mir leichter ums Herz. Die wenigen Schritte bis nach Nordafrika sind jetzt ein Klacks, und Stubbs hat nun nur noch Augen für mich. Spätestens ab Marokko und Algerien versinkt ihm die ganze Welt, alle Gerüche, alle anderen Hunde, Vögel und sonstige Ablenkungen sind vergessen, und er, der mich die ersten zwei Drittel unseres Laufs kaum beachtet hat, ja mehr noch: so wenig wie möglich auf mein Winken, Rufen und alle sonstigen für ihn völlig unsinnigen, ja ungehörigen weil unnatürlichen Herumhampeleien eingegangen ist, dieser selbstbestimmte und im besten Sinn souveräne Hund ist nun verschwunden, und an seine Stelle ist ein Tier getreten, das nur noch eins im Sinn hat. Jetzt bin ich, der lange Ignorierte, ihm mit einem Mal Sonne und Mond, Alpha und Omega zugleich, der Tollste, der Wunderbarste, der Einzige. So im Mittelpunkt seiner Aufmerksamkeit zu stehen, ist natürlich Balsam für meine Eitelkeit, aber dennoch mag ich diesen Zustand, so kurz er dauert, dieses absolute Fixiertsein auf mich, gar nicht. Ich liebe meinen Hund, aber nicht, wenn er hündisch ist. Und Stubbs' Faszination hält an, ja steigert sich noch. Kein Jünger kann Jesus in Jerusalem, kein Anhänger Mohammed in Medina, kein Mädchen Heidi Klum in der Villa in Los Angeles so angehimmelt haben wie Stubbs jetzt mich – jedenfalls solange ich in meiner rechten Hand, eingeschlagen in ein kleines weißes Gästehandtuch, meinem Schweißtuch beim Joggen, seinen grellgelben Gummiball halte. Stubbs liebt diesen Gummiball. Der Ball ist ihm, was Tolkiens Gollum/ Smeagoll sein »Schatz« ist: im Grunde zu nichts nütze, ja sogar eher ein Fluch denn ein Segen, nichts als eine Belastung, und doch Lebenszweck und Daseinssinn. Wer ein philosophisches Gleichnis sucht für das, was die meisten Menschen »am Ticken« hält, sehe auf diesen neongelben Gummiball. Die Jagd auf ihn, das Bedürfnis, ihn zu besitzen und auf ihm herumzukauen, ist vollkommen absurd – und doch von offenbar ansteckender Attraktivität. Durchaus nicht nur für andere Hunde, die sich gelegentlich an Stubbs' Hetzjagd hinter seinem von mir geworfenen Bällchen beteiligen. Einmal haben wir sogar ein Bällchen auf diese Weise eingebüßt – der ehrlose schandbare Dieb, ein hellblonder Pudelmix, war über alle Berge, ehe

Stubbs und mir dämmerte, was gerade vor unseren Augen geschehen war. Bei jedem Verbrechen ist der Ehrliche immer der Dumme. Immerhin verließ ich den Tatort nicht ohne reflexiven Gewinn. Mein Verdacht ist seither jedenfalls, dass sehr viele von uns insgeheim so wie Stubbs von so einem goldgelben Bällchen besessen sind, einem Bällchen, dem wir für unser Leben gern hinterherwetzen, um anschließend daran herumzuknabbern. Wir nennen es möglicherweise nur anders, sagen »die Firma«, »der Beruf«, »das Geld«, »die Kinder«, »der Verein«, »die Partei« oder was weiß ich dazu – am Ende ist es immer so etwas wie die Möhre, die Eseltreiber ihrem armen Lasttier an einer Angel vor die Nase halten und die der Esel nie wirklich auf Dauer erhaschen wird, die ihn aber dazu motiviert, sich in Trab zu setzen und in kein Ziel kennender Bewegung zu bleiben. Und ja, danke für den Hinweis, der Gedanke, dass auch ich in meinem Leben allzu oft hinter solchen Nonsens-Belohnungen herhetze, ist mir durchaus schon öfters gekommen, während ich Stubbs' Bällchen warf – nur würde ich es natürlich um keinen Preis der Welt zugeben.

Vor uns liegt nun Benin. Sehen kann Stubbs das Bällchen in dem kleinen weißen Handtuch nicht, sehr wohl aber riechen. Und Stubbs weiß: Die Zeit ist reif. Fast. Waren die sieben Kilo Hund gerade noch ausschließlich Nase, so sind sie jetzt hundert Prozent Augen. Und diese Augen registrieren meine kleinsten Bewegungen, fixieren mich wie angeheftet und souflieren mir wie die riesigen Augen der Schlange Kaa in Disneys Zeichentrickverfilmung von Kiplings »Dschungelbuch«: *»Wirf doch, wirf doch, wirf doch endlich, du Wicht!«* Unablässig ruckt Stubbs mit winzigen Bewegungen den Kopf zur Seite, dreht auf engstem Raum rasend schnelle Pirouetten, sein Voranstürmen unter gleichzeitigem Nach-hinten-Schauen wirkt wie die Parodie eines Läufers einer Vier-mal-hundert-Meter-Staffel in ungeduldiger Erwartung der Staffelstabübergabe. Doch in seinem Blick liegt nicht nur Herausforderung und kumpelhafte Aufforderung. In seinen Augen erkenne ich noch etwas anderes. Im Lauf der Jahre hat sich in mir der Eindruck verfestigt: Nicht jedes Wissen macht glücklich. Nicht jeder durch Aufklärung vermittelte Einblick macht froh. Vielleicht beschämt mich gerade dieser Umstand, dass ich ganz genau weiß, was Stubbs sein Bällchen bedeutet: Ich möchte niemanden, keinen Menschen und erst recht kein Tier, so simpel manipulieren. Aber ob ich es will oder nicht – es funktioniert. Bei jedem meiner Schritte tänzelt der Hund nun keine zwanzig Zentimeter vor mir her, führt einen irrsinnigen Derwischtanz vor mir auf, und in dieser wie betrunkenen Version eines Ländlers, Walzers oder Sufi-Taumels, Auge und Ohr, ja der ganze Körper des Hundes in gestrecktem Lauf vollkommen auf mich ausgerichtet, geht es hurtig gen Liberia und Burkina Faso, das früher einmal Obervolta hieß, nach Uganda und Dschibuti. Warum benutze ich trotz meiner moralischen Skrupel dennoch das Bällchen? Es ersetzt mir die Leine. Irgendwann bin ich im täglichen Einerlei meinem Hund so uninteressant geworden, dass ich mir etwas einfallen lassen musste, ihn zum Mitlaufen zu motivieren. Lange wollte ich das nicht wahrhaben und verschloss die Augen davor, denn diese Erkenntnis schmerzte durchaus. Warum fand mich Stubbs plötzlich nicht mehr interessant? Parallelen in der Partnerschaft drängten sich auf. Geht es meiner Frau, meinem Freundeskreis am Ende vielleicht genauso? Sehen wir uns, wie Henry David Thoreau in seiner Anarchistenbibel »Walden« schreibt, einfach zu häufig am Tag, sodass wir »einander kein Fest mehr sind, sondern werden wie stinkender Käse«? Wenn es nur so wäre – dafür hätte Stubbs nämlich durchaus etwas übrig. In Lesotho halte ich es nicht mehr aus, hole den Ball aus dem verknäuelten Handtuch und werfe. Längst ist Stubbs, die Flugbahn vorausberechnend gleich einem Joe DiMaggio oder Eusébio in ihren besten Tagen, über die offene Rasenfläche vorangeprescht. Der Ball überholt ihn im Lauf und fliegt weit über Südafrika, an schlechten Tagen nur bis nach Birma, an guten bis nach Indien oder gar in die Mongolei. So wie ich mir das mangelnde oder befriedigende Geschick meines Wurfs als günstiges oder ungünstiges Vorzeichen für den Tag nehme, so scheint Stubbs alles daran zu setzen, sich durch ein besonders elegantes Aufschnappen des Balls ein möglichst vielversprechendes Horoskop für den Tag zu stellen. Ihn volley aus vollem Flug zu fangen ist das ebenso selten gelingende wie heiß angestrebte Kunststück. Auch der Biss in den Ball aus gestrecktem Lauf nach ein-, zwei- oder dreimaligem Auftitschen wirft einen glückhaften Vorschein auf den anbrechenden Tag; eine kleine Demütigung dagegen, wenn Stubbs in rasendem Schwung an dem Ball vorbeiläuft, dann wie eine Zeichentrickfigur die Pfoten in den Boden stemmt, Staub und Sand aufwirbelnd abbremsen und dann wieder zurückrennen muss. Regelrecht unglücklich, Schwanz hängend, Ohren angelegt, körperlich schlagartig geschrumpft, wirkt Stubbs an den wenigen Tagen im Jahr, wenn er die Flugbahn derart falsch kalkuliert hat, dass er den Ball gar nicht aufkommen sieht und halb ungläubig, halb vom schuftigen Eingreifen dunkler Mächte überzeugt, zwischen mir und der erwarteten Landezone hin und her rennt. Solch schwarze Tage kommen zum Glück nur ganz selten vor und werden durch einen sogleich durchgeführten zweiten Wurf stets ins Lot gebracht. *Corriger la fortune* ist ein Motto, auf das sich Stubbs und ich stets einigen können.

Unter solcherlei philosophischen Erwägungen geht es, Stubbs mit Ball im Maul, ich die Ziellinie endlich fest vor Augen, schließlich weiter nach China, an Japan und an Neuseeland und Australien vorbei gen Paraguay. Hier haben Miniermotten einem schmächtigen Haselnussstrauch zugesetzt. Ihr gespenstergraues Gespinst hängt wie Zuckerwatte in seinem Geäst und hat das zarte Blattwerk fast vollkommen verdrängt. Jeden Tag aufs Neue muss ich meinen Kehrwochen-Impuls unterdrücken, die Zweige von dem klebrigen Befall zu säubern – auch wenn die Haselnuss sehr mickerig wirkt, sie wird wohl durchkommen und hat nächstes Jahr wieder eine Chance, ihre Wachstumsdepression zu überwinden. Wie zur Bestätigung schäckert nun eine Elster, was ich als Ermutigung nehme, auf den letzten Metern der langen Schlussgeraden im Wald noch einmal anzuziehen und meine Schrittlänge – gefühlt nur, ich weiß, aber eben doch zumindest gefühlt – vom Getrippel einer Oma auf den weit ausgreifenden Schritt eines Massai auszudehnen. Die Mammutbäume auf der linken Seite des Wegs leiden schon seit Jahren unter der fortwährenden Dürre, sie verbräunen von unten nach oben und von innen nach außen, ihre Nadeln und Zapfen auf dem Waldweg sind der wohlriechendste und angenehmste Laufuntergrund, eine kleine Belohnung, ehe ich in einer spitzen Kurve zum Parkplatz schwenke und mir an der rot-weiß gestrichenen Schranke den Schweiß abwische, ehe ich Stubbs nach Zecken absuche. Wenn ich einen Vorschlag zur Verbesserung der Schöpfung machen dürfte, dann diesen: ein Planet ohne

Zecken wäre wirklich ein besserer Planet. Seit unsere Winter immer milder werden, hat sich nun auch die tropische Riesenzecke hierzulande festgesetzt – bis zu zwei Zentimeter große Monster, die auf ihren auffällig gestreiften acht Beinen auch noch viel flinker krabbeln als ihre europäischen Verwandten. Wann immer mir ein Doktor Pangloss begegnet und mich davon zu überzeugen versucht, dass wir in Wahrheit doch auf der besten aller Welten leben, muss ich nur an diese wirklich üblen Viecher denken, die neben Frühsommer-Meningoenzephalitis und Borreliose auch Fleckfieber und das Krim-Kongo-Virus übertragen. Auch Tierfreundschaft kennt ihre Grenzen.

Der Friedenspark in Köln ist ein Kind der 80er-Jahre und atmet denselben Geist wie die Mutlangen-Demos, Joseph Beuys' »Wir wollen Sonne statt Reagan« und Nicoles »Ein bisschen Frieden«-Geträller. Manche Friedensbewegte waren veritable Genies wie Beuys, der dennoch ganz zweifellos noch schlechter sang als Nicole. Manche sonnen sich bis heute in einem selbst zugeschriebenen Rebellentum, das sich allzu oft in Atomkraft-nein-danke-Aufklebern erschöpfte. Manche schämen sich wie ich für ihren damaligen Gratismut und ihr unreflektiertes Mitläufertum. Anfang der 80er-Jahre machten sich die Kölner Gallier Sorgen, dass ihnen der Himmel in Gestalt von amerikanischen Pershing- oder russischen SS-20-Raketen auf den Kopf fallen könnte. Und weil man im Spiel der Großmächte noch nicht mal einen Platz am Tischende sicher hatte, um wirklich für Abrüstung zu sorgen, verlegte man sich in der BRD auf Symbolpolitik. Man demonstrierte gegen den NATO-Doppelrüstungsbeschluss. Man fasste sich an den Händen und bildete eine Menschenkette für den Frieden zwischen Stuttgart und Neu-Ulm. Oder man errichtete

wie in Köln einen Park, in dem als Symbol für die Völkerver-
ständigung jedem der 141 Staaten, die 1980 mit der Bundesrepublik Deutschland diplomatische Beziehungen unterhielten,
ein Baum oder ein Strauch gewidmet ist. Ursprünglich hatte
man dabei an Gewächse gedacht, die aus dem jeweiligen Land
stammen und besonders typisch für seine Vegetation sein
sollten. Nur machen Vegetationszonen auch für Friedensbe-
wegungen keine Ausnahme. Deshalb einigte man sich im für
den Friedenspark zuständigen Amt für Landschaftspflege
und Grünflächen auf eine typisch kölsche Lösung: Während
die Länder der gemäßigteren Klimazonen mit landestypi-
schen Gewächsen vertreten sind, repräsentieren die tropi-
schen und subtropischen Staaten symbolische Gewächse aus
der mitteleuropäischen Flora.

Und deshalb startet mein morgendlicher Lauf an einer Rotbuche, die Sierra Leone repräsentiert. Anschließend geht es
an einem Kuchenbaum (Benin) vorbei zu einem Götterbaum
(Liberia), einem Eisenholzbaum (Elfenbeinküste) und einer
Glanzmispel (Mali) und etwas flotteren Schrittes weiter zu
jener Vogelbeere, die Dahomey vertritt, einer Persischen Ei-
che, die natürlich für den Iran steht, und schließlich zu einer
Schwarzbirke, die aus einer Grille des Parkgärtners heraus
Malaysia verkörpert. Meine Laune hebt sich beim Anblick
von Alpenfichte (Schweiz), Strandkiefer (Italien) und einer
Pyramiden-Eiche, die je nachdem, wie katholisch der Sachbe-
arbeiter im Kölner Amt für Landschaftspflege und Grünflächen drauf ist, mal ›Staat Vatikanstadt‹ oder ›Heiliger Stuhl‹
auf ihrem Schildchen stehen hat. Mich stürzt dieser Baum in
eine frühmorgendliche Transzendentalverwirrung, denn egal
ob Vatikanstaat oder Heiliger Stuhl, eine Pyramiden-Eiche

wäre doch wohl eher für Ägypten geeignet oder meinetwegen für Mexiko oder Peru – aber das zentnerschwere Gewicht solcher Gedanken an Pharaonen, Joseph Ratzinger und Götter, Gräber und Gelehrte nimmt mir die Atlaszeder (Marokko), und spätestens ab dem Silber-Eschenahorn Ugandas und der Geschlitztblättrigen Birke Burundis kreist das Denken von Stubbs und auch mir ausschließlich um jenen kreisrunden Gegenstand, der uns alle antreibt.

So beginnt seit fünf Jahren an jedem Tag, an dem ich zu Hause aufwache, unser Morgen. Ohne Stubbs wäre ich zeit meines Lebens ein Stubenhocker geblieben.

»I like losers.«
Clifford D. Simak: »Als es noch Menschen gab«

Boah, hömma! Auch Hunde träumen ab un an vonne Sterne. *»To boldly go where no dog has gone before«:* Kann man sich einen geileren Spaziergang vorstellen? Ich zum Beispiel liebe Science Fiction. Und ich liebe Hundegeschichten. »Als es noch Menschen gab« ist die beste Science-Fiction-Hundegeschichte, die ich kenne. Andererseits liebe ich auch Wildlachs und Bananen – nur nicht unbedingt zusammen und durcheinander in einem Napf. Schmeckt ja wie Knüppel auffen Kopp. In Simaks Roman stört mich aber das diffuse Kuddelmuddel zweier Genres nich die Bohne. Clifford D. Simak is nämmich ein Spezialist für jenen viel beschworenen »Sense of Wonder«, der so typisch ist für gute Science Fiction und den Hund und Mensch gleichermaßen empfinden, aber schlecht beschreiben können. Sense of Wonder stellt sich zum Beispiel ein, wenn in Spielbergs »Jurassic Parc« zur Musik von John Williams zum ersten Mal die Dinosaurier auf der Leinwand auftauchen. Oder wenn man in einem Planetarium vor Augen geführt bekommt, dass unser Planet um eine Sonne in einem kleinen unbedeutenden Seitenarm einer Spiralgalaxie kreist, einer von grob geschätzt hundert Milliarden Galaxien im beobachtbaren Universum. Und dass jeder Hund und jeder Mensch über viele Hundert Millionen Nervenzellen in seinem Gehirn verfügt – quasi. Oder wenn man als junger Rüde zum ersten Mal eine heiße Hündin

riecht und mit dem Gedanken einschläft, dass in unserer Gegenwart rund 500 Millionen Hündinnen auf der Erde leben ... Wenn dat nich Sense of Wonder is! Numma so zum Beispiel.

Aber wo ich grade so am Überlegen bin ... Sense of Wonder is auch ein Staunen über die Schönheit und Komplexität des Aufbaus unseres Universums. Und das Eingeständnis, wenigstens vor uns selbst, welch unglaublich kleine und unbedeutende Rolle wir darin spielen. Früher hätte man statt Universum Schöpfung gesagt, aber ich bin unter anderem durch meine Science-Fiction-Lektüre überaus vorsichtig im Umgang mit diesem Wort geworden. Man will ja keine schlafenden Hunde wecken ... Denn Schöpfung impliziert ja auch einen »Schöpfer« – und damit sind wir schon mitten im Thema von Simaks Roman.

Is Ihnen schon mal aufgefallen, dass immer, wenn die Welt untergeht, der letzte Mensch Gesellschaft von einem Hund hat? Mary Wollstonecraft Shelley gibt 1826 in »The Last Man« ihrer Hauptfigur Lionel Verney einen Hirtenhund an die Seite. Genauso halten es im 20. Jahrhundert auch Richard Matheson in »I Am Legend«, Harlan Ellison in »A Boy and His Dog«, Marlen Haushofer in »Die Wand« oder im 21. Jahrhundert Michel Houellebecq in »La possibilité d'une île«.

Clifford D. Simak erzählt von intelligenten Hunden, die auf der Erde zurückbleiben, nachdem die Menschen zu den Sternen aufgebrochen sind. Aus dieser Prämisse erwächst die unwiderstehliche Melancholie und die Romantik dieses Romans. Denn natürlich sehnen sich die auf der Leiter der Evolution nach oben gekletterten Hunde nach den Menschen, mit denen sie früher gemeinsam den Planeten Erde bewohnt haben. Mit dieser raffinierten Umkehrung spricht Simak eine existenzielle Einsamkeit der Gattung Mensch an, die sich für die einzig intelligente auf diesem Planeten hält.

Ihr Abgeschnittensein von der Natur, der durch die flörchige christliche Religion mit ihrer übertriebenen Betonung des unüberbrückbaren Unterschieds zwischen Mensch und Tier weiter Vorschub geleistet wurde. Ihre Sehnsucht nach Gesellschaft. »*Bisher ist der Mensch allein gewesen*«, lässt Simak einen Wissenschaftler sagen, dessen Arbeit dafür gesorgt hat, dass Hunde sprechen können. »*Eine denkende, intelligente Gattung, ganz für sich allein. Stellen Sie sich vor, wie viel weiter, wie viel schneller sie vorangekommen wäre, hätte es zwei denkende, intelligente Gattungen gegeben, die zusammengearbeitet hätten. Denn sie denken ja nicht gleich, verstehen Sie. Sie würden ihre Gedanken gegenseitig prüfen können. Was dem einen nicht einfiele, darauf käme der andere dann.*«

Als Idee schomma schickobello, nich? Die Handlungszeit von »Als es noch Menschen gab« umfasst Jahrzehntausende. Anders lassen sich evolutionäre Prozesse kaum glaubhaft beschreiben. Man könnte nun annehmen, solche extrem weit in Zeit – und übrigens auch Raum – ausgreifenden Handlungsbögen zögen einen pompösen, quasi imperial aufgeplusterten Stil nach sich. Das Gegenteil aber ist der Fall. Clifford Simak schreibt anders als viele SF-Autoren sehr gelassen. Sein Metier ist die Idylle. Und er besitzt Humor. Vielleicht liegt es daran, dass der 1904 im US-Bundesstaat Wisconsin geborene Simak im Brotberuf Zeitungsjournalist war, wo er sich solche pastoralen und humoristischen Elemente in seinem Schreiben strikt versagen musste. Eine der neun Geschichten, die Simak zu diesem Roman verband, beginnt mit folgender Beschreibung: »*Richard Grant ruhte sich neben der Quelle aus, die dem Hügel entsprang und glitzernd über den Serpentinenpfad rann, als das Eichhörnchen an ihm vorbeihuschte und an einem gewaltigen Hickorybaum hochkletterte. Hinter dem Eichhörnchen, in einem Wirbel aus raschelndem Herbstlaub, erschien ein*

kleiner schwarzer Hund. Als er Grant sah, stemmte er die Vor-
derpfoten in den Boden, kam rutschend zum Stehen, beobachtete
ihn mit wedelndem Schwanz und fröhlich glitzernden Augen.

Grant grinste. ›Na, grüß dich‹, sagte er.

›Tag‹, sagte der Hund.

Grant fuhr hoch, riss vor Erstaunen den Mund auf. Der Hund
lachte ihn an, ließ die rote Zunge aus dem Maul hängen.

Grant wies mit dem Daumen auf den Baum. ›Dein Eichhörn-
chen ist da oben.‹

›Danke‹, sagte der Hund. ›Ich weiß schon. Ich kann es rie-
chen.‹«

Ich beömmel mich jedes Mal von Neuem, wenn ich das
lese. Clifford D. Simak zählt zu jener Sorte Autoren, die Helden nicht nötig haben. Als ihn der Chefredakteur eines der
Magazine, in denen er während des Goldenen Zeitalters der
SF in den 40er- und 50er-Jahren seine Erzählungen veröf-
fentlichte, darauf hinwies, dass die Hauptfiguren aller seiner
Geschichten im Grunde wenig attraktive, zum Zaudern und
Nichthandeln neigende Bedenkenträger seien, erwiderte er
trocken: »I like losers.« So weit würde ich nicht gehen. Aber
Simak lesen ist unter all den action-orientierten Isaac Asi-
movs, Robert A. Heinleins und A. E. van Vogts ein wohltuen-
des Gegengift und verweist schon auf spätere horizonterwei-
ternde Autorinnen wie Ursula K. Le Guin oder James Tiptree.
Simak schreibt Science Fiction für den denkenden Hund. Der
denkende und sprechende Hund in der Geschichte aus »Als
es noch Menschen gab«, deren Anfang wir gerade gelesen
haben, heißt übrigens Nathaniel. Am Ende der Geschichte
schließt er mit dem Menschen Grant einen Bund, der den
von Moses im Alten Testament weit in den Schatten stellt:
»›Hör zu, Nathaniel. Die Menschen werden nicht immer so sein*
wie heute. Sie können sich verändern. Und wenn sie das tun,

müsst ihr weitermachen – ihr müsst den Traum weitertragen, damit er nicht untergeht. Ihr müsst so tun, als ob ihr Menschen wärt.‹

›Wir Hunde werden es tun‹, schwor Nathaniel.

›Es wird Tausende und Abertausende von Jahren dauern‹, sagte Grant. ›Ihr habt genügend Zeit, euch vorzubereiten. Aber du sollst es jetzt wissen und es weitergeben. Du darfst es nicht vergessen.‹

›Ich weiß, was du meinst‹, sagte Nathaniel. ›Wir Hunde werden es unseren Jungen sagen und die Jungen ihren Jungen.‹«

Tucke-tucke, dat nennich en Bund fürt Leben. Oder vielmehr für viele Leben. In Simaks Roman wollen Mensch und Hund »Hand in Pfote« gemeinsam das Schicksal meistern – bis die Menschen eben spannendere neue Horizonte entdecken und die Hunde allein auf der Erde zurücklassen. Das heißt, nicht ganz allein. Denn der Biologe, der den Hunden die Fähigkeit zu sprechen angezüchtet hat, stellt ihnen mit intelligenten Robotern auch Handlanger in des Wortes wörtlicher Bedeutung zur Seite – einen Ersatz für die ihnen fehlenden Hände. Jenkins, der wunderbar kultivierte, um nicht zu sagen versnobte Butler-Roboter der Familie Webster, bringt es in Simaks Roman, wenn ich richtig gerechnet habe, auf ein Alter von weit über 13 000 Jahren. Zu seinem 7000. Geburtstag erhält er einen neuen Roboterkörper zum Geschenk, auf dessen Brustplatte steht: »*Für Jenkins – von den Hunden*«. Für alle, die Familienepen à la Jane Austen, Evelyn Waughs »Wiedersehen mit Brideshead« oder »Downton Abbey« lieben, wird der Science-Fiction-Idylliker Clifford D. Simak eine willkommene Entdeckung sein. Für mich ist er ein Trost. Und zwar allein schon wegen Sätzen wie diesen: »*Ein Hund hat eine Persönlichkeit. Das spürt man bei jedem Einzelnen. Keine zwei sind in Stimmung und Temperament genau gleich. Alle sind intelligent, in verschiedener Abstufung. Und mehr braucht man nicht – ein eigenes Bewusstsein und ein gewisses Maß an Intelligenz. Sie sind nicht fair behandelt worden, das ist alles. Sie fingen mit zwei schlechten Voraussetzungen an. Sie konnten nicht sprechen, und sie konnten nicht aufrecht gehen, und weil sie nicht aufrecht gehen konnten, hatten sie keine Möglichkeit, Hände zu entwickeln. Ohne Hände und Sprache wären wir vielleicht Hunde und die Hunde Menschen.«* Jau, so isset. Kannze drauf an.

Clifford D. Simak: »Als es noch Menschen gab«
Deutsch von Tony Westermayer und Ulrich Thiele
Heyne, 412 S.

KAPITEL 6

Adabei und Zuckerpfötchen

Die beliebtesten Hundenamen in Deutschland sind zur Zeit Balu, Buddy, Charly, Milo, Rocky, Bruno, Sam und Max für Rüden, für Hündinnen Luna, Bella, Emma, Lilly, Amy, Maja, Nala, Kira, Lucy und Lotte. Mich erinnern viele dieser Namen an den grausamen Spruch, den sich einer Studie der Universität Oldenburg über Vorurteile von Lehrkräften gegenüber bestimmten Vornamen zufolge angeblich eine gestresste Lehrerin einfallen ließ: »Kevin ist kein Name, Kevin ist eine Diagnose.«

Wie kam Stubbs zu seinem Namen?

Stubbs heißt keineswegs nur Stubbs. Im Lauf eines Tages wechselt er häufiger seinen Namen als ein Chamäleon die Farbe: Adabei, Angeber, Angsthas, Blitzgneißer, Brummbär, Bummel, Chaot, Chef, Choleriker, Dackel, Dussel, Erlaucht, Faulpelz, Feiner Hund, Fellnase, Franzjosefstrauß, Frechdachs, Friedrichhölderlin, Giftzwerg, Grummel, Haarmonster, Hatschi, Helmutschmidt, Herr Hund, Ihro Gnaden, Jammergestalt, Kleiner Hund, Knuffel, Master of the Universe, Miesnix, Mister Galactic, Monsieur, Nervsack, Otto, Pingel, Pennschnecke, Quengel, Rennschnecke, Riesenschnauz, Schafsnase, Schlafmütz, Schleckmonster, Schmusebacke, Schniefel, Schnuffel, Schniefnas, Schnurzel, Speedy Gonzales, Süßmaus, Trantüt, Triefel, Trödel, Ungeheuer, Vielfraß, Wuschel, Xaver, Yogi, Zerlaucht, Zuckerpfötchen.

Letzteres ist, zugeben, nicht auf unserem Mist gewachsen. Zuckerpfötchen, so nannte eine empörte Bonnerin unseren Hund, als sie uns dabei beobachtete, wie wir eines Tages mit Stubbs im Dauerregen am Rhein spazieren gingen. Spontan entfuhr es der geschockten Passantin: »Aber so ein Zuckerpfötchen darf doch nicht nass werden!« Die Kernigkeit von Jack Russell-Terriern wird in breiteren Bevölkerungsschichten gemeinhin unterschätzt ... Meine spontan ausgebreitete These, die Dame könnte in Wahrheit nicht Stubbs, sondern vielmehr mich mit dieser ausgefallenen Bezeichnung gemeint haben, hat Christina leider nie gelten lassen.

Doch allein schon der Name Stubbs kann, unterschiedlich betont, eine Vielzahl von Bedeutungen transportieren. Sogar einander ausschließende, weil schlicht gegenteilige Bedeutungen: Achtung aufgepasst! Entspann dich! Bitte sehr! Komm her! Bleib weg! Stillgestanden! Nun aber los! Schneller! Langsamer! Zu Hilfe! Beruhige dich gefälligst! Friss! Spuck das sofort aus! Hüpf rauf! Runter mit dir! Komm zur Tür! Weg von der Tür! Bitte einsteigen! Bitte aussteigen! Das alles und noch sehr viel mehr enthält diese eine kleine Silbe: Stubbs. Definitiv Stoff für ein linguistisches Seminar.

Warum aber heißt unser Hund Stubbs? Das ist eine lange Geschichte – und nein, sie hat rein gar nichts mit dem gleichnasigen, Entschuldigung, dem eben nicht gleichnamigen kleinen Osterhasen *Stups* zu tun, der in einem in unseren Ohren recht schauderhaft klingenden modernen Kinderlied von Rolf Zuckowski andauernd auf die eigene Nase fällt und auch sonst wenig auf die Reihe bekommt, weil er eben ein rechter Osterhasen-Trottel ist ... Stubbs ist vieles. Aber definitiv kein ungelenker Trottel. Wenn schon Stups, dann denken wir an den Kosenamen, den Hannah Arendt ihrem Mann Heinrich Blücher verlieh, den sie in ihren Briefen mit »Liebster Stups« ansprach.

Namen berühren einen heiklen Punkt. Denn Namen haben etwas mit Macht zu tun. Asymmetrischer Macht. Die Kluft zwischen Benennendem und Benanntem. Ein Name ist alles andere als Schall und Rauch. So viele unserer öffentlichen Debatten der letzten Jahrzehnte waren letztlich bloß ein Streit um Namen – aber eben auch ein Streit darüber, wer das Recht hat, Namen zu verleihen, oder die Macht, eingeführte Benennungen zu verändern. Dabei gilt es sich bei allen tagesaktuellen Aufgeregtheiten immer wieder vor Augen zu führen: Niemand hindert einen daran, einen Erkenntnisschritt nach vorn zu machen, klüger und das heißt häufig auch einsichtiger und sensibler zu werden. Man denke nur mal an die amerikanischen Ureinwohner, die seit über 500 Jahren Kolumbus' Fehlannahme ausbaden müssen, in Indien statt in Amerika gelandet zu sein. Andererseits haben wir als Kinder nun mal Cowboys und Indianer gespielt und nicht Cowboys und amerikanische Ureinwohner. Ein schönes Beispiel, denn es belegt, dass ethische Einsicht und ein Upgrade der Sprache Erinnerungen ja nicht auslöschen oder umschreiben. Wir müssen die schmerzliche Ambiguität – so haben wir früher gedacht, so denken wir heute – schon aushalten. Wir sind ja stabil.

Bedeutet für einen Hund sein Name etwas anderes als für einen Menschen? »What's in a name«, lässt Shakespeare Julia über Romeo denken, der eben seinen den Capulets verhassten Nachnamen Montague trägt, »That which we call a rose / By any other name would smell as sweet«. Wenn dem wirklich so wäre und die Rose auch unter anderem Namen genau so süß duften würde, könnte sich die Industrie ihre milliardenschweren Werbeetats sparen. Doch die Wahrheit sieht vielmehr so aus, dass rund um diesen Planeten geniale Wortwerkerinnen und Wortwerker 24 Stunden am Tag darüber hirnen, ob das Gefühl beim Biss in ein Knäckebrot nun besser mit »crunchig knusperig« oder nicht doch eher mit »knusperig crunchig« zu beschreiben ist.

Ein Hund schert sich nicht um unseren Namen. »Ich bin ich, weil mein kleiner Hund mich kennt«, schreibt Gertrude Stein wie immer mit schlitzohrigem Scharfsinn. Tatsächlich vermag ein Hund unsere Identität zu stabilisieren, die durch die unendlichen Angebote und Zumutungen der Moderne und hoffentlich nicht zuletzt durch unsere fortlaufenden Denkbewegungen auf so vielfältige Weise fragmentarisiert wird. Für unseren Hund sind wir keine potenziellen Mieter, Käufer, Verbraucher, Gläubige, Wähler oder Sexpartner, sondern immer nur die Angehörigen seines Rudels. Na gut, mit dem kleinen Unterschied, dass wir den Kühlschrank öffnen können. Aber ein Karl-Theodor Maria Nikolaus Johann Jacob Philipp Franz Joseph Sylvester Buhl-Freiherr von und zu Guttenberg (ja, so heißt er wirklich!) hätte sich auch nach Rücktritt vom Ministeramt, nach Aberkennung seines Doktorgrades, ja selbst nach Verlust seines Adelstitels und mit einigen Vornamen weniger der Liebe seines Hundes sicher sein können. Vielleicht ist es gerade das, was uns an Hunden anzieht. Ihre unbedingte Loyalität – egal, wie wir aussehen, wie man uns ansieht oder was uns zustößt. Wer kann das schon mit Gewissheit von seinem Lebenspartner behaupten?

Stubbs hat seinen Namen vom Maler George Stubbs aus Liverpool. Der lebte von 1724 bis 1806 und war ein ziemlicher

Eigenbrötler der Kunstgeschichte – allerdings ein schon zu Lebzeiten sehr erfolgreicher. In Großbritannien gehen die Uhren bekanntlich anders als in Europa, deshalb will schon die Bezeichnung Rokokomaler auf Stubbs so gar nicht zutreffen. Stubbs interessierte sich mehr für Tiere als für Menschen. Seltsamerweise wirken alle seine Menschen eingesperrt, gefangen in den Zwängen einer Klassengesellschaft, deren Sitten und den Konventionen ihrer Zeit; alle von Stubbs porträtierten Tiere hingegen vermitteln den Eindruck höchster Freiheit. Seine Porträts des englischen Adels zeigen oft leichenblasse Menschen, eingeschnürt in Uniformen oder Jagdkostüme, die sich sichtlich unwohl in ihrer Haut fühlen. Stubbs malte vor allem Hunde und Pferde, aber auch Zebras, Kängurus oder Löwen. Es gibt ein wundervolles, fast an naive Malerei erinnerndes Porträt einer Löwin und eines Löwen, ein weiteres Porträt eines Königstigers und – für mich das hinreißendste, was Stubbs geschaffen hat – eine völlig aus der Zeit gefallene Mezzotinto-Radierung eines schlafenden Geparden, dessen Fell an einigen Stellen in die dicke Borke des Baumes überzugehen scheint, in dessen Schatten er selig schlummert: ein Inbild vollkommenster Gelassenheit.

Wie viele seiner Generationsgenossen pilgerte auch George Stubbs nach Italien, um die Kunst der Antike zu studieren. Doch Stubbs interessierte sich schon von Kindesbeinen an auch für Anatomie. Eine seiner ersten künstlerischen Arbeiten war die Illustration eines Buchs über Hebammenkunst, für die er am York County Hospital Leichen im Kindbett verstorbener Frauen sezierte. Grausam? Vielleicht. Aber just diese anatomischen Kenntnisse bilden die Grundlage von Stubbs' künstlerischer Größe. Der deutsche

Essayist Ulrich Raulff, langjähriger Leiter des Deutschen Literaturarchivs im schwäbischen Marbach, hat unser Bild von George Stubbs noch etwas weiter eingetrübt. In seiner beeindruckenden Studie »Das letzte Jahrhundert der Pferde« schildert Raulff, wie es George Stubbs gelang, der führende Pferdemaler seiner pferdeverrückten Epoche zu werden: »18 Monate lang arbeitete er in einer Scheune in Horkstow wie ein Besessener und sezierte etwa ein Dutzend Pferde, die er, um jede Beschädigung ihrer Knochen, Sehnen und Adern zu vermeiden, sich zu Tode bluten ließ. An manchen der Kadaver, für die er eine sinnreiche Hebeeinrichtung konstruiert hatte, arbeitete er wochenlang, den entsetzlichen Gestank und die Gefahr der Sepsis missachtend. Und da er beides war, Anatom und Künstler, und beides in gleicher Virtuosität, schnitt und kritzelte er pausenlos; jede Muskelschicht, die er freilegte, zeichnete er sogleich ab und benannte sie im Detail; das Skelett schließlich kochte er aus und zeichnete es ebenfalls, jeden Knochen einzeln, minutiös, wie ein Archäologe die Überreste einer antiken Stadt.«

Während wir dies schreiben, liegt Stubbs auf seinem Lieblingskissen in meinem Arbeitszimmer, auf dessen Bezug sich schwarze und weiße Jockeys mit bunten Mützen tummeln. Es ist heiß in diesem Sommer in Köln, und so streckt Stubbs auf dem Rücken liegend alle vier Pfoten von sich. Im Traum wifft er leise vor sich hin. Wie so oft fragen wir uns, mit welchem Rudel er gerade über welche Wiese rennt, welcher heißen Hündin er auf der Spur ist oder welche Katze ihm gerade durch einen beherzten Sprung auf einen Ast um Haaresbreite entkommen ist. Wir glauben nicht, dass dieser Hund in irgendeiner Weise ahnt, durch welche grausamen Methoden sein Namenspatron vor gut zweihundert Jahren zu seinem für seine Zeit stupenden anatomischen Wissen gelangt ist. Würde es ihn stören? Wir denken nicht. Aber wir würden es uns von Herzen wünschen, dass es ihn stört.

Aber von alldem, von unserem Hund, ja geschweige denn von den moralischen Ambiguitäten des Malers George Stubbs, ahnen wir noch nichts, als Christina und ich im Jahr unseres Kennenlernens 2006 nach London fahren. Ich bin zum Gespräch mit Zadie Smith über ihren Roman »On Beauty« verabredet. Um die auf solche Drehs unweigerlich folgende Fernsehdepression ein wenig zu dämpfen – so viel Aufwand für ein halbstündiges Interview, von dem am Ende zehn Minuten gesendet werden – haben wir beschlossen, hinterher noch ein paar Tage in London dranzuhängen. Zadie Smiths Debütroman »White Teeth« hatte mich zur Jahrtausendwende so begeistert, dass ich voller Neugier zusagte, die durch den spektakulären Welterfolg ihres Erstlings selbst überraschte Autorin eine Woche lang auf ihrer Lesereise durch Deutschland zu moderieren. Die Chefin der Presseabteilung ihres damaligen Verlags hatte mich informiert, dass Zadie Smith in männlicher Begleitung durch Deutschland touren wolle und alle wahnsinnig auf diesen »Mr Smith« gespannt seien, denn von Zadie Smiths Privatleben war bislang nichts an die Öffentlichkeit gedrungen. Auch wenn mir literarisches Paparazzotum ziemlich zuwider ist, muss ich gestehen, dass auch ich ziemlich verdutzt aus der Wäsche schaute, als mir bei unserem ersten Kennenlernen in München ein weißer Engländer um die 75 die Hand entgegenstreckte und sich als Harvey Smith vorstellte. Des Rätsels Lösung hätte jeder Boulevardkomödie die Ehre erwiesen: Zadie ist das 1975 geborene Kind einer schwarzen jamaikanischen Mutter und eines deutlich älteren weißen Engländers. Weil der Verlag für die Lesereise durch Deutschland ausdrücklich eine Begleitperson mit eingeladen hatte und ihren Vater, der von einer eher überschaubaren Rente lebte, ein biografischer Bezug mit Deutschland verband, hatte Zadie sich kurzerhand entschlossen, ihn mitzunehmen. Während der Lesereise freundete ich mich ein wenig mit Harvey an, was sehr leichtfiel: Seine mit wunderbar trockenem britischem Humor durchwirkten Erzählungen über seinen Einsatz im kriegszerstörten Deutschland schlugen mich sofort in Bann. Als junger Abwehroffizier war er 1945 in geheimer Mission durch Deutschland gereist, um Nazigrößen zu fassen. Harvey war beim D-Day 1944 und bei der Befreiung des Konzentrationslagers Bergen-Belsen dabei gewesen. Seinen Erinnerungen über seine Monate in Deutschland zu lauschen ersetzte ein ganzes Seminar in Zeitgeschichte. Wann hörte man schon in der wiedervereinigten Bundesrepublik des Jahres 2000, dass sich Köln, Hamburg, Berlin oder Wiesbaden seit Frühjahr 1945, *o my dear!*, wirklich ziemlich verändert hätten ...? Ich war damals zwar kein passionierter Zocker, ging aber gern hin und wieder in deutsche Spielbanken, schon weil mir die Atmosphäre in altehrwürdigen Casinos wie in Baden-Baden sehr gefiel. Es sind mit Ausnahme von Opernhäusern die einzigen historischen Gebäude, die ihre Funktion über die Jahrhunderte hinweg erhalten haben. Und weil ich weiß, wie unbekannt diese Facette Deutschlands weithin ist, gehe ich mit ausländischen Autoren bis heute gern in Casinos. Auch Harvey und Zadie Smith waren sofort Feuer und Flamme, in einem der Casinos zu spielen, die ein Vorbild für »Roulettenburg« aus Dostojewskis »Der Spieler« abgaben, und

so landeten wir nach der letzten Lesung Zadies, die mich im Gespräch durch ihren messerscharfen Verstand beeindruckt hatte, im Spielcasino Wiesbaden – einem der prunkvollsten und schönsten Deutschlands. Natürlich kam es, wie es kommen musste: Während ihr armer Vater und der auch nicht auf Rosen gebettete Literaturkritiker ihre durchaus übersichtlichen Einsätze an diesem Abend schnell verloren, gewann die durch den Bestsellererfolg ihres Erstlings über Nacht zur Millionärin gewordene Zadie Smith von Beginn an ein hübsches Sümmchen. Der Teufel scheißt eben immer auf den größten Haufen ... Aber wie sagt der Kölner so weise: Mer muss och jönne könne. Harvey brillierte in dieser Kunst an diesem Abend ganz außerordentlich. Umso mehr bedauerte ich, als mir Zadie im Vorgespräch unseres Londoner Interviews zu »On Beauty« erzählte, dass ihr Vater im Oktober 2006 gestorben war.

Christina und ich hatten für unseren Ausflug nach London einen Plan. Wir wollten uns unbedingt eine spektakuläre Neuerwerbung in der National Gallery ansehen. Christina war Hobbyreiterin, ich zwar mit Pferden aufgewachsen, aber alles andere als ein Pferdenarr. Dennoch begeisterten wir uns unabhängig voneinander für ein Bild des englischen Malers George Stubbs, das nach dem porträtierten Hengst »Whistlejacket« heißt. Fast zweihundertfünfzig Jahre war das Gemälde seit seiner Entstehung 1763 in Privatbesitz gewesen. Die National Gallery hatte es erst wenige Jahre zuvor zum Wahnsinnspreis von elf Millionen Pfund erworben. »Whistlejacket« erinnert durch seinen grüngoldenen abstrakten Hintergrund fast ein wenig an eine Ikone, denn der aufsteigende Araberhengst schlägt den Betrachter sofort in Bann. Die Besonderheit dieses Bildes: Es ist das erste Porträt in der Geschichte der Malerei, das ein Pferd ohne seinen Reiter darstellt. Und ein Porträt ist es ganz zweifellos: Die Persönlichkeit des Tiers ist absolut unverwechselbar. Stubbs stellt Whistlejacket ohne Sattel und Zaumzeug in den leeren Raum, was den Hengst noch souveräner und majestätischer, auch freier und wilder erscheinen lässt. Dieses Gemälde wollten wir unbedingt einmal im Original sehen. Womit wir bei unserem Besuch in der National Gallery am Trafalgar Square aber gar nicht gerechnet hatten, war die schiere Größe des Bildes. Es ist monumental. Stubbs hat das Pferdeporträt überlebensgroß als typisches *Mantlepiece* für die Eingangshalle eines Herrenhauses entworfen. Der Eindruck ist überwältigend. Das Gemälde erschlägt einen regelrecht. Zwingt einen in die Knie. Das Pferd springt einen fast an. Wie die großen Stahlskulpturen Richard Serras erzeugt das Bild in einem das Gefühl, wie ein Eisenspan in Gegenwart eines Riesenmagneten willenlos angezogen zu werden. Der deutsche Maler Georg Baselitz hat die Bedeutung dieses Gemäldes einmal sehr schön auf den Punkt gebracht: »Als guter Künstler muss man sich anders verhalten und etwas erfinden, das weder schneller läuft noch höher springt als das Bild eines anderen Malers. Es muss einfach vollkommen anders sein – genau das ist dann der Fortschritt. Und dieses Bild von Stubbs ist anders, es ist auffallend anders als alle Bilder, die in seiner Nähe hängen, und das macht seine Faszination aus. Das Bild ist ein Solitär, eine Granate, es ist eine echte Bombe. Es hat einfach das, was ein großes Gemälde ausmacht.«

Und ein großes Gemälde ist Whistlejacket in jeder Hinsicht. Wir waren begeistert wie selten nach einem Museumsbesuch, fragten uns hinterher aber doch mit wachsender Verblüffung, warum wir von der Größe des Gemäldes bloß so überrascht gewesen waren. Nie waren wir auf die Idee gekommen, dass es sich um ein lebensgroßes oder in diesem Fall sogar über-lebensgroßes Pferdeporträt handeln könnte. Schließlich ging uns ein Licht auf: Es lag am Namen des Malers. Stubbs klingt einfach niedlich und verweist auf irgendetwas Kleines, Pos-sierliches, Nettes. Nicht auf einen Ölschinken mit einem Ko-loss von einem Gaul, vor dessen Blick man verzwergt. Noch ehe wir die National Gallery verlassen hatten, waren wir uns einig: Stubbs, egal ob Englisch oder Deutsch ausgesprochen, das wäre ein sehr guter Name für einen kleinen Hund.

Allein im Wald

Kerstin Ekman: »Hundeherz«

Boah, hömma! Wennze beim Lesen von sonem Buch nich mal
ab und an ordentlich am Flennen bist, kannzen Ei drüberschlagen. Wennze nich minnichstens dreimal zum Tempo
greifen musst, isset Mumpitz. Bloß vergieß ich bei manchem
literarischen Killefitt mindestens so oft Lachtränen oder beiß
vor Wut über so viel Stumpfsinn zwischen zwei Buchdeckeln
auch schon mal in mein Kissen. Schon mal was von Stephenie
Meyer gelesen? Grau-en-haft – zum Jaulen! Dabei hatte ich
mir angesichts der Titel ihrer Bücher – »Bis(s) zum Morgen-
grauen«, »Bis(s) zur Mittagsstunde«, »Bis(s) zum Abendrot«
und wattet sonz noch gibt – echt was davon versprochen. War
aber bloß eine buchlange Werbung für den Verzicht auf au-
ßerehelichen Sex. Was soll ich dazu sagen – hamse schomma
nen Hund mittem Ehering gesehen? Vor so viel reaktionärem
Stumpfsinn graut's ja selbst Dracula. Totaler Schmonses.

Dagegen ist die Schwedin Kerstin Ekman echt en anderes
Kaliber. »Hundeherz« is jan eher schmales Bändchen, gra-
dema knapp 130 Seiten wennet hochkommt, aber vom literarischen Gewicht her issat so wie wenn Franz Kafka dat Dreh-
buch für »Lassie« geschriem hätte. Natürlich nich mit nem
ollen Langhaarcollie. Die Rasse des Hundes wird in »Hundeherz« gar nicht konkret benannt, aber im Sinn hatte Eklund
wohl so was wien nordischen Jagdhund, ein Lundehund
vielleicht, der früher zum Retrieven von Papageientauchern

gezüchtet wurde, odern schwedischen Jämthund, der auf El-
che und sogar Bären jagt.

Ein Elch rettet unserer Hauptfigur das Leben. Ein toter
Elch, den sie unter der Schneedecke im Wald findet. »Hundeherz« beginnt nämlich mit einem tragischen Missver-
ständnis, das um ein Haar zum Tod eines 84 Tage alten Welpen führt. Als dessen Mutter sieht, wie ihr Besitzer seine
grüne Jacke vom Haken nimmt, denkt sie, er will zum Jagen
aufbrechen. Es ist Mitte März in Nordschweden, und noch
bedeckt eine dicke Schneedecke das Land. »*Es war noch nicht
die rechte Zeit. Das sagte ihr der Geruch der Märzluft. Still und
aufmerksam saß sie auf der Vortreppe. Als der Scooter um die
Ecke des Holzschuppens gebogen kam, sah sie mit ihren schwa-
chen Augen den Gewehrlauf. Glaubte sie. Es war der Eisbohrer,
den ihr Herr am Rucksack festgebunden hatte. Er hatte nicht
nach ihr gerufen. Hatte nicht gesagt, wo es hingehen sollte.
Doch die grüne Jacke, der Gewehrlauf! Die Ohren nach vorn
gerichtet, blieb sie reglos sitzen, bis der Scooter zwischen den
Kiefern auf dem Moorsee verschwand. Da lief sie schließlich los.
Jagen! Und der Welpe ihr hinterher.*«

Ja Flötepiepen! Ihr Herrchen fährt an diesem Tag mit dem
Schneescooter nich zum Jagen, sondern zum Angeln auffen zugefrorenen See. Sie folgt ihm trotzdem. Weder Herr
noch Hund bemerken aber den unternehmungslustigen
Welpen, der ihnen nachläuft, schon nach wenigen Metern
den Anschluss verliert und sich daraufhin aussichtslos im
Wald verirrt. Da is dann Panhas am Schwenkmast, denn um
diese Jahreszeit is dat eingslich ein Todesurteil. Aber unser
Welpe hat mehr Glück als Verstand und schlägt sich irngswie
durch – nicht zuletzt, weil er den eingeschneiten Kadaver
eines bei einer Jagd angeschossenen Elchs findet, der abseits
der Menschenwege verendet ist.

Mein lieber Kokoschinski: Wie stellt man die Welt eines allein aufwachsenden, auf sich gestellten Hundes dar? Wie übersetzt man sie in menschliche Erfahrungsbereiche, menschliches Denken, menschliches Vorstellungsvermögen? Kerstin Ekman benutzt dafür eine Art literarischen Impressionismus. Eine atemlos synkopische Zusammenschau von Körperempfindungen, Geruchseindrücken, optischen und taktilen Signalen – ein Stil, der lange nachhallt und in Erinnerung bleibt: *»Wasserschlurken und saure Preiselbeeren. Federn im Moos, gespreizt und ohne Geruch. Wasserschmerz im Magen, nasse Pfoten im Moor. Weitertraben, immer weitertraben, stet und stur. Federn kauen, Knochen saugen. Wassertropfen am Maul. Sonnenglast und Bauchschmerz. Traben und tappen. Sich ducken, den Bauch im Schnee. Weitertraben, die Nase am Boden.*

Geruchloses Wasser. Schmelzwasser. Schmerzwasser.

Der Mond kriecht über den Wald. Die Nacht ist nicht still. Sie plätschert und fließt, sie raschelt und pfeift. Aufstehen und los über fleckige Erde. Unruhe im Leib, Unruhe im Wald. Flecken von Mondlicht und Schnee, Flecken von Schatten und schwarzer Erde im Moor.

Sich spreizende Äste, Pfoten und Krallen. Sich duckende Baumstümpfe mit Rückenzotteln und Ohren. Schlafende Steinrücken. Schlafen, an feuchte Flechten geschmiegt, zu Stein gefroren und schwindlig. Irrlichternde Punkte vor Augen. Hungerschmerz und betäubende Angst. Wegschlafen. In die Sonne schlafen. An Sonnenzitzen saugen. Wegwärmen. Saugen. Wärme saugen.«

Eine Sprache is dat, da kriegen die Ohren Besuch! Aber auch eine Sprache, die einem das Herz öffnet, finze nich auch? Der Welpe überlebt in »Hundeherz« gegen alle Wahrscheinlichkeit und findet sich tastend allein im Wald zurecht. Doch Kerstin Ekman erzählt keine Dönekens. »Hundeherz«

is keine Variante des Märchens vom tapferen Schneiderlein oder ne Robinsonade mit nem super findigen Hund als Helden. Die Kraft und der Wumm ihres Textes liegen gerade in der berührenden Art, wie er uns in die Erfahrungswelt dieses Welpen führt, wie wir mit ihm die unerbittliche Kälte und den nagenden Hunger erleben und erleiden, die Stille, den Schmerz, die Isolation, die Verwirrung und Verzweiflung angesichts einer unentzifferbaren Welt. Bald lernt er, Futter zu finden – weil er es natürlich lernen muss. »*Eines Morgens hörte er ein leises Fiepen. Es klang wie Vogelstimmen unter Gras. Er suchte dem Gehör nach und wurde bei dem großen Stein bei der Treppe zur Almhütte fündig. Dort verdichtete sich in den Grasbüscheln eine Witterung. Als er mit der Pfote daran kratzte, verstummte das fiepende Stimmengewirr. Er kratzte noch einmal, und schon hatte er nackte Körper unter den Krallen. Blutgeruch stieg auf. Er sah nichts. Er schlang.*

Es waren viele Junge in dem Wühlmausnest. Die letzten kaute er. Dabei lag er und hielt den kleinen Wirrwarr aus den Grashalmen und Büscheln des Nests zwischen den Pfoten. Er legte die Wange auf die warme Erde, während seine Kiefer mahlten. Das Blut, die Wärme und das Zucken erregten ihn derart, dass er schneller fraß als je zuvor. Erst hinterher kamen die Wärme und der Genuss. Sie breiteten sich in trägen Blutwellen in seinem festen, mageren Hundeleib aus.

Er suchte sich am Abhang einen trockenen Platz und streckte die Pfoten und Läufe aus. Während sein Magen arbeitete, säuselte und gluckste es darin. Er lag mit halb geschlossenen Augen und verspürte Schauer der Sattheit, Süße und Wärme. Seine Pfoten zuckten im Schlaf und die Oberlefze zog sich über die Zähne hoch. Er jagte.«

Schaurig un schön zugleich. »*Nature red in tooth and claw*«, wie Alfred Lord Tennyson das mal so unverblümt und poetisch zugleich ausgedrückt hat. Aber die Schilderung der sinnlichen Befriedigung beim Plündern eines Mäusenests muss man in Zeiten, die eher einem veganen Lifestyle zuneigen, erst mal so hinkriegen. Kerstin Ekman erzählt in »Hundeherz« von einem, der aus dem Gefüge der Kultur herausfällt, in der Natur zunächst fast umkommt, dann aber wirklich in ihr ankommt. Im Frühling und Sommer wächst der Graue vom Welpen zum Erwachsenen heran. Erstarkt und fast schon verwolft, lässt Ekman ihn sein Revier erkunden und vergrößern. Als er eines Tages im Wald auf Menschen trifft, scheut er zunächst zurück. Erst nachdem er bei einer Treibjagd in einen Kampf mit einem anderen Hund verwickelt wird und dabei die Aufmerksamkeit eines der Jäger erregt, beginnt ein vorsichtiger Annäherungsprozess an die Zivilisation. Mit vielen kleinen Zwischenschritten gewinnt der Jäger dobsche tucketucke durch Futter das Vertrauen des Hundes, bis dieser schließlich freiwillig auf ein Boot geht und mit ihm zurück in die Welt der Menschen übersetzt. Ein Happy End? Eine Kaspar-Hauser-Geschichte? Kannze so sehen. In jedem Fall bleibt die unvergessliche Schilderung der Erfahrungswelt eines allein im Wald lebenden Hundes, der seine Umgebung mit allen Sinnen wahrnimmt, einer existenziellen und auch spirituellen Prüfung ausgesetzt wird und dieser standhält. Auch wir Leserinnen und Leser müssen das erst mal aushalten, denn Ekman setzt auf radikale Genauigkeit und erspart uns nichts. »*Sein Leben und seine Erinnerung bestanden aus Bildern in Bildern, die entfacht wurden und erloschen. Zipfel von Tagen mit großem Himmel, einem Hauch strenger Gerüche und abgerissenen Rufen, die einsam zwischen den Bäumen herabsanken, bis sie in einem Bild tief in seinem Innern Halt fanden. Sie waren heulende Dunkelheit, die in graue Morgendämmerung überging, und eine Ladung spitzer Schnee,*

der ihn in seine Höhle zurücktrieb, Tage und Nächte voll Hunger,
in denen er vor Kälte und Nässe zitterte, und Tage voll Schwel-
gerei, in denen ihm die Sonne auf den Rücken brannte. In diesen
Bildern aus und ein gingen die anderen beim Moor: ein weißes
Langohr, das zwischen den Bäumen huschelige Haken schlug, die
gewaltigen grauen Berge auf hohen Läufen, die übers Moor setz-
ten, die kreischenden Schwarzen, die kleinen Pfeifer und Pussler
in den Fichten, die Schweren und Schwarzen, die in den Birken-
wäldern hingen, die Grauen, die von einer Wurzel zur anderen
schnurgerade Spuren steppten. Er kam ihnen nie richtig nahe,
aber seine Erinnerung war von ihren Fährten und Witterungs-
bändern durchzogen, von ihrem Rufen und Zwitschern und dem
heiseren Bellen eines Unsichtbaren, der sich manchmal unten auf
dem See bewegte.«

Für mich wär dat ja nix, so allein im Wald zu leben. Aber
dank Kerstin Ekman weiß ich getz ganz genau, wie dat wär.
Und sowwat schafft ehmt nur wirklich ganz große Literatur.

Kerstin Ekman: »Hundeherz«
Deutsch von Hedwig M. Binder
Piper, 128 S.

KAPITEL 7

Zwei-Ring-Zirkus

D as ist zu früh!«
Meine Mutter sagt diesen Satz beim Haarewaschen. In ihrem Badezimmer mit dem orangelackierten Waschtisch, einer Designikone, pures Augenkokain, das direkt ins Hirn knallt und sofort Assoziationen an Afri-Cola-Werbespots, Miniröcke und Christian Anders' »Es fährt ein Zug nach nirgendwo« auslöst. Auf dieses Badezimmer, in dem es, solange ich mich erinnern kann, immer nach Drei-Wetter-Taft riecht, ist sie besonders stolz gewesen. Bei der Ausstattung hatte sie sich damals ausnahmsweise einmal gegen ihren Mann durchgesetzt, auf den Einbau eines Bidets bestanden, das wir Kinder zunächst für einen Zimmerspringbrunnen hielten, und mit Fliesen und Schleiflack in grellem Orange ein flammendes Inferno geschaffen, das mit jedem vergehenden Jahr immer mehr zum Neidobjekt von Designfetischisten avancierte.

»Das ist zu früh!« In der Stimme meiner Mutter liegt die bebende Empörung einer Frau, die sich ihr Leben lang viel zu viel gefallen lassen musste. Und am Ende dieses Lebens eben auch noch, dass ihre Tochter und ihr Sohn ein Köfferchen für sie packen mit Wäsche, ihrem Necessaire und ein paar Taschenbüchern und Zeitschriften und sie zum Haarewaschen in ihr 70er-Jahre-Badezimmer schleppen, weil sie am Morgen des nächsten Tags ins Krankenhaus eingeliefert werden soll. Eine Routineuntersuchung, kein Eingriff, nichts

Dramatisches, aber leider nur stationär zu machen, so der Hausarzt. Ich hatte noch heimlich einen kleinen Stoffhund dazugepackt, denn Lena, ihr Hund, durfte natürlich nicht mit ins Krankenhaus.

»Das ist zu früh!« Wann immer ich an meine Mutter denke, und ich denke oft an sie, habe ich sofort diesen einen Satz von ihr im Ohr. Der Echoraum um diesen Satz ist in den fünf Jahren seit ihrem Tod gewaltig gewachsen. Hat sie wirklich geahnt, dass ihr Ende unmittelbar bevorsteht? Lag in ihrem Satz ein wütender Protest gegen die himmelschreiende Ungerechtigkeit, dass es das also gewesen sein sollte? Dass ihr Leben schon mit 76 Jahren an sein Ende gelangte? Oder war es vielleicht doch nur eine ganz banale Alltagsbemerkung, eine nicht weiter reflektierte Nörgelei? Eine Beschwerde darüber, dass es erstens an diesem Sonntag im Januar 2016 viel zu kalt ist zum Haarewaschen? Und dass wir es zweitens wie immer viel zu eilig haben und alles überstürzen, weil es wegen ihres dünnen, feinen Haars eine Schnapsidee ist, ihr die Haare schon am Vorabend zu waschen statt am nächsten Morgen?

Meine Mutter ist zu diesem Zeitpunkt schon stark verwirrt. Ich habe sehr lange nichts davon bemerkt, es wahrscheinlich auch nicht bemerken wollen. Im Rückblick wundere ich mich, wie viele kleine Indizien und Signale ich übersehen und überhört habe oder besser gesagt nicht wahrhaben wollte. Demenz: Das ist ein schlimmes Wort, ein Schicksal, das anderen zuteilwerden mag, aber doch nicht meiner Mutter. Seit Jahren und Jahrzehnten pflegten wir das Ritual, mehrmals die Woche miteinander zu telefonieren. Alles schien wie immer. Wir haben uns beide etwas vorgemacht; das konnten wir richtig gut. Meine Mutter hat am Telefon stets den Eindruck erweckt, richtig auf Zack zu sein. Besuchte man sie, war es manchmal nicht leicht, ihrer fortwährenden Klagesuada standzuhalten. Wenn man sie anrief, waren ihr Jammern oder Selbstmitleid hingegen fremd. Im Gespräch versicherte sie einem ununterbrochen, ihr gehe es blendend und überhaupt sei alles in Butter. Sie war eine überzeugende Schauspielerin und vermittelte mir, ihren Alltag perfekt im Griff zu haben. Telefonieren hatte in ihrem Berufsleben als Chefsekretärin in einem Stahlkonzern eine wichtige Rolle gespielt, und so hatte meine Mutter ein gutes Dutzend abrufbarer feststehender Formeln parat, eine Handvoll griffiger Sätze, daneben auch Gruß- und Abschiedsphrasen, die sie überaus wortgewandt erscheinen ließen. Zudem besaß sie bis zuletzt Sinn für Humor und eine verblüffende Fähigkeit zur Selbstironie. Aber in Wahrheit, so erkenne ich bedauernd erst im Rückblick, war sie schon damals nicht mehr in der Lage, ein komplexes Gespräch zu führen, sich mit etwas ganz Neuem auseinanderzusetzen oder einen abstrakten Zusammenhang wirklich zu durchdenken. Ich hatte mich von unseren Telefonritualen einlullen lassen: Der Vorhang ging zwar auf, aber die Bühne war längst leer.

In den Tagen nach Silvester wurde dies offenbar. Zum ersten Mal seit zehn Jahren hatte meine Mutter die Weihnachtstage nicht bei uns in Köln verbracht. Noch Mitte Dezember war ich in Stuttgart in der »Wielandshöhe« mit ihr essen gegangen. Bei solchen Gelegenheiten lebte meine Mutter spürbar auf. Mit Hingabe warf sie sich in Schale und genoss es, endlich mal wieder unter Leute zu kommen – und dabei im Mittelpunkt zu stehen. Zu unserem Wirt an diesem Abend, dem geistsprühenden Barockmenschen Vincent Klink, der als bodenständiger Feingeist tatsächlich eine der hellsten Kerzen auf der Torte des deutschen Geisteslebens ist, hatte sie eine besondere Affinität. Kein Wunder, hatte Klink meine Mutter doch nach ihrem Herzinfarkt einmal im Stuttgarter Robert-Bosch-Krankenhaus besucht, um sie mit einer hausgemachten Leberpaté aufzupäppeln. Klink und ich hatten damals beruflich miteinander zu tun, und weil ich vom Krankenzimmer meiner Mutter sein Restaurant auf der gegenüberliegenden Seite des Stuttgarter Talkessels sehen konnte, hatte ich ihm das launig in einer E-Mail geschrieben – nicht ahnend, dass sich der Meister am nächsten Tag vom Herd auf seinen Motorroller schwingen und meiner Mutter mit einer Notversorgung kulinarische erste Hilfe leisten würde. Wir hatten an diesem letzten Abend kurz vor Weihnachten in der »Wielandshöhe« Champagner getrunken, den Ausblick über die Stadt im Kessel genossen, viel gelacht und Anekdoten über ihre Mutter erzählt. Meine Großmutter hatte sich zeit ihres Lebens nie von ihrer Tochter getrennt und war mir immer als Duo mit meiner Mutter erschienen, als Team, zusammengehörig wie Erde und Mond. In Familiengeschichten zu schwelgen lag buchstäblich deshalb nahe, weil meine Mutter in Degerloch aufgewachsen war, einem Stadtteil Stuttgarts, der nur einen Steinwurf von Klinks Sternetempel entfernt liegt. Meine Großmutter ist hoch in den Neunzigern in meinen Armen gestorben. Zu Hause. Ohne langes Leid, nach einer mehrjährigen Phase des allmählichen Schwächerwerdens, des versiegenden Lebenswillens und eines sanften Dahinschwindens. Begleitet und getröstet von ihren Angehörigen. Eine schöne und gute Erfahrung. Einen solchen Tod hatte ich auch für meine Mutter erhofft. Etwa im gleichen Alter. Versöhnt, gelöst und getröstet. Wenn ich ehrlich bin, erhoffe ich mir so einen Tod auch für mich selbst. Und die Erkenntnis, dass es letztendlich leider immer zu früh ist, tröstet da doch wirklich kaum.

Meine Mutter starb im Alter von 76 Jahren an der Inkompetenz der Ärzte und des Pflegepersonals in einem Waiblinger Krankenhaus. Und auch an meiner eigenen Inkompetenz. Nach sieben Tagen in dem Kreiskrankenhaus, das ich noch aus meiner Zeit als Rettungssanitäter während meines Zivildiensts vor dreißig Jahren in unguter Erinnerung hatte, war sie in schlechterem Zustand als bei ihrer Einlieferung. Aus meiner Zivizeit weiß ich auch, wie hart die Menschen in einem Krankenhaus schuften. Wie unterbezahlt sie sind – und was mindestens so schlimm ist: wie wenig Wertschätzung sie jenseits einer mitgebrachten Torte oder einer Spende für die Kaffeekasse erfahren. Wie groß der Druck ist, der auf ihnen lastet. Und wie schnell mal ein Fehler passiert. Auch wie verständnislos und schlicht nervig einem die naiven Fragen der Angehörigen manchmal erscheinen. Aber diese aus der Praxis vor vielen vielen Jahren gewonnenen Einsichten halfen mir konkret wenig weiter. Bei meinen Versuchen, vor Ort und telefonisch von Köln aus herauszufinden, was eigentlich mit meiner Mutter los war, verhedderte ich mich heillos in der Krankenhaushierarchie und widersprüchlichen Auskünften. Die Diagnose wurde immer diffuser. Am Ende der Woche hieß es, sie sei im Grunde gar kein Fall fürs Krankenhaus, sondern benötige lediglich Pflege, weshalb man sie auch am Montag früh schon entlassen wolle. Nur wohnte meine Mutter in einem winzigen Dorf auf dem Land, ohne Einkaufsmöglichkeiten oder irgendeine Art von Infrastruktur. Dort konnte nur leben, wer Auto fahren kann. Und ich lebte fast fünfhundert Kilometer weit weg. Eigentlich war uns schon nach ihrem

Herzinfarkt und Schlaganfall vor einigen Jahren klar gewesen, dass das nicht mehr ewig so weitergehen konnte. Aber nach ihrer Reha hatte sie sich besser berappelt als erwartet, die Ärzte waren mit ihr zufrieden, und ich hatte vor der Frage, ob es verantwortbar war, meine Mutter hinter das Steuer eines Autos zu lassen, fest die Augen verschlossen. Feigling! Eine Rund-um-die-Uhr-Betreuung binnen weniger Tage zu organisieren hielt uns die Woche über auf Trab. Aber tatsächlich schafften wir es, was einem kleinen Wunder gleichkam. Bis die 24-Stunden-Pflege bei ihr zu Hause anlaufen konnte, galt es allerdings noch einen Zeitraum von 14 Tagen zu überbrücken. Nach unzähligen Telefonaten gelang es uns auch, ihr für zwei Wochen übergangsweise ein Bett in einem Pflegeheim in der Nähe zu besorgen. Am Sonntag, dem Vortag ihres Todes, hatte ich sie noch in Waiblingen besucht und ihr schonend beizubringen versucht, dass die Verlegung vom Krankenhaus ins Pflegeheim wirklich nur ein Provisorium sein würde und sie definitiv bald wieder nach Hause entlassen würde. Die zwei Wochen in diesem Heim würden sicher kein Zuckerschlecken werden, sondern, dessen war ich mir bewusst, eher ihre schlimmsten Befürchtungen übers Abgeschobenwerden in ein Altenheim wecken. Wie nimmt man einem Menschen die Angst vor so etwas? Für die Formulare des Pflegedienstes hatte sie zu diesem Zeitpunkt längst keinen Blick mehr. Drei Stunden lang hatte ich versucht, den behandelnden Arzt zu sprechen. Vergeblich. Man verwies mich auf Montag. An ihrem Bett sitzend, bemühte ich mich, die Schleier ihrer zunehmenden Eintrübung zu durchdringen, ihre Ängste zu lindern und ein tröstendes Wort zu finden. Ich redete mir den Mund fusselig. Und musste doch wie so viele die Erfahrung machen: Auch ein lebenslanger Umgang mit Sprache bewahrt einen nicht davor, dass einem im entscheidenden Moment die richtigen Worte nicht einfallen. Immer wieder kreisten die Gedanken meiner Mutter um ihren Hund. Was sollte nun aus Lena werden? Sie hatte mich vor ihrer Einlieferung gebeten, auf Lena aufzupassen. Ich hatte einen Stuttgarter Hundesitter in meiner Bekanntschaft, der sich bereit erklärt hatte, Lena übergangsweise für ein paar Tage oder auch Wochen ein Ersatzheim zu bieten. Das erschien mir schlauer, als die Hündin mit nach Köln zu nehmen. Es sollte ja nur für ein paar Tage sein, und so konnte ich den kleinen Hund vielleicht für einen spontanen Besuch bei meiner Mutter ins Krankenhaus oder Pflegeheim einschmuggeln, dachte ich. Wie man so etwas machte, wusste ich von Stubbs. Ich zeigte ihr Fotos von Lena in ihrem Behelfszuhause und beim Gassigehen mit den anderen Hunden des Dogsitters. Schließlich gab ich mich mit der Auskunft der Stationsschwester zufrieden, meine Mutter befinde sich in stabilem Zustand, von akuter Lebensgefahr könne gar keine Rede sein, und fuhr nach einer kurzen Stippvisite bei Lena am Abend zurück nach Köln.

Als ich am Montagmorgen aus der Klinik die Nachricht von ihrem Tod erhielt, war ich wie gelähmt. Ich hatte das Telefon abgenommen in Erwartung irgendeines Routineanrufs aus der Redaktion. Eine junge Ärztin haspelte einige ihr sichtlich quer im Mund liegenden formelhaften Fragen und Sätze herunter. Ob ich der Sohn sei von ... Meine Mutter sei in der Nacht von Sonntag auf Montag ... Alles versucht ... Leider vergebens ... Herzliches Beileid. Wahrscheinlich las sie die Stanzen von einem Zettel ab. Ich war wie vor den Kopf geschlagen. Stotterte Zusammenhangloses in den Hörer. Wie dünn, hohl und brüchig der Tonfall einer Stimme plötzlich werden kann. Die Wut kam erst einige Stunden später, erst musste ich meinen Unglauben überwinden. Es war in diesen ersten Minuten nach der Nachricht vom Tod meiner Mutter, dass mir zum ersten Mal ihr Satz beim Haarewaschen vor der Einlieferung ins Krankenhaus einfiel: »Das ist zu früh!«

Heute frage ich mich: Wie war es meiner Mutter bloß über so lange Zeit gelungen, mich auf so raffinierte Weise an der Nase herumzuführen? Wie bei allen effektiven Formen des Betrugs trägt das Opfer mehr zum Betrogenwerden bei, als es auf den ersten Blick wahrnimmt. Meine Mutter hatte vor allem deshalb so leichtes Spiel mit mir, weil ich mir ja nichts sehnlicher wünschte, als hinters Licht geführt zu werden. Insgeheim war mir alles lieber, als der hässlichen Wahrheit einer beginnenden Demenz bei meiner Mutter ins Auge zu sehen. Und wer, wenn nicht meine Mutter, wusste, wo meine Schwachpunkte lagen? Sie musste ganz einfach nur an meinen Narzissmus appellieren. Wie das berühmte Computerprogramm Eliza, das 1966 von Joseph Weizenbaum programmiert wurde, arbeitete sie sich durch ein Set immergleicher persönlicher Fragen, eine Batchroutine des alltäglichen Plauderns. Wie es mir ginge? Wohin ich denn als Nächstes reiste? Wen ich da träfe? Was jetzt auf meiner Agenda stehe? Ob es weiter gut laufe mit dem Fernsehen und dem Radio? Von sich selbst, ihrem Leben in ihrem abgelegenen Kaff, gerade noch in Pendlerentfernung von Stuttgart, redete sie so gut wie nie. »Was soll ich denn erzählen?«, so ihre immergleiche Antwort, wenn ich sie danach fragte. »Mir geht's gut, Lena auch.«

Lena war eine zierliche, äußerst charakterfeste Mischlingshündin, die zugleich etwas Vulgäres wie auch etwas Kapriziöses und Aristokratisches ausstrahlte. Vielleicht lag es an der eigentümlichen Kombination von Pinscher, Chihuahua und Dackel, die mich bei ihrem Anblick immer an Marlene Dietrich oder Greta Garbo denken ließ. Lenas von stolzer Souveränität erfüllter Habitus strahlte von der Nase bis zur Schwanzspitze aus: »*All I want is to be alone ...*« Den Hund hatten wir gemeinsam mit meiner Mutter in einem Tierheim bei Stuttgart ausgesucht, rund zwölf Monate nachdem der Vorgänger Lucky, ein weißer Wuschel, mit 16 Jahren gestorben war. Natürlich war am Anfang der Trauerphase um Lucky die erste Reaktion meiner Mutter gewesen: »Nie wieder will ich einen anderen Hund – so einen wie Lucky bekomme ich sowieso nie wieder!« Offen gestanden hofften Christina und ich das inständig, denn Lucky war, um ein Wort von Johannes Rau abzuwandeln, als Mensch vielleicht unersetzlich, als Hund aber eine Katastrophe. Lucky konnte – oder vielmehr wollte – um keinen Preis der Welt allein bleiben. Und das machte der Mischling mit Spuren von Malteser, Spitz, West Highland Terrier und Labrador auf radikale Weise sehr deutlich. Die friedliche Pupsmaschine verwandelte sich in einen Tasmanischen Teufel, sobald man ihn sich selbst überließ. Ein Berserker auf vier Pfoten. Er jammerte. Er tobte. Und er zerstörte. Zum Beispiel, indem er sämtliche Sicherheitsgurte im Auto zerbiss, wenn man ihn allein darin einschloss, oder ein Sofa zerfetzte, so man außer Haus ging und ihn unvorsichtigerweise im Wohnzimmer zurückließ. Lucky war gegen Ende seines Lebens ein inkontinentes Wrack, aber er erfüllte tapfer, treu und meisterlich seine Hauptaufgabe, den Alltag meiner Mutter zu teilen, eben jene Aufgabe, für die ich zu feige war, um die ich mich drückte und vor der ich hasenfüßig zurückschreckte. Allein der Anblick der beiden beim Frühstück bleibt mir unvergesslich: Lucky sitzt dicht neben meiner Mutter auf der Eckbank im heimischen Esszimmer, zählt jeden ihrer Bissen und macht in der ruppigen Art eines Schutzgeld eintreibenden Chicagoer Mafiabosses unmissverständlich klar, wann seiner Ansicht nach wieder sein Anteil fällig ist.

Auch Lena war eine Erpresserin, allerdings wandte sie genau die gegenteilige Strategie an. Im Grunde hatte sie so wie viele Kinder zu Beginn des 21. Jahrhunderts Essen als Machtmittel zur Durchsetzung ihrer Interessen für sich entdeckt. Lena war jedoch anders als Lucky eine überaus mäkelige Esserin. Heißhungriges Auf-den Napf-Stürzen war ihr vollkommen fremd; stattdessen wurde das Dargebotene vorsichtig-ablehnend beschnüffelt, dann kam eine minutenlange Besinnungsphase, abwägende Blicke auf den Futterreicher und dann, vielleicht, vielleicht, so man sich in Huld befand, ein gutmütig-gewährendes Fressen. Das heißt, Lena setzte ihr Fressen oder vielmehr Nichtfressen kühl kalkulierend als Waffe ein.

Nicht nur deshalb war Lena eine moralische Herausforderung. Ich erinnere mich an die Tage nach dem Tod meiner Mutter nur verschwommen. Das lag zum einen daran, dass ich mich wie viele Angehörige nach einem überraschenden Todesfall rasch unter einer Lawine unaufschiebbarer bürokratischer Entscheidungen begraben fand. Es galt so vieles zu regeln – von der Auswahl ihrer Kleidung im Sarg bis hin zur Frage, welche Lieder der Posaunenchor am Grab spielen sollte. Zum anderen waren da aber auch noch die mir in der Rückschau immer merkwürdiger und unstimmiger erscheinenden Umstände ihres Todes. Nach vierzehn Tagen war allerdings von meinem ersten Impuls, den Tod meiner Mutter juristisch überprüfen und gegebenenfalls den Ärzten, dem Krankenhaus, dem Pflegepersonal die Hölle heiß zu machen, nichts mehr übrig geblieben. Davon würde sie auch nicht wieder lebendig werden. Mein Zorn war rasch verraucht. Nicht aber meine Wut auf mich selbst, meine Unfähigkeit, zu Lebzeiten meiner Mutter genau hinzusehen und hinzuhören.

Ich lud Lenas Hundesitter zum Leichenschmaus meiner Mutter ein und brachte danach den Hund in unsere Wohnung nach Köln. Dies war der Beginn einer der unglücklichsten Phasen in unser aller Leben. Stubbs war mit Lena während der Besuche meiner Mutter zwar immer gut ausgekommen, zeigte sich nun aber, als der Gast nach einigen Tagen keine Anstalten zur Abreise traf, von ihrer fortwährenden Anwesenheit wenig begeistert. Doch davon ließ ich mich zunächst nicht beirren. Ich war auf dem besten Weg, einen Tunnelblick zu entwickeln. Wenn es stimmt, dass wir uns die Höllen, in denen wir leben, immer selbst bauen, dann war ich fleißig mit der Konstruktion meiner eigenen, ganz auf mich zugeschnittenen privaten Hölle beschäftigt. Alles Unglück ging von einer entscheidenden Überlegung aus: Hatte ich meiner Mutter nicht auf ihrem Totenbett versprochen, mich um ihren Hund zu kümmern? Und von der Erfüllung dieses Versprechens, das in meiner Fantasie längst zu einer Art heiligem Schwur geworden war, sollte mich nichts und niemand abbringen. Schon gar nicht Stubbs, auch wenn der immer verdrossener dreinschaute und Lena mehr und mehr als Eindringling wahrnahm.

Ein Besuch bei unserer Haustierärztin verschaffte Aufklärung, warum Lena beim Essen solche Sperenzchen vollführte. Ihr Gebiss war in miserablem Zustand – sie hatte schlicht Zahnschmerzen und litt darunter offenbar schon seit einigen

Jahren, ohne dass meine Mutter oder wir es bemerkt hatten. Unter Vollnarkose mussten Lena vier vereiterte Backenzähne und zwei Vorderzähne gezogen werden, eine Tortur, die sie tapfer über sich ergehen ließ. Man hatte mich aufgeklärt, dass eine solche Narkose für einen Hund in Lenas Alter – über das wir keine ganz sicheren Angaben machen konnten, wir schätzten sie auf zwölf – immer ein Risiko darstellte. Der halbe Tag, der zwischen Lenas Ablieferung in der Tierarztpraxis und dem erlösenden Anruf verging, dass sie alles gut überstanden hatte und ich sie nun abholen konnte, bot mir die Gelegenheit, noch einmal gründlich über die genauen Umstände des Tods meiner Mutter nachzudenken. Ich muss gestehen, dass ich mich bei dem Gedanken ertappte, meine Ohnmacht in ihren Todesstunden dadurch ausgleichen zu wollen, nun alles zu tun, um wenigstens ihren Hund durchzubringen. Solche Gleichungen sind albern und von Übel, sagte ich mir. Aber wider alle bessere Einsicht war ich wahnsinnig erleichtert, als ich Lena wieder nach Hause brachte. Nach der Operation verbesserte sich ihr Appetit beträchtlich, und auch wenn sie sich nie mit dem gleichen schwanzzitternden Gusto wie Stubbs auf ihre Mahlzeiten stürzte, verbesserte sich ihr Allgemeinzustand bald so sehr, dass sie ihrem Verhalten und ihrem ganzen Habitus nach weit jünger geschätzt wurde.

Aber dies war auch schon die einzige Verbesserung in unserem Zusammenleben mit Lena. Wie ich es auch drehte und wendete, die neue Mitbewohnerin ließ sich nur sehr schwer in unseren Alltag integrieren. Klingelte es an der Wohnungstür – und die verschiedenen Paketdienste sorgen dafür, dass es an Wohnungstüren von Literaturkritikern sehr oft klingelt –, erfüllte unser stilles Heim ein nicht enden wollendes Gekläff.

Die große Hundeoper in Möff, nannte ich das Spektakel für mich.

Jeder Spaziergang wurde zur Herausforderung: Stubbs und Lena hatten einfach unterschiedliche Tempi und Modi der Weltwahrnehmung, was zu einem heillosen Leinenwirrwarr führte. Statt einer willkommenen Unterbrechung der Arbeit am Schreibtisch wurde jedes gemeinsame Gassigehen zur Nervenprobe. Bald gaben wir auf und gingen lieber mit jedem Hund einzeln. Aber auch zu Hause wurde es nicht besser: Stubbs und Lena waren einfach zu sehr gewohnt, im Mittelpunkt zu stehen, und dachten beide nicht im Traum daran, sich dem anderen unterzuordnen. Ich fühlte mich mehr und mehr wie ein Dompteur in einem Zwei-Ring-Zirkus.

Lange verschloss ich beide Augen vor der Wahrheit, dass wir ein Leben mit einem Hund in vollen Zügen genossen, uns ein Leben mit zwei Hunden aber schlicht überforderte. Es ging schließlich um den letzten Willen meiner Mutter. Den hatte ich verdammt noch mal zu respektieren – und mein Umfeld gefälligst auch. Dafür konnte man sich doch mal ein wenig zusammenreißen und in den einen oder anderen sauren Apfel beißen. Aber das versuchte Zusammenleben mit Stubbs und Lena zeigte uns unsere Grenzen auf.

Es dauerte einige Wochen und erforderte viele nicht immer einträchtige Gespräche mit Christina, bis mir allmählich dämmerte, dass ein Auftrag, wie ich ihn mir formuliert hatte, von meiner Mutter in Wahrheit nie an mich ergangen war. Ich hatte mir da etwas zusammengereimt, das eher meiner Einbildung als meiner Erinnerung entsprang. Ich machte mir die Sache nicht leicht, wusste ich doch als begeisterter Jane-Austen-Leser, wie manipulativ sich Erinnerungen instrumentali-

sieren lassen. In »Vernunft & Gefühl« verspricht John Dashwood seinem Vater auf dem Totenbett, sich um seine drei
Halbschwestern zu kümmern, lässt sich durch die intriganten
Einwände seiner Frau Fanny dann aber von den in Aussicht
gestellten tausend Pfund pro Schwester am Ende auf buchstäblich nichts herunterhandeln und kommt sich dabei auch
noch wie ein Wohltäter vor ... Ich wollte kein John Dashwood
sein. Meine Mutter hatte mich gebeten, dass ich mich um
Lena kümmerte, und das hatte ich ihr versprochen. Zu diesem Versprechen wollte ich auch stehen. Das konnte, musste
aber nicht zwangsläufig bedeuten, Lena bei uns in Köln aufzunehmen. Es konnte auch heißen, ein schönes neues Heim
woanders für sie zu finden. Das Letzte aber, was meine Mutter
im Sinn gehabt hatte, war, dass sich unser harmonisches Zusammenleben mit Stubbs durch Lena in einen für alle unangenehmen Hexenkessel verwandelte. Bloß woher ein schönes
Heim für Lena nehmen? Wie wird man einen Hund wieder
los? Zumal einen alten und beileibe nicht mackenfreien Hund
wie Lena?

Ich gebe zu, wir drückten ganz schön auf die Tränendrüse.
Zu irgendwas musste die ständige Konfrontation mit Trivial-
literatur in meinem Beruf ja gut sein. Innerlich wand ich mich,
als ich »Kuscheliges Körbchen gesucht« tippte, aber mit Speck
fängt man nun mal Mäuse ...

Unser Abenteuer mit Lena nahm ein Happy End. Tatsächlich meldeten sich auf unsere Aushänge in diversen Parks
und an Schwarzen Brettern in Bibliotheken, Supermärkten
und Internetforen gleich mehrere Interessenten. Das Rennen
machte ein rüstiges Rentnerehepaar mit einem Haus auf dem
Land samt riesigem Garten, in dem Lena, nun wieder der al-

KUSCHELIGES KÖRBCHEN GESUCHT

Name: Lena
Geschlecht: weiblich
Rasse: Mischling
Alter: 12 Jahre
Gewicht: 4 kg
Größe: ca. 30 cm

Lena sucht dringend ein neues Zuhause, weil ihr Frauchen überraschend gestorben ist. Die kleine und elegante Mischlingshündin ist schlank und für ihr Alter sehr fit, von rascher Auffassungsgabe, anhänglich und durchaus verspielt. Lena hat eine gute Grunderziehung und wurde regelmäßig vom Tierarzt durchgecheckt, sie ist aktiv und intelligent, geht gern spazieren, lässt sich aber auch mit ebenso großem Behagen einfach auf dem Sofa oder ihrem Hundekissen das seidige Fell streicheln.

Lena ist familientauglich, ihr Traumzuhause wäre jedoch bei einem netten älteren Menschen, wo sie nicht allzu oft alleine bleiben muss. Sie kommt gerne überall hin mit oder wartet im Auto.

leinige Star ihrer eigenen Show, bis auf den heutigen Tag in nun fast schon biblischem Alter herumtollt. Gelegentlich erreichen uns beruhigende Nachrichten über ihr Befinden. Und noch immer ertappe ich mich gelegentlich auf meinen Spaziergängen mit Stubbs bei dem Gedanken, nun aber dringend wieder mal mit meiner Mutter telefonieren zu müssen ... Ihre Nummer ist nach wie vor in meinem Handy gespeichert. Ich habe es nie übers Herz gebracht, sie zu löschen. Schließlich hätte ich ihr verdammt viel zu erzählen.

»Aber ist das Kunst?«

Charles M. Schulz: »Peanuts«

Boah ej! Die meisten Menschen wissen weder, wo der Frosch die Locken hat, noch wie man sich fetzig amüsiert. Und die meisten Hunde onnich. Snoopy aber schon: der Beagle aus Charles M. Schulz' Comicstrip »Peanuts« is der abgeklärte Schlaumeier schlechthin in einer Welt voller Klotzköppe. Ein Seher in einer Welt voller Blinder. Und obendrein ein Philosoph von fast schon vorsokratischer Wucht. Snoopys Trick ist der Trick aller großer Literatur: Er zieht seinen Lesern den Teppich unter den Füßen weg, indem er souverän ihre Erwartungshaltung unterläuft. Ein Hund soll den Menschen um seine Position als Krone der Schöpfung beneiden? Hustekuchen! Schulz lässt Snoopy die Frage ganz anders beantworten: »*Ich frage mich, warum manche als Hunde geboren werden und andere als Menschen ... Ist das reiner Zufall oder was? Das Ganze kommt mir irgendwie nicht besonders fair vor ... Warum hab ausgerechnet ich das große Los gezogen?*«

Mein lieber Kokoschewski, dat fraach ich mich auch und gaanich so selten! Zum Beispiel wenn ich mordsquietschfidel auf meiner Morgenrunde auffem Weg zum Park Menschen mit solchen Hackfressen ins Büro, inne Schule oder inne Fabrik tapern seh, für um Rabotti zu machen. Da kannze echt dat arm Dier kriegen. Wer hat diese plemmkacki Laumalocher nur zu einer so trüben Existenz verdammt? Mir scheint, die allermeisten haben sich selbst dazu verurteilt.

Deshalb taumeln sie wie reuige Sträflinge durch ihr Leben. Und ziehen dabei ne Fleppe wie sieben Tagen Katzenwetter. Sie sind Richter, Staatsanwalt und Angeklagter in einer Person. Und ihr Justizvollzug ist überaus grausam. Fast schon unmenschlich, möchte ich sagen ... Schirmense sich deshalb mit zich Steckern inne Ohren, Fluppen zwischene Lippen und Bildschirme vorre Augen von Gerüchen, Geräuschen und dem Anblick von allem ab, was Lebenslust, Spaß und Sinnenfreude verspricht? Und dat nennense onnoch »mitten im Lehm stehen«! Was hindert diese armen, sinnlich so depravierten Heiopeis daran, ihren inneren Snoopy zu entdecken?

Diese Fragen sind politisch, ja umstürzlerisch und offenbaren das bis heute revolutionäre Potenzial der »Peanuts«. Denn Snoopy ist der Einzige aus dem Kosmos der Schulz'schen Blagen, der sich nicht rastlos verzehrt – ob auf der stets frustrierten Suche nach Liebe und Anerkennung durch die anderen wie Charlie Brown, nach künstlerischer Größe wie Schröder oder nach religiöser Ekstase wie der auf die Ankunft des Großen Kürbis hoffende Linus.

Snoopy hingegen ruht in sich – nicht zuletzt, weil er penibel auf sich achtet. »*Ich krieg kaum noch Schlaf in letzter Zeit ... Mal sehen ... Ich hatte mein Morgenschläfchen, meine Vormittagsruhe, meinen Mittagsschlaf, meine Nachmittagssiesta, mein ... WUSST ICH'S DOCH! Ich hab mein Vorabendnickerchen vergessen!*« Snoopy weiß, dass die Jugend an die Jungen verschwendet ist – und entwickelt eine entsprechende Gegenstrategie: »*Als ich noch ein Welpe war, habe ich jede Nacht den Mond angeheult ... Meine Güte, war ich naiv. Aber ich hatte meinen Spaß ... Heute ist der Spaß vorbei, aber meine Naivität habe ich mir bewahrt!*« Dieser Hund ist so leicht nicht kirre zu machen – auch nicht vom Altern. Zwar ist auch Snoopy nicht frei von Nostalgie und bekennt unumwunden: »*Als Welpe war jeder Tag ein Fest ... Morgens schien die Sonne und die Abende waren kühl und angenehm ... Und mit einem Mal ... PENG! ... Bin ich ein alter Knochen!*« Aber der auf der Daisy Hill Puppy Farm irgendwo inne Pampa geborene und mit sieben Geschwistern sozialisierte Snoopy verfügt auch über die inneren Ressourcen, um sein Leid über die verblühte Jugend zu relativieren: »*Ich komme in die Jahre, und was hab ich aus meinem Leben gemacht ...? Ich habe nie einen Hasen gejagt ... Oder einen Einbrecher angebellt ... Katzen jagen mir eine Heidenangst ein ... Ich hasse es, Enten zu apportieren ... Alles was ich bislang getan habe, ist schlafen ... Tja, so hat jeder von uns seine Berufung.*«

Klaro, Snoopy leidet eben nicht an Morbus Bahlsen. Was aber versetzt Snoopy in die Lage, anders als etwa Charlie Brown so unbetrübt Bilanz über sein Leben zu ziehen und sich auch mit seinen Fehlern, Schwächen, Versäumnissen und Defiziten auszusöhnen? Snoopys Stärke ist seine Freiheit. Ja ich möchte sogar noch einen Schritt weiter gehen und behaupten: Snoopy markiert die größtmögliche Freiheit, die einem Hund auf Erden gegeben ist. Seine Existenz ist das glatte Gegenteil von eindimensional, er lebt am vielfältigsten. Die Welt der Peanuts, eine Welt ohne Erwachsene, unterliegt anderen Naturgesetzen als unser Kosmos. Einmal sitzt Snoopy, ganz Avantgardist der Tiny-house-Bewegung, auf dem Dach seiner Hundehütte und hört einem Tourguide zu, der durch seine Behausung führt. »*Vorsicht, die Treppe macht hier einen Knick ... achten Sie auf die Teppiche und Wandgemälde ... Hier steht der berühmte Billardtisch ... da drüben ist die Bibliothek ... achten Sie auf die Deckenbeleuchtung ... Und wenn Sie jetzt hier rüber schauen ... Wetten, damit haben Sie hier nicht gerechnet ...*« »*Fantastisch!*« »*Ich merke immer, wenn sie vor meinem van Gogh stehen.*« Wie Snoopys unscheinbare kleine Hundehütte, die dennoch verschwenderisch viel Platz für verwinkelte Treppenhäuser, einen Billardtisch oder eine Gemäldegalerie mit einem echten van Gogh bietet, so hält auch sein Leben mehr als genügend Raum parat für ungezählte Fantasieexistenzen. Snoopys Haus hat eben viele Wohnungen … Wie ein Quick-Change-Varietékünstler wechselt Snoopy rubbeldiekatz seine Identitäten: Mal ist er das britische Fliegerass aus dem Ersten Weltkrieg in einer Sopwith Camel im ewigen Duell mit Manfred von Richthofen (*»Curse you, Red Baron!«*), mal ist er ein erfolgloser Schriftsteller, dessen Manuskripte alle mit dem seit Edward Bulwer-Lytton als Inbegriff des Kitsches geltenden Satz *»It was a dark and stormy night …«* beginnen. Mal muss Snoopy als Geheimagent im Auftrag des Obersten Beagle die Scharte des glücklosen Agenten Thompson auswetzen, mal gibt er den abgefeimten, Melone tragenden Staranwalt (*»The Legal Beagle«*), mal feiert er als Collegestudent Joe Cool mit schwarzer Sonnenbrille und Campuspullover die Freuden des *Camp.* Und wenn Snoopys Hundehütte abbrennt, ersetzt er seinen van Gogh eben durch einen spektakulären Andrew Wyeth, der seinen zahlreichen Besuchern den Ausruf abringt: *»Now that's a painting!«*

Ohne Kokolores: Alle anderen der »Kleinen Leute« (*»Li'l People«)*, wie Charles M. Schulz seinen Strip ursprünglich nannte – der ihm vom Vermarktungssyndikat diktierte Titel »Peanuts« blieb Schulz zeit seines Lebens ein Ärgernis –, erscheinen gegen Snoopy eindimensional und flach. Das hat auch schon der US-amerikanische »Korrekturen«-Autor Jonathan Franzen bemerkt, der sehr scharfsinnig über die Protagonisten der »Peanuts« schrieb: *»Ich möchte nicht in Abrede stellen, dass der depressive und von Versagensängsten geplagte*

Charlie Brown, die egoistische und sadistische Lucy, der philosophierende Kauz Linus und der zwanghafte Schroeder (dessen Beethoven-Ambitionen auf einem Kinderklavier dargeboten werden, das nur eine Oktave umfasst) jeweils für einen Teil von Schulz stehen. Sein wahres Alter Ego aber ist eindeutig Snoopy: der proteische Tausendsassa, dessen Sorglosigkeit auf dem festen Vertrauen begründet ist, vor allem anderen liebenswert zu sein; der Verwandlungskünstler, der um des reinen Vergnügens willen zum Hubschrauber werden kann oder ein Eishockeyspieler oder der Oberste Beagle und in der nächsten Sekunde, bevor seine Virtuosität Gefahr läuft, den Betrachter zu irritieren oder überheblich zu wirken, wieder der brave, kleine Hund ist, den nur sein Futter interessiert.«

»Der proteische Tausendsassa«: issat nich sowwat von schön? An solch poetischem Honig erkennt man doch gleich den wahren Wortkünstler. Aber angesichts dieses rhetorischen Feuerwerks verblasst vielleicht Franzens noch wichtigere Erkenntnis, nämlich dass Snoopys Charme in seinem niemals erschütterten Selbstvertrauen liegt, »vor allem anderen liebenswert zu sein«. Wie aber wird man liebenswert? Natürlich hilft es, wenn man süß aussieht, was einem Beagle schomma nich schwerfällt. Aber viel wichtiger als solche Äußerlichkeiten ist das Drachenblut, in dem man sich gesuhlt haben muss, um gegen die Zumutungen des Alltags gefeit zu sein. Einmal belauscht Snoopy zum Beispiel Charlie Brown im Gespräch mit einem Freund. Und seine Reaktion beweist, dass auch das zarte Seelenleben eines Beagles leicht verletzt werden kann: »Wusstest du, dass es französische Pudel gibt, die über vierhundert Dollar kosten?« »Nein.« »Ich frage mich, wie viel ein Hund wie Snoopy kosten würde?« »Ha! Der wäre eher was für den Grabbeltisch!« Niemand hört solch harsche Urteile über sich gern, auch nicht Snoopy. Doch nach einigem

Hin und Her gelangt er immerhin zu der Erkenntnis: »*Was mich wirklich fertigmacht, ist dieses ›Ha!‹*«

Ist ja auch ein echter Downer – leckomio, so eine Aussage würde mich ebenfalls anne Nieren gehen. Aber Snoopy besitzt die Resilienz, so einen Tiefschlag wegzustecken. Snoopy ist an allem interessiert – aber er ist kein Streber oder Aufsteiger. Er hegt keine Ambitionen. Er muss nichts werden: er ist. »*Gestern ein Hund ... Heute ein Hund ... Und wie's aussieht bin ich morgen immer noch ein Hund ... *Seufz * Meine Aufstiegschancen sind gleich null ...*« Doch Snoopys Frustration darüber hält sich in Grenzen, vermag er mittels seiner Fantasie doch die ganze Bandbreite nicht nur menschlicher, sondern auch tierischer Parallelleben durchzudeklinieren: Mal spielt er einen Geier mit triefäugigem Blick, mal gibt er sich überzeugt: »*Ich hätte einen erstklassigen Weißkopfseeadler abgegeben!*« Nicht zuletzt findet Snoopy als Einziger neben dem Beethovenverehrer Schroeder Zugang zum transzendenten Trost der Kunst. Als Schroeder auf seinem Kinderflügel und Snoopy auf der Geige einmal ein Duett spielen, das Snoopy mit einer Tanzeinlage auf dem Deckel des Flügels untermalt, würdigt die desinteressierte Lucy die Darbietung kaum eines Blickes und sagt am Ende nur trocken: »*Aber ist das Kunst?*«

Umberto Eco, der Romancier und Semiotiker, der auf dem Durchblickerlehrgang in Zwiesel war, hat diese Frage enthusiastisch bejaht. In seinen Essays in dem Band »Apokalyptiker und Integrierte« hat er noch tiefer geschürft als Jonathan Franzen. Eco, sonst echt kein Blödbatz, fällt aber in seiner Deutung von Snoopys Persönlichkeit in meinen Augen den marxistischen Interpretationsmustern der 60er-Jahre zum Opfer, wenn er schreibt: »*In beständiger Gegenstrophe zu den Leiden der Menschen treibt der Hund Snoopy die Neurosen der Fehlanpassung an die äußerste metaphysische Grenze. Snoopy* weiß, was es heißt, ein Hund zu sein; er war gestern ein Hund, er ist heute ein Hund, und morgen wird er wahrscheinlich immer noch ein Hund sein; für ihn gibt es in der optimistischen Dialektik der satten Gesellschaft, die den sozialen Aufstieg zu ihrer zentralen Inspirationsquelle erklärt hat, keinerlei Hoffnung auf Beförderung. Ab und zu riskiert er es, mit dem letzten Hilfsmittel: der Bescheidenheit (›Wir Hunde sind ja so bescheiden ...‹, seufzt er, ganz ergeben); er klammert sich sachte an jemanden, der ihm Achtung und Rücksicht verheißt. Gewöhnlich jedoch akzeptiert er sich nicht und versucht zu sein, was er nicht ist. Er ist eine gespaltene Persönlichkeit: Er wäre gern ein Alligator, ein Känguruh, ein Geier, ein Pinguin, eine Schlange ... Er probiert alle Wege der Mystifikation aus, schickt sich am Ende jedoch, aus Faulheit, aus Hunger, aus Müdigkeit oder Schüchternheit, aus Klaustrophobie (die ihn übermannt, sobald er durch hohes Gras streift) oder aus Feigheit, in die Wirklichkeit. Er wird zwar beschwichtigt, aber niemals zufrieden sein. Er lebt im Stande der Apartheid; vom Außenseiter hat er die Psychologie, und von den Schwarzen à la Onkel Tom hat er die Demut und den eingefleischten Respekt vor dem Stärkeren.«

Snoopy ein Onkel Tom, ein Schleimi? Ecomio! Ich glaub, et hackt! Bei allem Respekt: hier hat *il professore* gewaltig einen anne Waffel. Snoopy ist schließlich ein Hund, den beim Anblick eines Mädchens mit einem Ballon an einer Schnur ein Schaudern überläuft: »*Ich finde es unerträglich, wenn etwas angeleint ist.*« Und Snoopy ist der Einzige, der sein angebliches Herrchen Charlie Brown nie beim Namen nennt. Als wahrer Anarchist, der alle Hierarchien souverän unterläuft, nennt Snoopy ihn immer nur »*that round-headed kid*«, den Rundkopf.

Als Charles M. Schulz die »Peanuts« am 12. Februar 2000 nach fast fünfzig Jahren beendet, lässt er Snoopy seinen Abschiedsbrief an seine Leser auf der Schreibmaschine schreiben. Der Tag, an dem sein letzter Strip erschien, war auch sein Todestag. »*Liebe Freunde, ich hatte das Glück, Charlie Brown und seine Freunde fast 50 Jahre lang zeichnen zu dürfen. Es war die Erfüllung meines Kindheitstraums. Leider bin ich dem Arbeitspensum eines täglichen Comicstrips nicht mehr gewachsen und möchte deshalb meinen Ruhestand ankündigen. Meine Familie möchte nicht, dass jemand anderes die Peanuts fortsetzt. Ich bin im Laufe der Jahre immer dankbar für die Loyalität unserer Redakteure gewesen und die wunderbare Unterstützung und Liebe, die mir von den Fans des Comics entgegengebracht wurden. Charlie Brown, Snoopy, Linus, Lucy ... wie könnte ich sie je vergessen?*«

Charles M. Schulz: Peanuts
Werkausgabe
Carlsen, Hamburg, 2006

KAPITEL 8

Sex Drive

Wir müssen über Sex reden. Das sollten wir sowieso öfter. Genauer gesagt müssen wir darüber reden, warum wir Stubbs nicht haben kastrieren lassen. Gar nicht selten begegnen uns Spaziergänger, die mit schneegedecktem Lächeln fragen: »Aber der ist doch sicher kastriert, nicht?« »Nein, und Sie?«, wollen wir dann immer gern erwidern. Hundehaltung ist ein Charaktertest. Aber man ist ja höflich. Zu höflich.

Stubbs ist nicht kastriert. Allein schon der Gedanke an einen solchen Eingriff hat Christina und mich stets befremdet. Na gut, in mir löste der Begriff außerdem noch so einen seltsamen Reflex aus, eine Art Zitterbeben, in etwa so, wie wenn einem jemand die Szene mit Dustin Hoffman und dem Nazi-Zahnarzt in »Marathon Man« nacherzählt: einen ununterdrückbaren Impuls, die Beine zu verknoten, eine Grimasse des Schmerzes zu schneiden und mich leicht schräg gestellt auf meine gefühlte Körpermitte zu konzentrieren. Eine Sterilisation, gut und schön, warum nicht ... Aber – eine Kastration? Hier gilt, so will mir scheinen, in ganz besonders dringendem Maß die verwässerte Version des Kant'schen Imperativs: »Handle nur nach derjenigen Maxime, durch die du zugleich wollen kannst, dass sie ein allgemeines Gesetz werde.« Mit anderen Worten: »Was du nicht willst, dass man dir tu', das füg auch keinem andern zu.«

Als radikale Demokraten wissen wir, dass Tiere aus dem

politischen Diskurs systematisch ausgegrenzt und in den Schlachthöfen, Zirkussen und Zoos dieser Welt Verbrechen sonder Zahl gegen sie begangen werden. Die Mechanismen dieser Ausgrenzung sind ja immer dieselben, unzählige Male analysiert und beschrieben, angewandt erst gegen Frauen, Schwule, Lesben, Behinderte und andere Minderheiten, dann im Kolonialismus gegen die Indigenen. Die philosophische Rechtfertigung der Entmündigung der Tiere, unseres »Speziesismus«, wie der australische Ethiker Peter Singer das nennt, geht auf Aristoteles' Argument zurück, wonach Tiere zwar eine Stimme, aber keine Sprache besäßen. Wie viele, die sich mit diesen Fragen beschäftigen, glauben wir aber, dass das entscheidende Kriterium zur politischen Partizipation die Fähigkeit ist, Schmerz zu empfinden.

Wir betrachten unseren Hund als Individuum. Und dazu gehören natürlich auch die Ecken und Kanten seiner Persönlichkeit. Seine Macken, Schrullen und Verschrobenheiten oder, wie Theodor Fontane das immer so hübsch formuliert, seine »Idiosynkrasien«. Diese Charaktermerkmale bestimmen genau wie beim Menschen selbstverständlich auch seine Flirtvorlieben, seine Zu- und Abneigungen, seine Libido, seinen erotischen Drive. Zugegeben, nicht alles, was hinkt, ist ein Vergleich ... Aber unseres Wissens ziehen auch die allerwenigsten Eltern pubertierender Söhne ernsthaft eine Kastration ihrer Sprösslinge in Betracht – ungeachtet all derer testosteroninduzierten Sperenzchen und Eskapaden. Uns erscheint diese Handlung am Hund ähnlich tabu. Eine Kastration bewirkt meist eine fundamentale Wesensveränderung. Nicht dass eine solche unbedingt und in allen Fällen negativ ausfallen muss. Im Gegenteil, oft ist ja genau so eine Veränderung des Charakters heiß ersehnt. Wir kannten da zum Beispiel einen wahnsinnig nervigen beigefarbenen Mops, total aggro, der nach seiner Kastration ein halbwegs ziviler und umgänglicher Stadthund wurde. Solche Veränderungen im Wesen können, müssen aber nicht Folge einer Kastration sein. Deshalb empfiehlt sich, mithilfe einer sogenannten chemischen Kastration, also einem Absenken des Testosteronspiegels mittels eines unter die Haut gesetzten Chips, erst einmal auszutesten, ob das missliebige Verhalten eines Rüden wirklich auf seinen Hormonspiegel zurückzuführen ist – oder nicht vielleicht eher auf Angstaggression.

Wir lieben Stubbs aber nun einmal genau so, wie er ist, und dazu zählt eben auch sein Sex Drive, seine terrierhafte Stamina, sein Begehren.

Was nicht heißt, dass dieses Begehren nicht auch wie jedes Begehren von Zeit zu Zeit gewaltig nerven kann. Die meisten menschlichen Bindungen scheitern am irrlichternden Flackern unserer Libido. Das ist bei Stubbs nicht anders als beim Menschen. Was mich nicht wenig amüsiert ist, dass ich das Beuteschema meines Hundes noch schlechter vorhersagen kann als mein eigenes. Stubbs' Flirtvorlieben widersprechen allen menschlichen – oder sollte ich sagen: männlich-menschlichen? – Vorstellungen von Attraktivität. Nicht selten lässt er die grazilsten Hündinnen links liegen, weil ihn in diesem einen Moment nichts so sehr interessiert wie sein heiß geliebtes Bällchen. Dann wieder scharwenzelt er in schmierlappigster Don-Juan-Manier um auf uns recht unattraktiv wirkende Tölen herum. Und schließlich lodert offenbar mitunter ein homoerotisches Verlangen in ihm auf – so erreichten uns aus Stubbs' Hundetagesstätte Nachrichten über sein heftiges

Anbalzen eines kastrierten lockigen Junghunds. Rätsel Hund, Rätsel Stubbs. Letztlich ist es genau diese Unausrechenbarkeit, die das Zusammenleben mit einem Partner, ob Mensch oder Hund, so spannend macht. Dass Stubbs übrigens trotz seiner legendären Verfressenheit auch im elften Lebensjahr so bemerkenswert gut in Form ist und rank und schlank durch die Gegend sprintet, führen wir auch auf den Umstand zurück, dass er nicht kastriert ist.

Und wie sieht Stubbs die Sache mit dem Sex? Sie ist ihm, glaube ich, nicht so wichtig. Ganz sicher, so mein Verdacht, nimmt er Christina als seine Lebensgefährtin wahr. Mich hingegen eher als guten Kumpel. Aber ich habe mich schon vor vielen Jahren entschlossen, darauf so gelassen zu reagieren wie der Multimillionär in der Schlusseinstellung von »Manche mögen's heiß« des unsterblichen Billy Wilder, als ihm Jack Lemmon eröffnet: »I'm a man!« Worauf Joe E. Brown den vielleicht schönsten Schlusssatz der Filmgeschichte sagt: »Well, nobody's perfect.« Genau dies ist das Geheimnis unserer seit nun elf Jahren währenden Liebesgeschichte.

Ein Hund ist eine Sache, meint der deutsche Gesetzgeber. Können Sachen Sex haben?, fragen wir uns. Bei manchen seiner *Tête-à-Tête*s machte sich in uns der Verdacht breit, Stubbs könnte eine Neigung zur Gerontophilie besitzen. Oder sind ihm die stets zum Fangspiel auffordernden jungen Dinger schlicht zu anstrengend? Statt jugendlichem Ungestüm, Spieltrieb und überschüssiger Energie ist ihm die geruhsamere Gangart reiferer Damen offenbar lieber. Dem Augenschein nach ist Stubbs ein überaus demokratischer Liebhaber. Stubbs flirtet heftig und im Grunde mit allen. Eigentlich ist er ein rechter Windhund, sollte man meinen. Stubbs verlässt sich eben nicht auf seine Augen, sondern auf seine Nase. Was aber beim gegenseitigen Beschnuppern, fachsprachlich Ano-Genital-Kontrolle genannt, auf einen Jack Russell-Terrier attraktiv oder weniger attraktiv wirkt, wird sich der menschlichen Wahrnehmung wohl auf ewig entziehen.

Wer es dennoch versucht – so wie wir in diesem Buch –, droht in die Falle der *pathetic fallacy* zu tappen. Diesen Ausdruck prägte der englische Kunstkritiker John Ruskin Mitte des 19. Jahrhunderts für die Projektion menschlicher Gefühle auf die Natur, das Wetter und unbelebtes Gestein. Wenn Wolken weinen, Äste winken, Bächlein murmeln oder Felsen eine ungerührte Miene aufsetzen, dann liegt eine jedenfalls in der Kunst unzulässige Vermenschlichung der Natur vor. Doch anders als in der Hochzeit des Kolonialismus und Imperialismus, wo man selbst den »Wilden« und »Eingeborenen« kein Seelenleben zubilligen wollte, nur um sie ungenierter ausbeuten zu können, sind wir heute weit davon entfernt, Tieren Empfindungsfähigkeit, Intelligenz, ja selbst protoreligiöse Impulse abzusprechen. Ist das unser Ernst: Haben Tiere religiöse Empfindungen? Elisabeth Mann Borgese, die jüngste Tochter Thomas Manns, setzt sich mit dieser Frage auseinander in ihrer höchst amüsanten und auch fast 60 Jahre nach ihrem ersten Erscheinen immer noch lesenswerten Aufsatzsammlung »ABC der Tiere«. Darin erzählt sie unter anderem von abergläubischen Gänsen und davon, wie sie auf einer eigens umgebauten Olivetti-Schreibmaschine ihrem Hund Arli das Schreiben beizubringen versucht – inklusive einiger reproduzierter Seiten von Arlis Tippereien, die Leser an die damals moderne konkrete Poesie erinnerten. Sowohl Paul Auster wie John Irving sind Elisabeth Mann

Borgese begegnet und haben über ihre Experimente mit Tieren geschrieben.

Womit wir uns aber nicht um das Kernproblem herummogeln wollen, das John Ruskin mit seinem Einwand gegen die *pathetic fallacy* und die damit einhergehende Vermenschlichung des Nichtmenschlichen ja ganz richtig gesehen hat: Wie können wir die Projektion unserer Empfindungen und Weltwahrnehmung auf andere Wesen verhindern? Und: Wie weit können wir uns überhaupt in andere Wesen hineinversetzen? Ich erinnere mich an eine lange Wanderung mit dem deutschen Nationalförster Peter Wohlleben, der mir angesichts eines Zwiesels, also eines aus zwei Trieben wachsenden Baums, im Gespräch einmal anvertraute, er habe sich angewöhnt, Bäume als Kopffüßler zu betrachten, also als mit dem Kopf im Erdreich steckende Wesen. Denn der »Kopf« eines Baumes, so Wohlleben, sitze bei einem Baum eben nicht in der Krone oder im Stamm. Wenn man darunter sein Sinneszentrum, seinen Wesenskern und seine Schaltzentrale verstehen wolle, lägen diese in seinen Wurzeln und deren Verbindungen zum Wood Wide Web, also dem durch Pilzfäden zwischen den Baumwurzeln aufrechterhaltenen Mykorrhizen-Netzwerk. Mich hat das damals tief beeindruckt. Nicht nur wegen des schlagenden Bildes des Kopffüßlers. In Erinnerung geblieben ist es mir vor allem als Beispiel für eine alle Grenzen zwischen Mensch, Tier und Pflanze sprengende Fähigkeit zur Empathie. Dass er diese alle Wesen verbindende Fähigkeit anspricht, scheint mir überhaupt die Erklärung für Peter Wohllebens phänomenalen Erfolg als Buchautor.

Aber diese Empathie gelangt auch recht schnell an Grenzen. Und dafür gibt es gute Gründe, wie der US-amerikanische

Philosoph Thomas Nagel in seinem 1974 veröffentlichten Aufsatz »Wie ist es, eine Fledermaus zu sein?« darlegt. Nagel hat damit eine jahrzehntelang anhaltende Debatte entfacht. Er geht von einer ganz einfachen Überlegung aus: »Jeder, der einige Zeit in einem geschlossenen Raum mit einer aufgeregten Fledermaus verbracht hat, weiß auch ohne die Hilfe philosophischer Reflexion, was es heißt, einer grundsätzlich fremden Form von Leben zu begegnen.« Dazu bedurfte ich noch nicht mal einer Fledermaus – schon meine Religionslehrerin in der sechsten Klasse löste ganz ähnliche Überlegungen in mir aus. Aber Scherz beiseite – Thomas Nagel argumentierte weiter, dass wir Menschen uns zwar *vorstellen* können, wie eine Fledermaus die Welt mittels ihrer permanenten Ultraschall-Schreie und ihrer faszinierenden Echoortung wahrnimmt, dass wir aus erkenntnistheoretischen Gründen es aber eben nur bei dieser Vorstellung belassen müssen und uns nie das Erlebnis verschaffen können, wirklich eine Fledermaus zu *sein*. »Insoweit ich mir dies vorstellen kann (was nicht sehr weit ist), sagt es mir nur, wie es für mich wäre, mich so zu verhalten, wie sich eine Fledermaus verhält. Das aber ist nicht die Frage. Ich möchte wissen, wie es für eine Fledermaus ist, eine Fledermaus zu sein. Wenn ich mir jedoch dies nur vorzustellen versuche, bin ich auf die Ressourcen meines eigenen Bewusstseins eingeschränkt, und diese Ressourcen sind für das Vorhaben unzulänglich.« Manche Erfahrungswelten, so Nagel, blieben dem Menschen deshalb auf ewig verschlossen: »Man kann aber auch annehmen, dass es Tatsachen gibt, die von menschlichen Wesen niemals dargestellt oder erfasst werden können, selbst wenn diese Spezies für immer bestünde – einfach, weil unsere Struktur es uns nicht erlaubt, mit Begriffen der erforderlichen Art zu operieren. Diese Unmöglichkeit könnte sogar von anderen Wesen beobachtet werden; aber es ist nicht klar, dass die Existenz oder die Möglichkeit der Existenz solcher Wesen eine Voraussetzung für den Sinn der Hypothese ist, dass es für den Menschen unerreichbare Tatsachen gibt. (Schließlich ist die Natur von Wesen, die Zugang zu Tatsachen haben, die für den Menschen unerreichbar sind, wahrscheinlich selbst eine für den Menschen unerreichbare Tatsache.) Überlegungen darüber, wie es ist, eine Fledermaus zu sein, scheinen uns daher zu der Schlussfolgerung zu führen, dass es Tatsachen gibt, die nicht in der Wahrheit von Gedanken bestehen, die in menschlicher Sprache ausgedrückt werden können. Wir können zur Anerkennung der Existenz solcher Fakten gezwungen werden, ohne die Fähigkeit zu besitzen, sie festzustellen oder zu erfassen.«

Und genau an diesem Punkt möchten wir Thomas Nagel widersprechen, und das mit Verve. Das Aus-der-Haut-Fahren und Sich-in-fremde-Wesen-Verwandeln ist schließlich unser Geschäftsmodell. Denn nichts anderes machen wir ja, wenn wir lesen: Wir streifen unsere Alltagsexistenz ab und schlüpfen in andere Figuren. Ein armer Tropf ist, wer aus seiner Haut nicht herauskann. Widersprechen möchten wir also nicht nur, weil dieses ganze Buch ja einen Versuch unternimmt, die Welt auch einmal so anzuschauen, wie sie einem Hund wie Stubbs erscheinen mag. Ist das ganze schöne Unternehmen Literatur nicht gerade dazu erfunden worden, mir die Haut von mir Fremden überzustreifen – und warum nicht auch ein fremdes Fell? Hat das kleine Beispiel der Wanderung mit Peter Wohlleben nicht gezeigt, wie leicht es ist, Bäume von einer Sekunde zur anderen mit ganz neuen Augen zu sehen und völlig anders, als man sie sein Lebtag lang betrachtet hat? Solche Perspektivwechsel sind buchstäblich kinderleicht. Denn für Kinder ist die Grenze zwischen belebter und unbelebter Materie noch nicht so festgezurrt wie für uns Erwachsene. Märchen lesende Kinder sind noch mühelos in der Lage, sich in einbeinige Zinnsoldaten oder durch den Wald spazierende Blut- und Leberwürste einzufühlen.

Wir lesen unter anderem deshalb, weil wir die Welt mit den Augen anderer wahrnehmen möchten – und gern auch mit den Sinnesorganen von Wesen, die vielleicht gar keine Augen besitzen. Der kanadische Kinderbuchautor Kenneth Oppel hat ein ganzes Romanquartett über eine Fledermaus namens Silberflügel geschrieben, das fast als Reflex auf Thomas Nagels philosophischen Text entstanden zu sein scheint und just damit beginnt, wie eine junge Fledermaus auf Jagd geht: »Schatten, der Fledermausjunge, schwebte über die Böschung des Baches, als er hörte, wie der Käfer seine Flügel ausprobierte. Daraufhin holte er kräftiger mit den Schwingen aus und wurde so immer schneller, je näher er dem summenden Geräusch kam. (...) Der Käfer hatte sich jetzt in die Luft erhoben, seine Flügel und die Deckschalen surrten. Noch immer konnte Schatten ihn nicht mit den Augen erkennen, aber er »sah« ihn mit den Ohren. Das Insekt wurde von seinem »Klang-Sehen« erfasst, summte und glühte in seiner Wahrnehmung wie ein Schattenriss auf Quecksilber. Die Luft pfiff in seinen weit ausgestellten Ohren, als er sich auf seine Beute hinabstürzte. Er bremste scharf, schaufelte den Käfer mit der Schwanzhaut nach vorn, schleuderte ihn in seinen linken Flügel und von dort geradewegs ins offene Maul. Er drehte nach oben ab, knackte die harte Schale mit den Zähnen, genoss das köstliche Fleisch des Käfers, das ihm in die Kehle spritzte. Er machte ein paar kräftige Kaubewegungen und schluckte ihn ganz hinunter. Köstlich!«

Nicht nur das souveräne Spiel mit kindlichen Ekel-Gefühlen erweist Kenneth Oppel als Meister der Jugendliteratur. Hinzu kommt seine in der Natur geschulte Beobachtungsgabe, seine schöpferische Erfindungskraft (»Klang-Sehen«) und seine bildmächtige Sprachgewalt (»Schattenriss auf Quecksilber«): Das alles trägt zum synästhetischen Vergnügen bei, einmal in die Gestalt eines verfressenen Fledermausjungen zu schlüpfen. Nun wird jeder Erkenntnistheoretiker an dieser Stelle mit den Augen rollen und heftigst mit den Flügeln schlagen, um einzuwenden, das sei ja bloß ein ganz billiger Trick. Nicht nur, dass die Fledermaus in diesem Text extrem vermenschlicht und so ungebührlich an unsere eigene Erfahrungswelt herangerückt werde. Schlimmer noch sei das Verfahren überhaupt: Literatur könne doch bestenfalls eine sehr armselige Krücke darstellen, um uns Menschen an Erfahrungen außerhalb unserer eigenen Spezies teilhaben zu lassen. Wir sind die ersten, die da zustimmen. Literatur ist ein wirklich überaus unbefriedigender Ersatz für eine Gehirntransplantation. Aber solange ich nicht morgens aufwachen kann und mir aussuchen darf, in welcher Zeit, in welchem Körper, in welchem Geschlecht, mit welcher Größe, sexuellen Disposition, Augenfarbe und Haardichte sowie in welcher Hautfarbe und Gesellschaftsordnung ich leben möchte, so lange ist Literatur nun mal die einzige Möglichkeit, die Welt aus der Perspektive eines rachsüchtigen weißen Wals wahrzunehmen (»Moby Dick«), einer zu Seitensprüngen aufgelegten Arztgattin aus der französischen Provinz (»Emma Bovary«) oder selbst aus der Sicht eines alten

Quadrats in einer zweidimensionalen Welt zu erleben (auch diesen Roman gibt es wirklich: Edwin A. Abbotts »Flächenland – Ein mehrdimensionaler Roman verfasst von einem alten Quadrat« von 1886). Literatur ist eine Möglichkeit, lügend Wahrheiten auf die Spur zu kommen, die auf anderen Wegen nicht ins Visier zu bekommen sind.

Wer da behauptet, nur Katzen dürften darüber schreiben, wie es ist, eine Katze zu sein, nur Frauen dürften darüber schreiben, wie es ist, eine Frau zu sein, nur Schwarze darüber, wie es ist, schwarz zu sein, nur Transgender darüber, wie es ist, transgender zu sein, negiert das Fundament aller Kunst.

Wie lange wollen wir warten, bis uns Fledermäuse mitteilen, wie es *wirklich* ist, eine Fledermaus *zu sein*?

Selbstverständlich ist Lesen, ist Literatur nur ein billiger Ersatz für das Erlebnis selbst. Aber was heißt hier eigentlich billig? Was die übergroße Mehrheit unserer Erlebnisse in der sogenannten Realität anlangt, hätten wir eine virtuelle Simulation bevorzugt. Und allerspätestens, wenn es um das Erlebnis unseres Todes geht, wird gewiss die überwältigende Mehrzahl aller Menschen eine Simulation dem realen Erlebnis vorziehen. Die wenigsten halten es jedenfalls so wie Captain Hook aus »Peter Pan«, der im Tod das größte aller Abenteuer sieht. Eher sympathisieren wir mit Alvy aus »Der Stadtneurotiker«, der den in meinen Augen besten Woody-Allen-Witz überhaupt erzählt: »Herr Doktor, mein Bruder ist verrückt. Er denkt, er ist ein Huhn!« – Der Doktor: »Warum bringen Sie ihn nicht ins Irrenhaus?« Und der Mann sagt: »Würde ich schon, aber ich brauch ja die Eier!« Solange wir keine bessere Möglichkeit erfinden, uns in die Erfahrungswelt einer Fledermaus zu katapultieren, so lange sind wir auf die Eier der Literatur angewiesen und müssen mit diesem Medium und allen seinen Mankos vorliebnehmen. Literatur ist zweifellos nur eine Krücke. Aber die einzige, die wir besitzen. Außerdem ist Literatur durchaus in der Lage, eine Erfahrung zu bereiten, die zu einer Verhaltensänderung führt. Vielleicht hätte sie uns sogar die Corona-Pandemie erspart, denn die Wette gilt: Leser von Kenneth Oppels »Silberflügel«-Romanen werden so schnell keine Fledermaussuppe verzehren.

Zurück zu Stubbs' Sexualität. Wir haben ihm nie die Möglichkeit geboten, sich zu vermehren. Er hatte nie Sex. Es hat sich einfach nicht ergeben. Erst erschien er uns zu jung. Dann stand keine passende Partnerin zur Verfügung. Bald sahen wir uns beruflich viel zu eingespannt, um uns um eine fordernde Welpenschar kümmern zu können. Und schließlich wäre Ziel der Unternehmung ja, mindestens einen der Welpen zu behalten – was aber dann einen Haushalt mit zwei Hunden bedeutet hätte. Nach den Wochen mit Lena stand für uns fest: Das wollten wir auf gar keinen Fall noch einmal. Und wir sind uns auch ziemlich sicher, dass Stubbs seine Position als First and Only Dog in the Family nur höchst ungern teilen würde. Doch wenn ich Stubbs gelegentlich unvermittelt im Schlaf aufjiffen höre und mit weit offenen Augen ins Leere starrend träumen sehe, frage ich mich, ob wir nicht einen unverzeihlichen Fehler begangen haben. Leben heißt Fehler machen.

»Pottschlepper«

Marie-Luise Scherer: »Die Hundegrenze«

Boah, hömma! Dat der Mensch dem Menschen ein Wolf is, dat wusste schon der Komödiendichter Plautus bei die alten Römers. Wennet denn man bloß so wär, möcht ich hinzusetzen. Aber et is ehmt leider zimmich viel schlimmer: Der Mensch is dem Menschen ein Mensch, und der Mensch is ehmt auch dem Hund ein Mensch, und darin liegt die ganze Sauerei begründet. Glaubsse!

Alles, was man von einer piefigen Diktatur namens DDR wissen muss, steht in Marie-Luise Scherers genialer Reportage »Die Hundegrenze«. Voll die Fetze, dieser Text. Durchgearbeitet bis auf die letzte Silbe, gefeilt und gefinkelt, extrem kalkuliert und doch emotional so mitreißend, dass er noch dem abgebrühtesten Leser unter das Fell oder meinetwegen auch unter die Haut geht.

Was heute in all den berechtigten Klagen über die mangelnde Repräsentanz Ostdeutscher in Spitzenpositionen häufig in Vergessenheit gerät: wie schäbig und klein diese DDR eigentlich war. Begonnen mit so vielen Hoffnungen und Idealen, müffelte die DDR als Staat bald wie Omma unterm Arm. Der ganze Jammer, die erbärmliche Dürftigkeit und seelenzerstörerische Tristesse dieses miesen Ländchens is nie besser beschrieben worden als auf den Seiten dieser Reportage. Wie sie ihre Bewohner klein, fies und missgünstig werden ließ. Und mit ihnen die Tiere. Wie der sozialistische Sadismus in die letzten Ritzen des Alltagslebens einsickerte. Wie alles Hehre, Schöne und Transzendente am Ende in den Dreck gezogen und mit Füßen getreten wurde. Und dass man da, wo man Menschen schindet, am Ende auch Hunde schindet. »*Zwischen Sperrgebiet und dem westlichen Teil Deutschlands lag der Todesstreifen mit Wachtürmen und Minenfeldern, Metallgitterzäunen und Selbstschussanlagen – ihn bewohnten nur die Hunde. Mitte der sechziger Jahre hatten die Grenztruppen begonnen, zur Bewachung schwer zu sichernder Abschnitte Hundelaufleineanlagen mit Hütten zu installieren (›TGL-Standardmodell der bewaffneten Organe mit windgeschütztem Seitengelass‹). Durch einen Signalzaun von den Bewohnern des Sperrgebietes getrennt, liefen die Hunde an einem Drahtseil entlang. Beim Grenzkommando Nord, zuständig für den 130 Kilometer langen Abschnitt zwischen Pötenitz und Boizenburg, waren es bis zu 240 Hunde, an der gesamten Grenze liefen zuletzt 957 Hunde. Die Grenzkommandos unterhielten ein verzweigtes System der Hundebeschaffung in der gesamten DDR.*«*

Der Witz an diesen Sätzen ist, dass sie nicht etwa am Anfang von Scherers Reportage stehen, sondern ganz im Gegentum: am Schluss. Marie-Luise Scherer eröffnet ihre Generalabrechnung mit der DDR mit einem pusseligen Ehepaar namens Herbig, das einen Wachhund sucht – und zwar möglichst für lau. Dafür kariolen die Schrapper im gebraucht gekauften Audi kurz nach der Wende zur Zwingeranlage des Grenzregiments VI: »*In der vordersten Gasse sprangen die Schäferhunde Amor, Muck und Brando an ihren Auslaufgittern hoch. Es waren ältere Diensthunde mit Herkunftspapieren und Prüfungsdiplomen, die an der Seite eines Hundeführers einmal Grenzdienst gemacht hatten. Jetzt hatten sie den Verlust ihrer Herren zu verwinden, in die Städte zu-*

rückgekehrte Soldaten ohne weitere Verwendung für sie. Auch Oberfähnrich Schönknecht musste seinem letzten Diensthund das Zuhause schuldig bleiben. Sicher waren das herbe Hundeschicksale, doch für Herbigs nicht herb genug. Sie glaubten sich in einer Kuranstalt, deren Insassen wie die Aale glänzten, aus geputzten Näpfen fraßen und nach kurzen Tumulten wieder absackten in Resignation. Dieses Prinzendasein wäre hinter ihrem Haus in Göhlen nicht fortzuführen gewesen. Auch würden diese Hunde, von ihrer Anspruchshaltung einmal abgesehen, etwas gekostet haben.«

Da weisse, wat Ambach is. Also klabastern die Herbigs noch einen anderen Hundezwinger des Grenzregiments ab, ein Munitionsdepot in Klein Siemz. Dort stoßen sie schließlich auf Alf, einen gelben Colliemischling von imponierendem Wuchs: »*Er war inzwischen halb aus dem Gebüsch getreten, was ihn die volle Länge seiner Laufleine kostete. Seine Erscheinung strahlte eine gewisse Festlichkeit aus. Ein Gerisel von Schafgarbenblüten bildete ein Dreieck auf seiner Stirn, passend darunter die erfreute Miene. Das gelbe Gesicht lag in einem löwenhaften, etwas helleren Kragen. Die Ohren hielt er so lange hochgestellt, bis Herbig ihn ansprach und er in Überschwang geriet. Wie eine Machete schlug die Rute aus, dass es den ganzen Körper mitriss bis zum Kopf, und die kleine Wildnis, aus der er ragte, rechts und links zur Seite knickte. Gleichzeitig wollte er nach vorn springen, wobei die stramm gespannte Leine ihn zurückkriss. Aufrecht, mit rudernden Pfoten, hing er in seiner Fessel. ›Das ist Alf‹, sagte der Soldat, ›den könnten Sie mit einer Mütze totschlagen.‹*«

Alf ist ein Überlebender. Die anderen Hunde seines Laufleinenabschnitts, alles weit schärfere und beeindruckendere Grenzschützer als er, sind jämmerlich ersoffen. Ein Bataillonschef – achten Sie auf die perfekte Wortwahl Scherers – »*erklärte aus der Entfernung seines Schreibtischs heraus das Eis für stabil.*« So ein Killefitt! Den Preis für diese Fehleinschätzung des bräsigen Sesselpupsers zahlen die Hunde.

Was die DDR sich Ende der Sechzigerjahre einfallen ließ, um ihre Insassen davon abzuhalten, stickum den Flattermann zu machen, könnte eine Ausgeburt aus dem kranken Hirn eines Marquis de Sade sein. Die sogenannten Laufleinenanlagen zeichneten sich durch unglaubliche Perfidie aus: Die Hunde wurden für den Rest ihres Lebens dort angeschirrt, ohne Chance, je wieder ein freies Leben zu führen oder eine echte Bindung mit Menschen einzugehen. »*Eine Laufleinenanlage bestand aus einem zwischen zwei Böcken mannshoch gespannten Drahtseil, dem Laufseil. Je nach Gelände war es zwischen 50 und 100 Meter lang. An dem Laufseil hing, mit einer Laufrolle oder einem Ring verbunden, die zweieinhalb Meter lange Laufleine des Hundes. Da sich die Laufstrecke des nächsten Hundes unmittelbar anschloss, die Hunde aber nicht aufeinandertreffen durften, waren vor dem jeweiligen Ende des Laufseils Stopper oder Seilklemmen angebracht. Während Laufrolle oder Ring oben gegen das Hindernis schlugen, reichte der Hund, durch die Länge der Leine, jedoch noch ein gutes Stück in die Nähe seines Nachbarn. In kürzester Distanz waren es fünfzig Zentimeter, die er ihm gegenüberstand.*«

Am Beispiel des Laufleinenhunds Alf erzählt Scherer das Rekrutierungssystem der Grenztruppen, deren Hunger nach immer neuen Hunden unersättlich ist. Der Clou an Scherers Reportage: Sie verlässt sich ganz auf die Kraft des sprechenden Details. Ihr Text liefert keine Analyse des das Elend auslösenden Staatswesens, der tier- und menschenverachtenden Machtstrukturen, der allgegenwärtigen Überwachung und Korruption, des Drucks und der immer weiter nach unten durchgereichten Schikanen. Es ist auch gar nicht nötig. Wer Einblick in den Umgang der DDR mit ihren Grenzhunden genommen hat, kann vom schlechten Einzelnen aufs miserable Ganze schließen und weiß: aus diesem Staat kann nichts werden, die Messe ist gelesen, da is Hängen im Schacht, finito!

Wilhelm Tews wohnt im Sperrgebiet an der Staatsgrenze. Der als politisch zuverlässig eingestufte Tews bekam das Haus mit großem Garten zugeteilt, nachdem die vorherigen Bewohner 1952 ins Innere der Republik zwangsumgesiedelt wurden. Tews sieht und hört, wie Hunde an der Grenze verheizt werden, nach Monaten allein an den Laufleinen in Wahnsinn verfallen, bis die psychischen und physischen Wracks schließlich eingeschläfert werden. Und wieder ist es die von Scherer fein beobachtete völlig unnötige Grausamkeit, die das System der DDR entlarvt: »*Anfangs lag die Trasse als gleichmäßiges, über die Jahreszeiten fortdauerndes Ungemach vor Tews, und seine Vorstellung vom Durst der Hunde entsprach der ›lütten Schüssel‹ und der oft achtlos geschwenkten Wasserkelle des Soldaten. Dass dieser Notstand auch noch Höhepunkte hatte, erschloss sich ihm erst, als es keine anonyme Hundeschaft mehr für ihn war, sondern er jeden Einzelnen kannte. Die Pottschlepper strafte der Sommer am schärfsten. Tews sah sie ihr Wasser schon verschütten, wenn sie den Napf aus der Halterung zwangen.*

Die anderen Motoriker der Trasse, die Erdarbeiter, unter deren rasendem Pfotenwirbel sich die Höcker einer Manöverlandschaft türmten, oder die rastlos Galoppierenden brachten sich mit ihrer Emsigkeit an den Rand des Verdurstens. Eine dritte Version dieser Sommerhölle war den Reglosen beschieden. Sie gingen haushälterisch mit ihrem Wasser um und ließen das Aufgesparte im Napf verdunsten. So halfen sie alle noch mit, den Umfang des Übels zu vergrößern. Und täglich erneuerten sie diese Erfahrung, wenn sie die Hitze niederstreckte. Tews konnte sogar zum Feierabend noch mit dem Anblick ihrer vom Hecheln geschüttelten Köpfe rechnen.

Doch erst während eines Sommerregens stellte sich ihm das eigentliche Ausmaß ihres Durstes dar. Sie leckten an Steinen und Stöcken, an ihren Pfoten, an allem was immer auch einen Moment die Nässe hielt. Sie verrenkten sich für die Tropfen auf ihrem Rücken und versuchten, das Rinnsal entlang ihrer Leine aufzufangen. Ihre Zunge scheuerte das Hüttendach. Und nach dem Regen sah Tews sie mit gesenkter Schnauze oben sitzen, als beschwörten sie die Wiederkehr einer Pfütze.«

Marie-Luise Scherer: »Die Hundegrenze«
Matthes & Seitz, 90 S.

KAPITEL 9

Wie aus Wölfen Hunde
und wir zu Menschen wurden

E s geschieht selten. Zu selten eigentlich. Immer wenn eine
Sirene den richtigen Ton, die richtige Frequenz, die richtige Lautstärke trifft, stellt Stubbs die Ohren auf, reckt den
Hals, legt den Kopf anmutig in den Nacken, sodass seine Nase
direkt in den Himmel weist, schließt beide Augen und beginnt
inbrünstig zu heulen. Nie ist Stubbs, Canis lupus familiaris,
seinem wilden Verwandten dem Wolf, Canis lupus lupus, näher.

Zum ersten Mal zeigte Stubbs dieses uns verblüffende
Verhalten ausgerechnet bei einem Abend mit Donna Leon
an der Kölner Musikhochschule. Mit der Autorin der Com-
missario-Brunetti-Romane sind Christina und ich seit vielen
Jahren befreundet, und wir werden nie vergessen, wie Donna
Leon sich während eines Venedig-Urlaubs mit meiner Mutter, einem großen Fan des Commissario, auf enorm liebens-
werte und selbstlose Weise um diese kümmerte. Die größte
Leidenschaft im Leben Donna Leons ist außer ihrem Garten
das Werk Georg Friedrich Händels. Dennoch hielten wir es für
einen Witz, als Donna uns schrieb, sie trete auf der LitCologne
mit ihrem neuen Buch über Tier-Arien in Händel-Opern nur
in Gesellschaft von Stubbs auf. Tatsächlich aber war es Donna
vollkommen ernst damit, und so gingen wir also zu dritt auf

die Bühne der Musikhochschule. Ich erinnerte mich zwar an die alte Theaterregel, dass man nie mit Tieren oder kleinen Kindern auftreten solle, weil diese einem notorisch die Show stehlen, aber es war ja sowieso nicht meine Show, sondern die Donna Leons, und sie musste es ja schließlich wissen. Wundersamerweise fühlte Stubbs sich auf der Bühne pudelwohl, auch wenn er diesen Ausdruck sicher ablehnen würde, und legte sich unaufgefordert zwischen unsere beiden kleinen Lesetischchen, die Schnauze entspannt auf den gekreuzten Pfoten. Beim letzten Zuspiel von der dem Buch beigelegten CD, der Löwen-Arie »Qual leon che fere irato« aus »Arianna In Creta«, setzte sich Stubbs allerdings auf, legte den Kopf weit in den Nacken und fing zum ersten Mal auf Wolfsart an, überaus melodisch zu heulen. Das Publikum raste. Schon dachten wir an eine internationale Bühnenkarriere – La Fenice, die Scala, die Met und Las Vegas schienen zum Greifen nah. Platz da, Siegfried und Roy, dachte ich. Doch Stubbs hat seither nie wieder einen Ton gesungen. Ein schlauer Hund!

Zum Heulen lässt sich Stubbs heute höchstens verleiten, wenn die Sirene einer Ambulanz, eines Feuerwehr- oder Polizeiautos die richtige Frequenz trifft. Merkwürdigerweise verlocken ihn die Sirenen der Rettungskräfte und Sicherheitsdienste in Italien, Belgien und Frankreich dazu eher als die deutschen. Sein melodischer Bariton schraubt sich dann in ungeahnte Höhen. Aber schon nach wenigen Sekunden ist der ganze Spuk vorbei, und Stubbs sieht uns dann jedes Mal mit genauso verblüfftem Ausdruck an wie wir ihn. Keine Ahnung, was da in mich gefahren ist, scheint er uns sagen zu wollen.

Das Heulen ist ein Erbe aus längst vergangenen Zeiten. In Deutschland wurde vor seiner Rückeinwanderung aus dem

Osten der letzte Wolf 1860 erlegt: in Thüringen. Länger als jedes andere Tier begleitet der Hund schon den Menschen. Die Domestikation von Pferd, Kuh, Ziege, Schaf, Schwein und Katze erfolgte vor 5000 bis 9000 Jahren, die Geschichte von Wolf und Mensch reicht aber über 40000 Jahre zurück. Das ist eine in der Tat erstaunliche Geschichte. Warum war das erste Tier, das der Mensch domestizierte, ausgerechnet der Wolf? Weshalb hat er sich dafür auch noch ein Raubtier ausgesucht – ein Tier, das in Konkurrenz mit dem jagenden Menschen stand, ja ein Tier, das Menschen, insbesondere Kindern, durchaus gefährlich werden kann?

Wölfe sind nicht nur Hunden, sondern auch uns ähnlicher, als wir auf den ersten Blick glauben. Wölfe leben in Familienverbänden – genau wie wir Menschen. Neben unseren Familien ist uns noch vieles Weitere gemeinsam: Wir kooperieren, kümmern uns gemeinsam um unseren Nachwuchs, verteidigen unser Territorium und gehen in Gruppen auf die Jagd. Mit anderen Worten: Es existiert kein Tier in der Natur, das uns Menschen in der sozialen Orientierung ähnlicher ist als der Wolf. Inzwischen hat sich auch das Bild einer unerbittlich starren, rigide verteidigten Rangordnung innerhalb der Wolfsrudel relativiert – dies ist ein Phänomen, das nur in Gefangenschaft lebende Wölfe zeigen. Welche Rückschlüsse würden Aliens auf menschliche Verhaltensweisen ziehen, wenn sie ihre Langzeitbeobachtungen ausschließlich in Sing-Sing, Santa Fu oder St. Adelheim anstellten? Der österreichische Verhaltensbiologe und Wolfsforscher Kurt Kotrschal, der im Wolfsforschungszentrum Ernstbrunn bahnbrechende Pionierarbeit leistete, spricht von Mensch und Wolf als »Schwesternarten«, die sich durch ein »fremdenskeptisches Gehirn«

auszeichneten. Allerdings sieht er auch die Schattenseiten von Altruismus, kooperativem Verhalten und sozialer Kompetenz: die soziale Gruppenorientierung kann auch zu mehr oder minder aggressiver Abwehr von Gruppenfremden führen.

99 Prozent des genetischen Erbes von Canis lupus lupus und Canis lupus familiaris sind identisch. Aber Hunde weisen doch eine ganze Reihe biologischer Unterschiede zum Wolf auf. Zum einen im Körperbau: ihre Schnauzen sind kürzer, ihre Schädel breiter, ihre Zähne kleiner; das Vorderhirn des Hundes ist rund 30 Prozent kleiner als das des Wolfs. Dann im Stoffwechsel: Während Hündinnen zweimal im Jahr läufig werden, geschieht dies bei Wölfinnen nur einmal. Und schließlich im Verhalten: Hunde tolerieren soziale Fehler des Menschen, Wölfe nicht. Hunde sind viel verspielter, sie sind beeinflussbarer und bellen sehr viel häufiger als Wölfe. Nicht zuletzt ist ihre Prägephase länger. Und auch nach seiner ersten Sozialisierung bleibt ein Hund bis ins Alter in seiner Identität flexibel. Das hat nicht nur positive Seiten: Hunde kann man verprügeln, ein Wolf würde sich Gewalt niemals gefallen lassen und reagiert sofort mit dem Abbruch der Beziehung.

»Nur um der Liebe willen hat der Hund seine wunderbare Freiheit aufgegeben und ist zum Diener des Menschen geworden«, schreibt D. H. Lawrence. Nein, so war es ganz sicher nicht. Doch wie wurde überhaupt der Wolf zum Hund? Wie kam er zum Menschen? Und wie viel Wolf steckt heute noch im Hund? Zum ersten Mal dachte ich über solche Fragen nach, als ich als kleiner Junge in meinem schlimmsten Dagobert-Duck-Fimmel jeden mir erreichbaren Groschen in mein Sparschwein steckte. Ende Oktober, am sogenannten Weltspartag, schleppte ich das Sparschwein dann zur Bank, wo statt der heiß ersehnten Fantastilliarden meinem Sparbuch allerdings bloß Pfennigbeträge gutgeschrieben wurden. Immerhin gab es für das Gesparte aber auch Bögen mit farbigen Sammelbildern. Diese klebte ich brav in Alben mit Titeln wie »Erde und Weltall«, »Wilde Tiere fremder Länder« oder »Deutsche Geschichte – von den Uranfängen bis zum Ende des Dreißigjährigen Krieges«. Die Bilder waren Reproduktionen grellbunter, seltsam pastös anmutender Gemälde von Dinosauriern, Höhlenmenschen oder Weltraumraketen, geschichtsträchtiger Schlachten oder berühmter Bauten wie dem Hermannsdenkmal bei Detmold. Ich weiß nicht mehr, in welches Album ein Sammelbild einzukleben war, das eine fröhliche Clique von Steinzeitkindern zeigte, die gerade einige Welpen aus einem Wolfsbau holten. So kam der Hund zum Menschen, informierte der dazugehörige Text.

Tatsächlich hat man lange so gedacht. Und an dieser Erzählung ist zumindest so viel richtig, als Handaufzucht von Jungtieren die einzige Art ist, den Wolf mit Menschen zu sozialisieren. Älter als in der Prägephase dürfen die jungen Wölfe nicht sein, um eine Bindung an den Menschen zu entwickeln. Mit erwachsenen Wölfen ist dies ausgeschlossen, sie akzeptieren den Menschen nicht als Rudelmitglied. Zähmbar sind nur sehr junge Tiere. Dennoch steckt in dieser Erzählung ein Denkfehler. Wer dieses Steinzeitexperiment heute wiederholen wollte, bräuchte sehr viel Geduld. Wenigstens ein paar tausend Jahre Geduld. Denn was die Frühmenschen da aus dem Bau holten und durch Handaufzucht an sich gewöhnten und mit sich vertraut machten, wuchs eben nicht zu einem Hund heran, sondern zu einem Wolf – und blieb das auch. So kam also höchstens der Wolf zum Menschen, nicht aber der

Hund. Denn es kann ja kein zielgerichtetes Handeln gewesen sein, was unsere Vorfahren vor Jahrzehntausenden leitete. Auch wir Heutigen setzen uns selten in Bewegung, um einen Plan auszuführen, dessen Früchte erst nach Zehntausenden von Jahren geerntet werden können, weil sie erst dann zum gewünschten Ergebnis führen. Was wollte der Mensch vom Wolf – und umgekehrt, was der Wolf vom Menschen?

2015 schlug die amerikanische Ethnologin Pat Shipman eine faszinierende Erklärung für die Symbiose von Mensch und Wolf vor. In ihrem Buch »The Invaders: How Humans and Their Dogs Drove Neanderthals to Extinction« stellte Shipman die These auf, dass sich Mensch und Wolf als Jagdgenossen zusammengetan haben. Erst die Zusammenarbeit von domestiziertem Wolf und modernem Menschen habe diesem ermöglicht, sich nach seinem Aufbruch aus Afrika vor rund 70 000 Jahren gegen die Urbevölkerung der Neandertaler durchzusetzen. Offenbar besaß der Neandertaler kein Bündnis mit dem Wolf, Homo sapiens aber schon. Wölfe könnten den frühen Menschen Wild zugetrieben haben.

Die Gegenthese besagt im Grunde, dass nicht wir Menschen den ersten Schritt auf den Wolf zu taten, also der aktive Part waren und uns die Wolfsjungen aus dem Bau geholt haben, sondern dass sich die Wölfe uns freiwillig anschlossen, weil sie auf unsere Essensabfälle scharf waren. Dieses dritte Denkmodell hat der deutsche Evolutionsbiologe Josef H. Reichholf in seinem Buch »Der Hund und sein Mensch« von 2020 beschrieben. Er geht von einem Prozess der Selbstdomestikation der Wölfe aus, bei der jene Tiere die höheren Überlebens- und Fortpflanzungschancen erhielten, die am besten mit der Nähe des Menschen zurechtkamen und sich so zum Hundwolf ent-

wickelten. »Dieses Einander-Näherkommen von Wölfen und Menschen geschah, ohne dass die Menschen hätten tätig werden müssen«, so Reichholf. »Die Wölfe, die sich so verhielten, wurden ›Mit-Esser‹, Kommensalen. Anders als Parasiten schädigten sie die Menschen nicht. Für die Wölfe bahnte sich hingegen eine Symbiose an. Sie erzielten direkte Vorteile durch bessere Ernährung mit geringerer Anstrengung, als es das eigene Jagen erfordert hätte.«

Egal, welches der drei skizzierten Szenarien nun zutrifft – entweder allein oder in Überlappung mit den anderen –, fest steht: Sobald Wolf und Mensch zusammen sind, kommt es zu einer Veränderung in der Größe des Wolfs. Der Wolf wird kleiner. Seine Schnauze verkürzt sich. Die Zahnreihe des Hundwolfs verläuft nicht mehr so geradlinig wie beim Wolf, sondern unregelmäßiger. Merkmale der Domestikation bei allen Haustieren sind eine Abnahme der Gehirnmasse, die Ausbildung von Hängeohren, eine Verkürzung des Verdauungstrakts sowie die Ausbildung steilerer Stirnen. Den abgewandelten kleinen Wolf nennen wir Hund. Die Frühmenschen nutzten Fleisch und Fell ihrer Hunde – wie der Mensch das in Teilen Asiens bis heute macht. Aber je nach Hund und je nach Mensch erfüllte der Hund auch damals schon seine vielfältigen Rollen von Jagdgenosse, Sozialpartner, Spielgefährte und Werkzeug.

Noch nicht erklärt ist damit jedoch die riesige Variabilität innerhalb der Hunde vom Zwergdackel bis zum Leonberger. Keine andere Säugetierart kennt eine solche Formenvielfalt des Phänotyps. Lange Zeit galt dieser verblüffende Reichtum der Erscheinungsformen als eines der großen Rätsel der Wissenschaft, über das im 20. Jahrhundert heiß gestritten wurde.

Konrad Lorenz etwa nahm in »So kam der Mensch auf den Hund« aufgrund der großen Rassenvielfalt noch an, dass neben dem Wolf auch der Goldschakal in die Ahnenlinie unseres Haushunds gehört. Das hat die Genforschung inzwischen definitiv ausgeschlossen. Alle Hunde stammen vom Wolf ab und nicht von Schakalen, Hyänen oder anderen Hundeartigen.

Aber wo genau auf diesem Planeten haben Wolf und Mensch diesen Erstkontakt geschlossen, der viele Jahrtausende später zur bemerkenswerten Vielfalt der Hunderassen führte? Oder existieren viele verschiedene Abstammungslinien unabhängig voneinander? Wie alt sind unsere Hunderassen überhaupt? Was können wir mit wissenschaftlicher Gewissheit über die Domestizierung des Wolfs sagen?

Jüngere Forschungen am Kerngenom alter Hunderassen lassen auf die Existenz dreier sehr unterschiedlicher Ur-Populationen von Hundwölfen schließen: Die älteste in Westeuropa datiert auf ca. 15 000 Jahre. Eine zweite in Nordchina und eine dritte im Nahen Osten werden auf ein Alter von rund 12 500 Jahren geschätzt. Waren diese drei Stammlinien Teile einer Urpopulation, die sich teilte, oder drei unabhängige Linien, die später zusammenliefen? Diese Frage ist bis heute offen. Aber immerhin lässt sich mit Sicherheit sagen, dass sich unsere heutigen Hunderassen aus drei Urpopulationen ableiten.

Wann immer mir Eisregen ins Gesicht prasselt und mir Hagel die Wangen aufschlitzt, grübele ich darüber nach, was zum Teufel meine Vorfahren veranlasst haben mag, Afrika zu verlassen und sich in der eiszeitlichen Mammutsteppe Europas niederzulassen. Die Antwort, die der Evolutionsbiologe Josef H. Reichholf darauf gibt, ist verblüffend. Für unsere Vorfahren war die Eissteppe Europas ein attraktiverer Lebensraum als ihre afrikanische Heimat, weil sie vor der Tsetsefliege und der Schlafkrankheit flohen: »Unsere Vorfahren«, so Reichholf in »Der Hund und sein Mensch«, »fanden im Eiszeitland günstige Lebensbedingungen vor und nicht das aus unserer Sicht kaum vorstellbar harte Leben halb nackt in der Kälte.«

Schon vor der Sesshaftwerdung hielt die Bindung zwischen Hund und Mensch länger als ein Leben lang, nämlich bis in den Tod und darüber hinaus. Bislang kennen wir über ein Dutzend Hundegräber aus der Altsteinzeit. Wenige Kilometer von unserem Kölner Wohnort existiert ein Grab in Bonn-Oberkassel mit einem Hundewelpen, der vor 14 300 Jahren bestattet wurde und dessen Anatomie deutliche Domestikationsmerkmale aufweist: Es ist das älteste Haustiergrab in der Geschichte der Menschheit. Das 1914 gefundene Doppelgrab birgt die Überreste zweier Cromagnon-Menschen, eines etwa 50 Jahre alten Mannes und einer 20- bis 25-jährigen alten Frau, die vermutlich an einer Krankheit starben. Der Hund hatte Staupe, eine Viruskrankheit, die er überlebte – heutige Hunde schützt davor ihre Grundimpfung, sofern sie nicht von der aus Osteuropa operierenden Welpenmafia meist ohne Immunisierung in die Bundesrepublik eingeschleust wurden. Das Grab von Bonn-Oberkassel, heute im Rheinischen Landesmuseum in Bonn zu sehen, ist der erste archäologische Beleg weltweit für die tiefe emotionale Bindung zwischen Menschen und Hunden – und es ist eine echte Schande, wie lieblos man im Rheinischen Landesmuseum damit umgeht. Starb der Hund an natürlichen Ursachen oder wurde er von den überlebenden Menschen der Jägerhorde erschlagen, um seinen Haltern ins Totenreich zu folgen? Wurde er vielleicht erst später im Grab seiner Halter bestattet? Leider werden diese Fragen in Bonn nicht ausführlicher diskutiert.

Fest steht, Hund und Mensch taten sich zusammen, als der Mensch noch Jäger und Sammler war. Der Hund wurde mit uns an der neolithischen Wende sesshaft. Dies bedeutete nicht nur für den Menschen eine Umstellung seiner Ernährung, sondern auch für den ihn begleitenden Hund. Aus einem Jäger, der sich hauptsächlich von Protein und Fett ernährte, wurde ein Tier, auf dessen Speisezettel Stärke nun eine viel bedeutendere Rolle zukam. Der Hund passte sich an, indem er die Anzahl seiner Amylase-Gene vervielfältigte, auf diese Weise mehr Verdauungsenzyme produzierte und so Stärke besser verdauen konnte. Im Vergleich zum Wolf besitzt ein Hund fünfmal mehr solcher Gene. Eine parallele Evolution fand beim Menschen auf dem Weg vom Sammler und Jäger zum Bauern statt. Zum Verzehr von Pflanzen befähigte Mensch und Hund eine genetische Mutation, die zur Produktion von Verdauungsenzymen zur besseren Verwertung von Kohlenhydraten führt.

Bei unseren morgendlichen Joggingrunden auf der großen Wiese im Forstbotanischen Garten begegnet Stubbs vielerlei Hunden in allen möglichen Größen: von Chihuahuas, Zwergpinschern und Pekinesen über Chow Chows, Labradoren und Australian Shepherds bis hin zu Dobermännern, Afghanen, Galgo Españols, Deutschen Schäferhunden, Neufundländern oder Bernhardinern. Wenn man sich die Zufallspaarungen ansieht, die sich beim Spielen ergeben, kann man sich mitunter das Lachen nicht verkneifen. Die Unterschiede in Größe, Gestalt, Wuchs, Fell, Kopfformen, Schnauzenlängen und Ohrbehängen sind riesig. Die einzelnen Hunderassen unterscheiden sich mehr voneinander als in jeder anderen Säugetierart. Doch Stubbs war sich im Lauf seines bisherigen Lebens nie eine Sekunde lang unsicher, ob er einen Hund vor sich hatte oder nicht. Bei einer morgendlichen Begegnung mit einer Frau, die mit größter Selbstverständlichkeit ein Lama spazieren führte, zeigte Stubbs keine Spur von Verblüffung. Auch als wir beim Joggen einmal einen Wanderer trafen, der ein Minipony am Zügel hielt, ließ sich Stubbs nicht beirren und war nicht einen Moment unsicher, ob dieses bislang nie erblickte Wesen nun ein Hund war oder nicht. Woher weiß unser Hund aber, was ein Hund ist und was ein anderes Tier? Bei aller Vielfalt der Erscheinungsformen scheint eine untrügliche Übereinstimmung an Artkennzeichen zu existieren. Diese liegen sicher nicht ausschließlich am Phänotyp – eine Dänische Dogge etwa ist sehr viel größer und schwerer als ein Minipony.

Dennoch weiß Stubbs ganz genau, was ein Hund ist und was nicht. Alle Hunde wissen das. Sie verlassen sich dabei wie meist auf ihre Nase. Doch keineswegs allein auf sie. Eine französische Studie aus dem Jahr 2013 hat verblüffenderweise nachgewiesen, dass Hunde auch unter Ausschluss von Faktoren wie Geruch, Bewegung, Verhalten oder Gebell allein mit ihrem Sehsinn erkennen, was ein Hund ist und was nicht – egal, ob sie einen Malteser vor sich haben oder einen Bernhardiner.

Wie aber ist diese unglaubliche Diversität in der Gattung Canis familiaris entstanden, die vielen Hundert Varianten, die keine andere Haustierart aufweist? Hinter der Vielfalt der Hunde steckt der Mensch. Eigenschaften, die ihren Haltern wünschenswert erschienen, wie Jagdtrieb, Wachsamkeit, Fährtentreue, Lauffreude, Familientauglichkeit, ein ausgeglichenes Wesen oder ein besonders guter Geruchssinn, wurden in der Zucht verstärkt. Die Ausbildung der Arten und die Festlegung sogenannter Rassestandards war hauptsächlich ein Werk des 19. Jahrhunderts und wurde von Institutionen wie dem britischen Kennel Club, dem American Kennel Club und dem Canadian Kennel Club propagiert. Der größte internationale Dachverband heute ist die Fédération Cynologique Internationale mit Sitz im belgischen Thuin. Die FCI erkennt zur Zeit 354 definierte Hunderassen an und teilt diese zehn systematischen Gruppen zu: Hütehunde und Treibhunde, Pinscher und Schnauzer – Molossoide –, Schweizer Sennenhunde und andere Rassen, Terrier, Dachshunde, Spitze und Hunde vom Urtyp, Laufhunde, Schweißhunde und verwandte Rassen, Vorstehhunde, Apportierhunde, Stöberhunde, Wasserhunde, Gesellschafts- und Begleithunde sowie Windhunde. Zum Vergleich: Katzen weisen nur um die siebzig Rassen auf. Doch die Geschichte ihrer Domestikation ist auch wesentlich kürzer als die Verbindung zwischen Hund und Mensch und reicht nur etwa 11 000 Jahre zurück. Unsere Geschichte mit dem Wolf ist sehr viel älter und länger. Josef H. Reichholf schätzt: »Der Zeitraum der Hundwerdung entspricht mit mindestens 15 000 und bis über 30 000 Jahren vor der Gegenwart dem langen und langsamen Übergang vom Wolf zum Hund durch Selbstdomestikation und nicht einer gezielten Züchtung. Eine solche setzte offenbar erst ein, als Menschen sesshaft geworden waren. Was auch sehr viel mehr Sinn ergibt als eine frühere gezielte Züchtung durch nomadisch lebende Eiszeitjäger.«

Dass wir uns dank unserer Fantasie und Spiritualität in andere Tiere verwandeln können, spielte für unsere Menschwerdung eine entscheidende Rolle. Davon legen Funde wie etwa der an die 40 000 Jahre alte Löwenmensch aus der Sta-del-Höhle im Lonetal auf der Schwäbischen Alb Zeugnis ab. Erst recht die faszinierenden Malereien in den Höhlen von Lascaux und Altamira, die vor rund 17 000 Jahren ausgemalt wurden. In beiden gibt es keine Darstellung von Hunden, da-für aber bezaubernd schöne von Wölfen, die ein Rembrandt der Steinzeit ausgeführt haben muss. Träumen auch Tiere davon, andere Wesen zu sein? Wenn ich Stubbs im Schlaf mit den Pfoten zucken sehe, bilde ich es mir zuweilen ein. Sicher, meistens wird er über eine Wiese flitzen und ein Kaninchen jagen. Aber vielleicht träumt auch er gelegentlich vom Vogel-flug oder stürzt von einem Ast zu Boden. Stubbs' Reaktionen im Schlaf nach zu urteilen, haben auch Hunde gelegentlich Albträume.

Doch nicht nur der Wolf hat sich in den 40 000 Jahren un-serer gemeinsamen Geschichte verändert – auch der Mensch. So wie der Wolf am Anfang dieser Geschichte eben noch kein Hund war, so würde uns Heutigen der damalige Mensch auch nicht wirklich als Mensch erscheinen – weder in seiner Ag-gressionskontrolle, seinem Sozialverhalten noch in seiner Toleranz und in seiner Empathiefähigkeit. Auch wenn unsere ökologischen Verbrechen Legion sind und zum Glück im-mer schärfer, wenn auch viel zu spät, ins Visier geraten: Der Mensch ist der netteste, kooperationsbereiteste aller Prima-ten. Das wurden wir nicht von allein. Man kann ohne Über-treibung sagen: Die Geschichte des Hundes ist die Geschichte des Menschen. Der Hund, so unsere These, hat uns erst zu Menschen gemacht.

»Das Gegenteil des Todes«

Jack London: »Der Ruf der Wildnis«

Boah, ej! Obsses glaubs oder nich, dat erfolgreichste Buch der amerikanischen Literatur des 20. Jahrhunderts is ne Hunde- geschichte. Genau genommen die Geschichte eines Bastards, eines 140 Pfund schweren Mischlings aus Bernhardiner und Schäferhund, der während des Goldrauschs aus Kalifornien nach Alaska kommt, dort aasig Prügel einstecken muss, fast abnippelt, dann aber seine wahre Natur erkennt und gegen jede Wahrscheinlichkeit sein Glück findet. Im Buch heißt dieser Bastard Buck. Im Leben hieß er Jack London.

Zu sagen, er kam von ganz unten, wäre keine Übertrei- bung. Kohldampf schieben und Senge kriegen war Alltag da, wo er herkam. Dennoch schien ihm die Sonne aussem Arsch. Jack London kommt 1876 als vermutlich uneheliches Kind einer Näherin mit esoterischen Vorlieben und eines Astro- logen ohne Verantwortungsbewusstsein zur Welt, Letzterer lässt die von ihm Geschwängerte in San Francisco sitzen. Auch Jack Londons Mutter zeigt wenig Interesse an ihrem Kind und lässt es von einer ehemaligen schwarzen Sklavin erziehen, die für ihn zur geliebten Ersatzmutter wird – was London nicht daran hindert, heute schwer erträgliche rassis- tische Vorstellungen von der Überlegenheit der Weißen zu propagieren. Als Jack London 20 Jahre alt ist, hat er schon alles Menschenmögliche versucht, sich am eigenen Schopf aus dem Sumpf seiner Armut zu ziehen. Mit dreizehn kloppt er 18-Stunden-Schichten in einer Konservenfabrik. Er leiht sich Geld für eine alte Schaluppe und versucht sich als Austernpirat; als das Schiff nicht mehr zu reparieren ist, arbeitet er als Angestellter der California Fish Patrol für die Gegenseite. Später malocht er als Robbenfänger und Matrose, als Kohleschaufler in einem Kraftwerk und in einer Jutespinnerei. *»Kein Pferd in der ganzen Stadt Oakland hat so lange schuften müssen wie ich«*, schreibt London im Rückblick auf seine Jugend in dem autobiografischen Roman »König Alkohol«. All das zusammen mit seiner Zeit als auf Güterzügen reisender *Hobo*-Wanderarbeiter, während der er vier Wochen wegen Landstreicherei im Gefängnis sitzt, hat ihm eines klargemacht: Arbeit schändet zwar nicht, aber von seiner Hände Arbeit wird niemand reich, ja meistens noch nicht einmal satt. Reich aber will Jack London werden – um fast jeden Preis, damit hatte er wenig Menkenke. *»Wäre ich eine Frau, ich würde mich für meinen Erfolg allen Männern hingeben«*, schreibt London unromantisch, aber bemerkenswert offen an seine erste Freundin Mabel Applegarth. Zehn Jahre später ist er der bestbezahlte Autor der Welt. Dann kommt die Nachricht vom Goldrausch in Alaska.

Ramba-Zamba, da steht Jack London mit als Erster auffe Matte und war bald mittenmang dabei. Jack London hat von Kindesbeinen an die Gabe, Förderer zu finden. Die Bibliothekarin Ina Coolbrith stillt seine bald unbändige Leselust. Der Wirt John Heinold vom heute noch als Bierschwemme in Oakland florierenden »Heinold's First and Last Chance Saloon« streckt ihm das Geld für die Studiengebühren vor und bringt London in seiner Kneipe mit einigen Vorbildern für Figuren seiner Romane und Erzählungen wie etwa dem »Seewolf« in Kontakt, zu dem ihn ein besonders bärbeißiger Kapitän unter Heinolds Stammgästen inspiriert. Im

Juli 1897 gelingt es London, seinen schon über 60-jährigen Schwager zu beschwatzen, mit ihm zusammen rappzapp als Goldsucher nach Alaska aufzubrechen. Als Jack London ein Jahr später aus Dawson, wo er in einer Blockhütte gelebt hat, nach San Francisco zurückkehrt, besitzen die paar Gramm Goldstaub, die er als Ausbeute vorweisen kann, gerade mal einen Wert von 4 Dollar und 50 Cent. Dennoch kommt er nicht mit leeren Händen nach Hause.

Jack London hat Massel. Er ist noch am Leben, was ihn von vielen unterscheidet, mit denen er aufgebrochen war. Und Jack London besitzt nun eine Goldader anderer Art, die er bis an sein frühes Lebensende mit nur 40 Jahren ausbeuten wird: die Erfahrung der Wildnis und dessen, was sie in Menschen auslöst. Jack Londons Prosa lebt von einer Art Wechselstrom: Auf der einen Seite ist er der sozialistische Revolutionär, der Hunger und Armut aus eigener Erfahrung kennt, den Umsturz der bestehenden Verhältnisse predigt und gegen die ungerechte Einrichtung der Welt anschreibt; andererseits verherrlicht er die Härte, die das Meer und »das Nordland« allen Geschöpfen durch ihre unbarmherzigen Bedingungen abverlangen, und preist die unbändige Kraft und nahezu unerschöpflichen Energiereserven, über die verfügen muss, wer hier bestehen will. Dies zusammen ergibt einen bis heute explosiven Mix. Klaro, bei Jack London geht's immer ums Ganze. Er erzählt ums nackte Überleben und vom nackten Überleben. Wer Jack London liest, der weiß, dass alles davon abhängt, wie viel man gebunkert hat: wie viel Mehl, wie viele Streichhölzer, wie lange die Hunde noch laufen können. In Jack Londons Universum gilt die Regel, mit der Philipp Lahm Deutschlands Sieg bei der Fußballweltmeisterschaft 2014 erklärte: Wer mehr Körner hat, gewinnt. Isso.

Es ist oft beobachtet worden, dass Jack London unter der

Oberfläche all seiner häufig genug fantastischen Plots – man denke nur an die antikapitalistische Dystopie »Die eiserne Ferse« oder an den nichts weniger als den Untergang der Menschheit schildernden Pandemie-Roman »Die Scharlachpest« – im Grunde immer von Verwandlungen erzählt: Aus einem Haushund wird ein Wolf (»Der Ruf der Wildnis«), aus einem Wolf ein Hund (»Wolfsblut«), aus einem Schriftsteller ein Seemann (»Der Seewolf«). Und wie Ovid, der Autor der »Metamorphosen«, weiß Jack London, dass solche Verwandlungen erst einsetzen, wenn der Leidensdruck unerträglich wird.

Nirgendwo erzählt London anrührender von einer solchen Transformation als in »Der Ruf der Wildnis«. Darin liegt die bis heute andauernde Zumutung dieses Romans. Und darin liegt seine Größe. Buck ist vier Jahre alt, als ihn ein Gärtnergehilfe für hundert Dollar an eine Bande verrät, die Schlittenhunde an Goldgräber verkauft. In Alaska wird aus dem verzärtelten Haushund ein Überlebenskünstler, der das Recht des Stärkeren nicht nur eingebläut bekommt, sondern dieses auch akzeptiert und darüber erst zum Dieb und dann zum Mörder an dem bisherigen Leithund Spitz wird. London schildert beides als »*den Verfall und das Zerbrechen seines moralischen Wesens, einer nutzlosen Zutat, die bloß ein Hindernis im rücksichtslosen Existenzkampf war. Im Südland, unter dem Gesetz von Liebe und Brüderlichkeit, mochte es gut und schön sein, privates Eigentum und persönliche Gefühle zu respektieren; aber im Nordland, unter dem Gesetz von Knüppel und Reißzahn, war jeder ein Narr, der bei anderen damit rechnete, und im selben Maße, wie er selbst sie beachtete, würde seine Entwicklung gebremst.*«

Wat fürn Schlickefänger! Es ist diese biologistische Seite der Vitalismusphilosophie Jack Londons, die heutigen Leserinnen und Lesern am meisten Kopfzerbrechen bereitet. Weder das Christentum noch Kants Kategorischer Imperativ versehen ihre Moral mit einer vom Breitengrad abhängigen Gültigkeit. Bucks Entwicklung im Norden ist eine Regression: Nach einigen Eigentümerwechseln, die Buck der Gewalt immer untauglicherer Besitzer ausliefert, findet er in John Thornton einen gerechten Herrn, dem er in Liebe anhängt. Als dieser von einem Indianerstamm getötet wird, rächt sich Buck und schließt sich dann einem Wolfsrudel an, wo er sich rasch an die Spitze vorbeißt.

Jack Londons Naturbeschreibungen lassen auch heute niemanden kalt. Es gibt keinen Ausweg aus der Natur, so seine unerwartet aktuelle Botschaft, alle Zivilisation ist nur ein dünner Firnis. Und niemand wird die Kunst bestreiten, mit der Jack London übergangslos von der Perspektive von Buck, dem Hund, in die Sicht von Jack London, dem Künstler, wechselt – und wieder zurück: »*Es gibt eine Ekstase, die den Höhepunkt des Lebens bezeichnet, über den es nicht mehr hinauskann. Das Paradoxe daran ist, dass diese Ekstase gerade dann eintritt, wenn man am lebendigsten und sich dieses Höhepunkts nicht im Geringsten bewusst ist. Diese Ekstase, dieses Vergessen des eigenen Daseins, erfasst den Künstler wie eine Flamme, die ihn aus sich herausreißt; den Soldaten, der voller Kriegswut über das Schlachtfeld stürmt und keine Gnade mehr kennt; und sie erfasste auch Buck, als er mit dem alten Wolfsgeheul die Meute führte und die lebende Beute jagte, die direkt vor ihm durch das Mondlicht floh. Er lauschte in die Tiefen seiner Natur und in Teile seines Wesens, die tiefer als er selbst waren, und kehrte so zurück in den Schoß der Zeit. Er wurde von einer Flut reinen Lebens, von der Brandung des Daseins, der vollkommenen Lust jedes einzelnen Muskels, jeder Sehne und jedes Gelenks überwältigt. Sie war das Gegenteil des Todes, sie glühte*

und raste, sie war Bewegung, die jauchzend unter den Sternen
über das Gesicht der toten erstarrten Materie dahinflog.«

Von Buck zu lesen heißt unkaputtbare Lebensfreude spüren. Aber kapaaftich. Mit Schmackes.

Jack London: »Der Ruf der Wildnis«
Deutsch von Lutz-W. Wolff
DTV, 157 S.

KAPITEL 10

Das Stubbstitut

Ich habe Pudel mit gefärbten Haaren gesehen – zweifarbig gefärbten Haaren und lackierten Krallen. Ich habe ein Wohnmobil mit Wellnessbecken zur Muskelentspannung für laufmüde Labradore gesehen. Ich habe einen Kauknochen in Louis-Vuitton-Optik gesehen, auf dem *Chewy-Vuitton* stand. Ich habe ein Bälle-Bad für Welpen, eine Rettungshundewippe und ein Winkel-Kletter-Kombi-Gerät auf zwei Ebenen gesehen. Ich habe Rentiergeweihe, Weihnachtsmann-Mützen und Weihnachtsstiefel-Pfotenschoner für Hunde gesehen, Hundespielzeug aus Baumwolle, Plüsch, Plastik, Latex, Sisal und Vinyl in Gestalt von Affen, Dinosauriern, Elchen, Elefanten, Eseln, Giraffen, Hasen, Hühnern, Krokodilen, Kühen, Löwen, Moorhühnern, Schweinen und Wölfen sowie in Form von Fußbällen, Footballs, Hanteln, Knochen, Lebkuchenmännern, Sandwiches und Würstchen. Ich habe Reizangeln, Schnüffelteppiche und Wackelbretter getestet. Ich kann nun eine Mühlacker Harfe von einem Frankfurter Kreisel unterscheiden. Ich kenne die Tücken von A-Wänden, Durchsprüngen, Hürden, Mauern, Sacktunneln, Slalomstangen, Steilwänden, Treppen und Viadukten. Ich habe Frisbees, Futterbälle und Kongs in zahllosen Formen, Farben und Größen ausprobiert. Ich weiß jetzt um die Unterschiede zwischen einem Standarddummy, einem Pocketdummy, einem Felldummy, einem Entendummy, einem Wilddummy und einem Futterdummy. Ich habe mir einen Beschäftigungsnapf vorführen lassen, ein Brainboard, eine Poker Box und eine Anti-Schling-Matte. Ich weiß jetzt, was ein Lösewäldchen ist, warum Hundesportler ein Lösewäldchen vor einem Wettkampf mit ihren Hunden aufsuchen und wie ein Lösewäldchen nach dem Ende des Wettkampfs riecht. Ich habe ein Dutzend Coverversionen von »Who let the dogs out?« gehört und viel zu oft das Original. Ich war auf der Bundessiegerprüfung für Turnierhundesport in 28790 Schwanewede.

An der Kaserne 125. So lautet die Adresse des Weser-Geest-Sportparks, wo der HSV Neuenkirchen e. V. und der GPSV Bremen Burg e. V. auf einem ehemaligen Übungsgelände der Bundeswehr am letzten Wochenende im Juli 2015 die Bundessiegerprüfung im Turnierhundesport veranstalten. Niemand kann den dazu nach Schwanewede gekommenen Menschen und Hunden vorwerfen, sie würden ihren Sport nicht ernst nehmen. Ist verbissen das richtige Wort? Jedenfalls weiß nur, wer einmal in einem Fußballstadion über 400 Hundehalter vor aufgezogenem Schwarz-Rot-Gold mit aufs Herz gelegter Hand und stolzgeschwellter Brust die Nationalhymne mitsummen hörte, während ihre vierbeinigen Sportkameraden hechelnd bei Fuß saßen, was es wirklich heißt, deutsch zu sein. Deutsch sein heißt, einen Hund zu halten, sein Wohnmobil hundegerecht umzubauen und seine Freizeit dem Turnierhundesport zu widmen. Einem Verein beizutreten, Vorstand, Kassenwart und Schriftführer zu wählen sowie einen Ausbildungs-, Geräte-, Platz- und Thekenwart. Seine Wochenenden auf dem Übungsplatz zu verbringen. Jugendarbeit zu machen. Sich monatelang auf die Ausscheidungswettkämpfe in der jeweiligen Altersgruppe vorzubereiten. Sich zu schinden. Sich bei Regen, Schnee und Kälte aus dem Bett zu quälen, den Hintern vom Sofa zu schwingen und den Hund hinterm Ofen hervorzulocken. Sich in der Welpengruppe zu engagieren. Den Übungsplatz in Ordnung zu halten. Sich auf Vereins-, Bezirks- und Landesebene zu qualifizieren und dann zur Bundessiegerprüfung in irgendein gottverlassenes Kaff zu fahren. Denn zwei Dinge sind dafür unabdingbar: viel Platz und eine lärmresistente Umgebung. Außerdem richten die Vereine die Bundessiegerprüfung ehrenamtlich aus, brauchen also viele motivierte Mitglieder.

Kaum ist »Einigkeit und Recht und Freiheit für das deutsche Vaterland!« verklungen, blökt sofort wieder »Who let the dogs out?« aus den Stadionlautsprechern. Menschen, die zu einer Bundessiegerprüfung im Turnierhundesport nach Schwanewede fahren, sind komische Menschen. Also schon sehr sympathisch, aber eben auch schon sehr komisch. Diese Hundemenschen in einem Text wie eine Freakshow aussehen zu lassen, ist ein Kinderspiel: schon wie die gehen, wie die stehen, wie die denken, wie die reden, wie die aussehen. Mein neues Lieblingswort lautet Funktionskleidungsvielfalt. Ich bin an diesem Sommerwochenende in der Nähe von Bremen der Einzige, dessen Kleidung nicht atmungsaktiv, flammhemmend, wind- und wasserdicht, isolierend, thermoregulierend und schmutzabweisend ist. Nie bin ich über mich selbst mehr erschrocken als in Schwanewede. Ich sah mich selbst in einem Spiegel, zerbrochen in tausend Scherben. Gerade war ich noch von gelebter Diversität im Multikulti-Mekka am Rhein umgeben, und jetzt das. Wie bin ich nur unter so viele Heten und Kartoffeln geraten? Was hat mich bloß hierhergeführt? Mein Hund. Stubbs ist mein Blindenhund: Er eröffnet mir den Blick in Bereiche des menschlichen Lebens, in die ich bislang nie geschaut habe. Vielem und vielen bin ich nur dank ihm begegnet.

Gertie mit ihren zwei weißen Schäferhunden im Wohnmobil zum Beispiel. Früher sei sie ja immer bloß mitgefahren. Aber als ihr Mann Rolf dann kurz nach der Rente so plötzlich starb – ja, ein Schlaganfall, mitten in der Nacht, obwohl er sich doch immer so fit gehalten habe mit Training für den 5000-Meter-Querfeldeinlauf mit Hund –, da habe Gertie sich ein Herz gefasst und sei dann auch allein auf den Hundeplatz und zu den Turnieren gefahren. Die Hunde mussten schließlich bewegt werden, die waren das viele Training mit Rolf ja gewohnt. Und die Qualifikation sei wirklich nicht schwer in ihrer Altersgruppe. Schön sei auch, dass hier noch so viele Hundesportlerinnen und Hundesportler ihren Rolf gut kannten und gern mit ihr in Erinnerungen schwelgten. Das sei fast so, als wäre er noch ein bisschen da.

Auch Stubbs und Christina wollen in Schwanewede die 5000 Meter querfeldein laufen. Angefangen hatte alles ganz harmlos mit der Aufforderung von Vereinsfreunden im Kölner Polizeihundesportverein, einfach mal mitzulaufen beim Training. Weil sich Christina und Stubbs dabei überraschend talentiert anstellten, erwachte bald auch sportlicher Ehrgeiz. Getragen vom Enthusiasmus nach ersten Erfolgen, fiel es Frau und Hund nicht schwer, an ihrer Kondition zu arbeiten. Staunend nahm ich bald auffallende Veränderungen an beiden wahr. Als wäre das Zauberwort »Mutabor« aus Wilhelm Hauffs Märchen »Kalif Storch« ausgesprochen, entwickelten sie als Team ungeahnte Leistungsfreude. Motiviert bis in die Zehen- bzw. Pfotenspitzen, standen beide in aller Herrgottsfrühe auf, um ihr Trainingspensum zu absolvieren, oder schoben vor dem Abendessen noch eine Laufrunde im Königsforst ein. Die Ergebnisse ließen nicht lange auf sich warten – Christina wurde fitter denn je, Stubbs regelrecht athletisch. Von mir wollen wir an dieser Stelle lieber schweigen.

Vor dem Start in Schwanewede treffen wir eine junge Soldatin, die sich für 13 Jahre verpflichtet hat und an der Bundeswehruniversität in München Luft- und Raumfahrttechnik studiert. Sie wärmt sich mit ihrem Malinois zum Laufen auf und brennt dabei rigoros und mit wie aus einem Zeichentrickfilm anmutender Geschwindigkeit ein Repertoire komplizierter Dehn- und Lockerungsübungen ab, deren Energieaufwand uns den Atem stocken lässt. Wenn das die durchschnittliche Leistungsdichte markiert, wird das ein ganz bitterer Vormittag. Zum Glück startet die Studentin in einer anderen Altersgruppe als Christina, ist aber immerhin freundlich genug, ihr den Tipp zu geben, dass für dieses Geläuf heute *Mud Racer* die Schuhe der Wahl seien. Wir müssen erst mal googeln, was damit gemeint sein könnte: Christina besitzt nur ordinäre Turnschuhe ...

Während ich mit Anekdoten über die südafrikanische Barfußläuferin Zola Budd die Stimmung aufzuheitern versuche, macht sich Christina allmählich Sorgen, als nach und nach die weiteren Teams im Teilnehmerfeld eintreffen. Gestartet wird nach Altersklassen, nicht unterschieden wird jedoch Geschlecht, Größe und Gewicht der vierpfotigen Laufpartner. Aber natürlich ist es ein beträchtlicher Unterschied, ob am anderen Ende der Leine ein Muskelpaket von sieben Kilo oder 35 Kilo zieht. Ich war überrascht, als Christina mir erzählte, dass man mit Hund nicht etwa langsamer läuft, wie ich gedacht hatte, sondern tatsächlich schneller: Die Zugwirkung des voranpreschenden Tiers ist nicht zu unterschätzen. Natürlich läuft man nicht mit dem Hund am Halsband, das würde die Halswirbel viel zu sehr belasten, sondern mit einem rückenschonenden Geschirr. Stubbs zählt im Teilnehmerfeld definitiv zu den Kleinsten, die an den Start gehen. Mut macht allerdings Victor, ein Mini-Bullterrier-Rüde, dessen rosa Geschirr und Bauchgurt alle Gender-Annahmen ad absurdum führen. Sein Frauchen erzählt, dass Victor auch sonst einen lebenden Widerspruch gegen alle Zuschreibungen darstellt: Anders als Mini-Bullies vielfach unterstellt, ist er nicht faul, sondern so bewegungsversessen, dass er sich beim Laufen regelmäßig übernimmt und auf den letzten Metern nicht selten über die Ziellinie getragen werden muss, um dem sicheren Kreislaufkollaps zu entgehen.

Gestartet wird mit zeitlichen Abständen von jeweils einer Minute. Als Christina und Stubbs auf der Strecke sind, geht als nächstes Laufpaar eine mittelalte Dreadlocksträgerin mit einem unkastrierten Dobermann-Rüden an den Start: 37 Kilo dampfendes Testosteron unter glänzend schwarzem Fell mit braunen Pfoten. Auch der Name des Tiers, Rocco, trägt nicht zu meiner Beruhigung bei. Offenbar nimmt der Dobermann Stubbs eher als eine Art Flying Dinner wahr, denn er prescht mit hochgestellten spitzen Ohren und raumgreifenden Sprüngen los, als gälte es, einen Frisbee einzufangen. Ich habe mir inzwischen auf der Laufstrecke einen Sandhügel gesucht, von dem aus ich den Rennverlauf gut verfolgen kann, und sehe, wie der Dobermann und die Rastafrau rasch zu Christina und Stubbs aufschließen. Die beiden spüren den heißen Verfolgeratem im Nacken und beschließen, lieber Platz zu machen und

Rocco und sein Frauchen vorbeitraben zu lassen, auch wenn sie durch diese Vorsichtsmaßnahme einige Sekunden verlieren. Aber im weiteren Verlauf des Rennens stellt sich zu meiner Verblüffung heraus, dass der Dobermann überpaced hat. Am Anstieg einer Sanddüne bei Kilometer vier ziehen Christina und Stubbs recht mühelos, wenn auch in deutlichem Respektabstand an den Ausgepowerten vorbei, am Ende landen Rocco und Frauchen hoffnungslos abgeschlagen unter den Letzten.

Es sind solche Überraschungen, die jedes Rennen offen und interessant gestalten, und das gilt natürlich auch für den Turnierhundesport. Auch wenn ich zugeben muss, dass ich selbst nie damit geliebäugelt habe: Meine Abneigung gegen deutsche Vereine ist geblieben, mein Respekt allerdings gewachsen. In Schwanewede werden Erwachsenen-Wettbewerbe in vier Disziplinen durchgeführt: Neben Geländeläufen zu 2000 und zu 5000 Metern gibt es noch den Combinations-Speed-Cup, abgekürzt CSC, ein Mannschafts-Staffellauf über eine Hindernisstrecke mit drei Läufern und Hunden pro Team, und den Vierkampf, der so wie der Zehnkampf in der Leichtathletik gern als die Königsdisziplin des Turnierhundesports bezeichnet wird. Ein Vierkampf besteht aus einer Gehorsamsübung, in der Sitz-, Platz- und Stehübungen, die Leinenführigkeit und die sogenannte Freifolge überprüft werden. Als zweites folgt dann ein Hürdenlauf über 60 oder 80 Meter mit vier oder sechs 30 Zentimeter hohen Hürden. Dann ein zwischen 55 und 75 Meter langer Slalomlauf ohne Leine, in der Hund und Läufer einen Zick-Zack-Parcours mit 1 Meter 40 breiten Slalomtoren absolvieren müssen. Zum Schluss ein 75-Meter-Hindernislauf, in dem der Hund Hürden, Schrägwände, Tun-

nel, Durchsprünge, Hoch-Weit-Sprünge und Laufdielen überwinden muss, während sein Mitläufer neben ihm herrennt.
Verblüffenderweise schafft es der Hund dennoch meist vor
dem Herrchen oder Frauchen über die Ziellinie.

Christina und Stubbs ziehen aus Schwanewede mit einer
Medaille und einer Urkunde ab: ein respektabler elfter Platz
verbunden mit einer neuen persönlichen Bestzeit und der
Qualifikation zur Deutschen Meisterschaft. Wir alle drei können nach dieser Erfahrung die Einsicht bestätigen, dass Zu-
gehörigkeit immer nur ein Angebot ist. Wir waren nun also
bei der Bundessiegerprüfung für Turnierhundesport – aber
macht uns das zu Hundesportlern? Auf der Rückfahrt nach
Köln überlegen wir, was für höchst unterschiedliche Menschen wir im Lauf der letzten 48 Stunden kennengelernt
haben: Architektinnen und Bierbrauer, Straßenbahnfahrer,
Försterinnen, Krankenpfleger, Gastronomen, Buchhändlerin-
nen, eine Querflötistin in einem Symphonieorchester, Gärtner, Versicherungsmathematikerinnen und Kindergärtnerin-
nen und Beamte städtischer Kommunalverwaltungen, Lehrer,
Schreiner, zwei 13-jährige Schülerinnen, die mit ihren Collies
in der 4 x 400 m Jugendstaffel antraten, und ein schwules
Paar, das vom Hundespielzeugverkauf auf Flohmärkten lebt.
Immer wenn ich auf einen Schlag so vielen Menschen ausgesetzt bin und drohe, Überdruss am Zuviel von Gesellschaft zu
entwickeln, muss ich an einen Satz von Samuel Johnson denken: »The man who is tired of London is tired of life.« Ich will
nicht lebensmüde sein, denke ich mir. Aber hundemüde bin
ich schon, und auch Stubbs schläft sichtlich ausgepowert die
ganze Rückfahrt über auf meinem Schoß. Die Welt ist groß
und bunt und wunderschön. Es sind solche Tage, die mir im-

mer wieder den Titel von Anthony Trollopes Roman von 1875 »The Way We Live Now« in Erinnerung rufen. Trollope schrieb eine Satire auf die viktorianische Gesellschaft, ich empfinde die Freude an der Vielfalt eines demokratischen Gemeinwesens aber ganz ernst.

Die Geschichte der Literatur lässt sich von Beginn an als Queste erzählen: Auszug und Heimkehr der im Lauf der Reise veränderten Helden mit oder ohne ihre menschlichen und tierischen Begleiter. Wie oft habe ich auf Reisen meinen Hund vermisst. Eine Zeit lang war es so schlimm, dass ich einen kleinen Stoffhund mit in den Koffer steckte, der Stubbs von der Fellfärbung her sehr ähnlich sieht: das sogenannte »Stubbstitut«. Kitschig, sentimental und rührselig? Unbedingt. Aber wer sagt denn, dass man als Erwachsener nicht gelegentlich kitschig, sentimental und rührselig sein darf?

Wie lautet der alte Witz, wonach es zwei Sorten Hundebesitzer gibt: diejenigen, die bereitwillig einräumen, dass ihr Hund im Bett schläft, und die anderen ...? Ich wäre an den meisten Tagen des Jahres, an denen ich allein unterwegs bin, schon verdammt froh, wenn Stubbs wie gewohnt wenigstens auf seinem Liegekissen neben meinem Bett schliefe. Aber so schön eine gelegentliche Abwechslung auch ist, die meisten Hunde schätzen vertraute Abläufe und ihr angestammtes Revier. Im Verlauf eines langwierigen Lernprozesses habe ich mich damit abfinden müssen, dass meinetwegen ich ja aufs Reisen erpicht und ein unternehmungslustiger und unsteter Wandervogel sein mag, nicht aber zwangsläufig auch mein Hund. Das ist ja überhaupt ein Signum des Erwachsenseins: die Fähigkeit, von den eigenen momentanen Wünschen und Begehrlichkeiten zu abstrahieren und sich vorstellen zu kön-

nen, dass das Gegenüber blöderweise momentan gar nicht das will, worauf man selbst gerade die allergrößte Lust hat. Kindergartenwissen, mag man einwenden: – leider – oder zum Glück? – aber der Stoff, aus dem der Alltag ist.

Zu meinem Alltag gehört seit über zehn Jahren ein feststehendes Ritual. Wann immer ich nach Hause komme und den Schlüssel im Haustürschloss drehe, brandet ein sich überschlagendes Belcanto-Gebell auf. Stubbs steht dann hinter der Wohnungstür und harrt meiner mit einem Stofftier seiner Wahl im Maul. Mal ist es Camelia, ein Dromedar (ein Mitbringsel aus dem Kaufhaus Harrods in London), mal Mr Fox, Mrs Fox oder Füchsle (eine Reverenz an den großen Roald Dahl – drei unterschiedliche Fuchspuppen), mal Brutus (ein Stoffhase), mal ein Gummiball in Form einer Hummel, den Stubbs der Schauspieler Dietmar Bär geschenkt hat, weil er in dem amerikanischen Zeichentrickfilm »Pets« einen Hund synchronisierte. Doch was immer Stubbs gerade zur Wohnungstür schleppt, ich lasse sofort alles stehen und liegen, um in einer irren Mad-Hatter-Polonaise erst um den Küchentisch und dann durch die Wohnung zu flitzen und mit Stubbs als Anführer Follow-the-Leader zu spielen. Ist das verrückt? Ist das albern? Ist das kindisch? Unbedingt. Aber mir doch egal. Wer hat schon Lust, den ganzen Tag erwachsen zu sein? Ich jedenfalls nicht.

Ich bin inzwischen 56 Jahre alt, und wenn ich von einem überzeugt bin, dann von der Notwendigkeit, mein ernstes Erwachsenenleben öfters mal mit etwas Albernheit durchzulüften. Dazu ist ein Hund eine extrem wertvolle Hilfe. Denn ein Hund stellt all unsere Prioritäten radikal infrage und ist ein stets zur lustvollen Anarchie anstiftender Lebenskumpan.

Genau das, was mir in meinem Leben so oft und so lange gefehlt hat, realisiere ich heute.

Seit der Antike wimmelt unsere Literatur von Hinweisen auf sogenannte Schwanzmenschen, auch Marco Polo und Christoph Kolumbus berichten davon. Uns modernen Menschen fehlt ganz klar ein Schwanz. Wäre es nicht toll, wie das Marsupilami aus dem Comic von André Franquin seinen die Körperlänge um ein Vielfaches überragenden Schwanz aufs Wundervollste als Kletterhilfe und Balanceorgan zu benutzen? Noch heute meine ich gelegentlich, an meinem Steißbein einen Phantomschmerz wahrzunehmen, wo uns Menschen im Lauf der Evolution vor Jahrmillionen der Schwanz abhandengekommen ist. Schade eigentlich! Wäre es nicht herrlich, am Bahnhof das Eintreffen der Geliebten durch Wedeln anzeigen zu können? Sich darauf beim müßigen Herumstehen auf Cocktailempfängen und Gartenpartys locker abzustützen? Oder noch schöner: seiner jeweiligen Gestimmtheit damit Ausdruck verleihen zu können? Wie wunderbar, auf einer Bühne seiner Ungeduld mit den Ausführungen des Gegenübers durch das Trommeln der Schwanzspitze auf den Boden Luft zu machen. Man könnte nervös mit dem Schwanz hin und her zappeln, wenn einem ein Thema nicht behagt oder um Ungeduld zu signalisieren. Oder den Schwanz in Form eines Fragezeichens erheben oder im Fall von energischem Widerspruch peitschend herabfahren lassen. Stubbs kann auf hunderterlei Art wedeln. Auffordernd, alarmiert, bedrückt, begeistert, beschwichtigend, besorgt, beunruhigt, bittend, drängend, deprimiert, entschuldigend, ermutigend, flehend, fragend, freudig, frustriert, horchend, hungrig, missmutig, nachdenklich, niedergeschlagen, schelmisch, schuldbewusst, verängstigt, verliebt, verschlafen, verunsichert, Verzeihung suchend, wütend, zornig, zweifelnd. Ach, hätte man doch auch so einen Schwanz, die Ausdrucksmöglichkeiten wären schier unerschöpflich.

Aber wieso kann ich die Gefühlslage meines Hundes überhaupt so genau lesen? Warum kommen wir eigentlich so gut mit Hunden aus? Weshalb gelingt es Hunden so spielend leicht, mit uns zu kommunizieren? Wieso können sie so gut unsere Stimmungen deuten? Mensch und Hund teilen nicht nur dieselben Mechanismen des Gehirns, mit denen wir mittels Peptid- und Steroidhormonen unser Sozialverhalten regeln, wir teilen auch dieselben emotionalen Grundkoordinaten miteinander. Mit anderen Worten: Wir leben in derselben Gefühlswelt. Wer an den großen Unterschied zwischen Mensch und Tier glauben möchte, wird das Folgende vielleicht ungern lesen: Wir unterscheiden uns vom Rest der Wirbeltiere in unserem Sozialverhalten und Affektsystem nicht halb so sehr, wie wir uns das vielleicht einbilden möchten. Zwar wird der Frontallappen unseres Gehirns gern als »Organ der Zivilisation« bezeichnet, aber falls dem so ist, dann teilen wir diese Zivilisation mit unseren Hunden. Nicht nur ist dieser Frontallappen bei Mensch und Hund Sitz der Persönlichkeit, sondern er ist auch für Grundemotionen wie Liebe, Bindung und sexuelle Lust, elterliche Fürsorge, Neugier, Furcht und Angst, Aggression und Panik verantwortlich. Der Wolfsforscher Kurt Kotrschal schreibt in »Hund und Mensch – das Geheimnis unserer Seelenverwandtschaft«: »Wir teilen mit Hunden und anderen Säugetieren aber nicht nur die grundlegenden Emotionssysteme, sondern auch das Prinzip, wie die innere Gestimmtheit mittels Körpersprache und Mimik kommuniziert wird. Wie das Gegenüber – gleich ob Mensch oder Hund – ›drauf‹ ist, fröhlich oder eher niedergeschlagen, kann man gewöhnlich gut erkennen. Damit aber nicht genug. Die Stimmung des Gegenübers wirkt auch ansteckend. Und zwar nicht, indem der Verstand uns mitteilt, wie sich der andere fühlt, sondern durch ein System sogenannter Spiegelneurone, die für eine reflexartige Umsetzung der beobachteten Emotionen in die eigene Gestimmtheit sorgen. Eine fröhliche Freundesrunde steckt emotional daher ebenso an wie ein freundlicher Hund, denn Spiegelneurone funktionieren nicht nur zwischen Artgenossen.«

Fernweh, Reisefreude und Wanderlust zählen nicht zu Stubbs' hervorstechendsten Emotionen, er ist eher ein Freund der Routine und fester Tagesabläufe. Aber natürlich will er um jeden Preis immer dabei sein. Unzählig die Berichte von Hunden, die in die zum Packen geöffneten Koffer ihrer Halter klettern, um diesen nachdrücklich zu signalisieren: Nimm mich mit! Stubbs steigt in diesen Fällen gern in seine Reisetasche, die wir für Flugreisen angeschafft haben. Die Tasche, deren Reißverschluss normalerweise weit offen steht, ist aber auch Stubbs bevorzugter Ort, um sich genüsslich zu wälzen, was er mindestens einmal am Tag unmittelbar nach dem Aufstehen macht. Steigt er aus freien Stücken in die Tasche und wedelt erwartungsvoll, ist dies unfehlbar ein Hinweis, dass unser Hund nun Lust auf eine Abwechslung verspürt.

Viel haben wir auf den gemeinsamen Reisen erlebt. Einmal wurden wir sogar zu Passfälschern, als unser Tierarzt vergessen hatte, eine zur Einreise nach Großbritannien notwendige Bandwurmbehandlung in Stubbs' Impfausweis zu dokumentieren. Die Zollbeamten an der französisch-britischen Grenze in Calais glaubten uns freilich nicht, als wir mit Hund auf die Fähre nach Dover fahren wollten. Ich war am nächsten Vormittag mit Julian Barnes in London zum Interview verabredet, hatte ein Hotel in Sussex gebucht und einen Tisch fürs Abendessen reserviert ... Und natürlich war, um unser Glück vollzumachen, zudem Wochenende. Über Handy einen Notdienst versehenden Tierarzt in Calais aufzutreiben beanspruchte unsere Französischkenntnisse eigentlich schon bis weit über ihre Grenzen hinaus. Schließlich schafften wir es, der Tierarzt führte die Entwurmung gegen ein stattliches Feiertagshonorar auch erneut durch, stellte sich aber stocktaub gegen all unsere Bitten, den Behandlungstag 24 Stunden vorzudatieren. Ich sah mich schon ohne Frau und Hund nach England reisen, bis Christina nach einem Blick in Stubbs' Pass die rettende Idee kam, dass man mit einem Federstrich aus der 9 im Datum auch eine ganz brauchbare 8 machen konnte. Gesagt, getan. Unser schlechtes Gewissen hielt sich in Grenzen, schließlich war die medizinische Prozedur ja erfolgt, nur eben nicht schriftlich festgehalten. Wir schwitzten dennoch Blut und Wasser, als wir, um ganz auf Nummer sicher zu gehen, diesmal über den Eurotunnel eine erneute Einreise versuchten, aber das Schurkenstück gelang. Unbeschreiblich unsere diebische Freude beim Abendessen in unserem Hotel inmitten der sanften grünen Hügel von Sussex, den schikanierenden Bürokraten eins ausgewischt zu haben. Stubbs bekam ausnahmsweise ein Stück Steak vom Tisch.

Oft haben wir uns mit Stubbs im Ausland gefragt, ob er so wie wir Kommunikationsschwierigkeiten zu bewältigen hat. Schon unterschiedliche menschliche Sprachen transkribieren Hundegebell ganz verschieden – aus dem deutschen »Wau

wau« wird im Englischen ein »Bow-wow«, »woof woof« auf
Französisch und Portugiesisch, »guau guau« auf Spanisch, auf
Finnisch »hau hau«, in Italien wird das Bellen durch ein »bau-
bau« in Worte gefasst, auf Niederländisch durch »woef woef«
und auf Schwedisch mit einleuchtendem Versalieneinsatz
durch »voff VOFF«. Interkontinentalreisen haben wir Stubbs
nie zumuten wollen, aber im Lauf seiner bisherigen elf Le-
bensjahre ist unser Hund in Europa ganz schön herumgekom-
men. Er hat die notorische Grünflächenknappheit Venedigs
ebenso schmerzhaft am eigenen Leib erfahren wie die Gefahr,
bei Bootstouren über Bord zu gehen. Zwar besitzt Stubbs eine
Rettungsweste, aber bei längeren sommerlichen Schiffsurlau-
ben ist diese doch sehr lästig. So mussten wir unseren Hund
einmal aus dem Wasser retten, als er beim morgendlichen
Gassigang im Überschwang einmal nicht mit der vom Mor-
gentau rutschigen Gangway gerechnet hatte – zum Glück für
alle Beteiligten war das Malheur durch Christinas beherzten
Zugriff am Nackenfell rasch behoben. Auf ganz andere Weise
in Lebensgefahr geriet Stubbs im Retiropark in Madrid, als
er sich mit einem Windhund im Wettrennen messen wollte.
Der mit der Geschwindigkeit eines Velociraptors aus »Jurassic
World« in einem langen Oval durch den Park wetzende Galgo
löste in Stubbs einen noch nie da gewesenen Laufdrang aus.
Als hätte er die rot glühenden Märchenschuhe an den Pfoten,
musste er dem immer schneller laufenden Windhund unentwegt folgen – ohne Rücksicht auf die Hitze oder unsere immer
verzweifelteren Bemühungen, ihn zum Innehalten zu bewe-
gen. Was als amüsantes Spiel begann, eskalierte zusehends.
Erst mit der Zeit wurde uns klar: Was immer ihn antrieb,
Stubbs rannte buchstäblich um sein Leben. Schon fürchteten

wir einen Kreislaufkollaps, als es uns endlich mit einem an American-Football erinnernden Tackle-Manöver gelang, den Hund hechelnd und mit zitternden Flanken zum Stehen zu bringen. Ich erinnere mich noch an den verwirrten Blick von Stubbs, der uns ansah, als wäre er aus einer Trance erwacht. Erstaunlicherweise schenkte er danach dem unverdrossen weiterlaufenden Windhund keine weitere Beachtung.

Stubbs weiß mit Blanche DuBois aus Tennessee Williams »Endstation Sehnsucht«, dass wir alle auf die Freundlichkeiten von Fremden angewiesen sind. Nach ungezählten Stunden, die wir, einander abwechselnd, mit Stubbs vor den Toren von Museen und Ausstellungshallen in ganz Europa zugebracht haben, erinnern wir uns denn auch dankbar an einen hunde-freundlichen Kartenverkäufer des Museums Plantin Moretus in Antwerpen, der Christina den Tipp gab, Stubbs doch ein-fach in ein Tragetuch zu wickeln, das sie eingesteckt hatte, falls der Hund auf unseren ausgedehnten Exkursionen durch die Stadt mal müde Pfoten bekommen sollte. Zwar musste der hilfsbereite Portier erst noch eine aufgebrachte Kollegin be-ruhigen, der so viel Hundeliebe offenbar gegen die Dienstehre und über die Hutschnur ging, doch auf diese Weise konnten wir ausnahmsweise einmal gemeinsam zu dritt ein Museum besuchen, das zu den spannendsten Dokumentationsorten europäischer Buchkultur zählt. Dass uns dieser Museums-wärter noch in so angenehmer Erinnerung ist, liegt freilich daran, dass er eine rare Ausnahme darstellt. Die meisten Mu-seen reagieren auf Hunde wie Friseure auf Läuse. Längst hat uns dieser unverhohlene Hundehass in die Illegalität getrie-ben. Mittlerweile sind wir daher dazu übergegangen, Stubbs in seiner Reisetasche, die wie eine etwas überdimensionierte

Damenhandtasche aussieht, in das eine oder andere Museum oder Restaurant einzuschmuggeln. Denn seien wir ehrlich: Kunstgenuss macht genau wie Essen gemeinsam einfach mehr Spaß. Auf diese Weise hat Stubbs schon Herculaneum und einige andere archäologische Ausgrabungsstätten gesehen. Vielleicht sollten einige Museumsleitungen und Wirte die Coronakrise mal dazu nutzen, sich durch den Kopf gehen zu lassen, ob sie wirklich ganz so rigide Hundeverbote erlassen müssen. Oder könnte eine Lösung vielleicht so aussehen wie der berühmte Hundebadetag in deutschen Freibädern, an dem am Saisonende vor Ablassen des Wassers die vierbeinigen Schwimmfreunde eingeladen werden, sich in den Becken abzukühlen?

Erst auf Reisen wird einem klar, dass das Verhältnis zum Hund keineswegs überall so eng und herzlich ist wie in Deutschland. In Apulien wurden wir bei der Rückgabe eines Avis-Mietwagens einmal für eine Sonderreinigung um 250 Euro geschröpft, weil sich Hundehaare auf der Rückbank fanden. Offenbar sammelt eine studierte Fachkraft die bei Avis Apulien mit goldenen Pinzetten auf. Sich über so was aufzuregen bringt gar nichts – wer seinen Hund liebt, lernt löhnen ohne zu stöhnen. Am schlimmsten ist die grassierende Hundefeindlichkeit in Südfrankreich und Spanien. Der Gipfel war ein Grand Hotel in San Sebastián, das uns 60 Euro pro Nacht für Stubbs abknöpfte. Bei der Anreise wurde uns dennoch eine vierseitige Erklärung zur Unterschrift vorgelegt, mit der wir uns verpflichteten, den Hund weder in die Lobby, das Restaurant, die Bar oder die Lounge mitzunehmen, aber auch unter keinen Umständen allein auf dem Hotelzimmer zu lassen. Absurdistan ist überall ... Das Gegenteil bewiesen viele Hotels, die den angemeldeten Vierbeiner mit Schlafdecke, Wasser- und Futternäpfen sowie hoch willkommenen Leckereien begrüßten, sogar der eine oder andere Stoffknochen und sonstiges Spielzeug war dabei.

Wer einen Hund hat, darf nicht knausrig sein. Futter, Medizin, Steuer, Hundeschule, Hundebetreuung – mit rund tausend Euro im Jahr muss man als Minimum für das Tier schon rechnen. Andererseits geht es auch andersherum: So manches Tier ist eine gute Partie ... Angeblich hat Oprah Winfrey ihre Golden Retriever und Cockerspaniel namens Luke, Layla, Sadie, Sunny und Lauren testamentarisch mit 30 Millionen Dollar bedacht. Die hartherzige New Yorker Immobilienmagnatin Leona Helmsley mit dem schönen Spitznamen »Queen of Mean« hinterließ ihrer Malteserhündin Trouble zwölf Millionen Dollar. Und während Choupette, die Katze Karl Lagerfelds, auch zwei Jahre nach dem Tod des Modeschöpfers offenbar immer noch auf ihr Millionenerbe wartet, hält sich bis heute hartnäckig ein Paradebeispiel von Fake News in den Medien. Als reichster Hund der Welt wird immer wieder ein Deutscher Schäferhund namens »Gunther V.« angeführt, ein Nachkomme von Gunther III., dem eine in Florida residierende Gräfin namens Karlotta Liebenstein 1991 angeblich ein beträchtliches Vermögen hinterließ, das dank kluger Investitionen inzwischen auf 372 Millionen Dollar angewachsen sei. Ein Chefkoch verwöhne die Luxustöle jeden Tag mit köstlichen Leckereien, sofern sie sich nicht in ihrer Prachtlimousine mit Chauffeur in Restaurants fahren ließe; ein Privatjet ermögliche das Pendeln zwischen mehreren Residenzen an der Côte d'Azur, Italien, den Bahamas und Florida. Zwar hat man die Mär vom Schäferhund-Millionär immer wieder als Ente enttarnt, doch die Geschichte ist offenbar zu schön, um nicht wahr zu sein ... Eines aber steht fest: Stubbs ist unbezahlbar und definitiv not for sale.

Mittelerde im Visier

J. R. R. Tolkien: »Roverandom«

Boah, hömma! Kann mir mal einer verklickern, wieso Tolkiens »Roverandom« nich die bekannteste Hundegeschichte der Welt is? Ich könnt im Sechseck springen, wenn alle sich dauernd über »Der Herr der Ringe« und »Der Hobbit« auskoddern, und keine Sau kennt »Roverandom«. Dabei liest sich diese Erzählung wie die Hundeversion von Otfried Preußlers »Der kleine Wassermann« und »Die kleine Hexe« – nur sehr viel lustiger, richtig zum sich Beömmeln. Allein schon in Tolkiens Sprache kann man sich hineinschmiegen wie in eine Kaschmirdecke – hier die Anfangssätze: »*Es war einmal ein kleiner Hund, und sein Name war Rover. Er war sehr klein und sehr jung, sonst wäre er schlauer gewesen; und er war sehr fröhlich, als er im Sonnenschein im Garten mit einem gelben Ball spielte, sonst hätte er niemals das getan, was er dann tat.*

Nicht jeder alte Mann mit zerlumpten Hosen ist ein böser alter Mann: Einige sind Lumpensammler und haben selber kleine Hunde; und andere sind Gärtner; und einige wenige, sehr wenige sind Zauberer, die an einem Feiertag umherstreifen und nach etwas Ausschau halten, das sie anstellen können. Dieser hier war ein Zauberer, der, der jetzt in die Geschichte hineinspazierte. Er kam in einem zerlumpten alten Mantel über den Gartenpfad geschlurft, eine alte Pfeife im Mund und einen alten grünen Hut auf dem Kopf.«

Bärenstark! So meldet sich ein Meistererzähler zu Wort.

Schwache Stellen, Leerlauf, Redundanz? Is nich. Nich bei John Ronald Reuel Tolkien. Am Anfang von »Roverandom« stand tatsächlich ein im Sand verlorener Spielzeughund. 1925 machen die Tolkiens Urlaub im englischen Nordseebad Filey. Tolkiens Kinder John und Michael unternehmen dort einen Strandspaziergang. Als sie zurückkehren, hat Michael seinen heiß geliebten Spielzeughund verloren. Gibt natürlich ein Riesen-Tillefitt deswegen. Um Michael zu trösten, beginnt der soeben mit gerade einmal 33 Jahren frisch zum Rawlinson-&-Bosworth-Professor für Angelsächsisch in Oxford ernannte Tolkien eine Geschichte über einen frechen jungen Hund namens Rover, der sich ausgerechnet mit einem übel gelaunten Zauberer anlegt. Der heißt Artaxerxes, ist über zweitausend Jahre alt und stammt ursprünglich aus Persien, aber jemand, den er auf der Straße traf, schickte ihn aus Versehen ins ähnlich klingende englische Pershore (jedenfalls ähnlich klingend, wenn man ans englisch ausgesprochene »Persia« denkt), und seither lebt Artaxerxes eben in Großbritannien und ist ganz scharf auf Apfelwein.

Ich find solche typisch britischen Skurrilitäten ja knuffig. Und so lustig versponnen, alltagsfern und urlaubsentspannt entrollt sich denn auch diese Erzählung über einen kleinen Hund namens Rover, der unbesonnenerweise dem Hexenmeister Artaxerxes ein Stück aus seiner Hose reißt und von diesem zur Strafe rubbeldiekatz in eine wenige Zentimeter große Spielzeugfigur verwandelt wird. Als ihn dann auch noch sein neuer Besitzer – natürlich ein kleiner Junge mit dem Spitznamen »Nummer Zwei« – auf einem Spaziergang am Strand verliert, scheint die Lage für Rover wirklich aussichtslos ... echt Panhas am Schwenkmast!

Doch wo Gefahr ist, weiß ich als Angehöriger eines schwäbischen Bildungshaushalts mit Hölderlin, wächst das Rettende auch. In Rovers Fall trägt die Rettung den Namen Psamathos Psamathides. Der ist seines Zeichens ein Sandzauberer und trifft den verwunschenen armen Rover am Strand – getreu dem schon zu Beginn von »Roverandom« formulierten Erzählprogramm *»Du weißt nie, was als Nächstes passiert, wenn du dich einmal mit Zauberern und ihren Freunden eingelassen hast.«*

Leider ist Artaxerxes aber ein ausgesprochen übel nehmerischer Kerl, ach was: ein richtiger Kotzbrocken, Muffkopp und Quacksack. Deshalb klappt das mit der Rückverwandlung Rovers in seine natürliche Gestalt nicht so ohne Weiteres. Um die Wut des Hexenmeisters abklingen zu lassen, verfrachtet Psamathos Psamathides Rover erst mal auf den Rücken einer Möwe und schickt ihn auf eine lange Reise: *»›Das ist die Insel der Hunde‹, sagte Möwe, ›oder besser die Insel der Verlorengegangenen Hunde, wohin alle verschwundenen Hunde gehen, die es verdienen oder Glück haben. Es ist kein übler Platz für Hunde, habe ich gehört; und sie können so viel Lärm machen, wie sie wollen, ohne dass ihnen jemand sagt, sie sollen ruhig sein, oder etwas nach ihnen schmeißt. Sie machen ein wundervolles Konzert, alle bellen sie zusammen ihr Lieblingsgejaule, immer wenn der Mond hell scheint. Es soll dort auch Knochenbäume geben, mit Früchten wie saftige Fleischknochen, die von den Bäumen fallen, wenn sie reif sind. Nein! Da fliegen wir jetzt nicht hin! Verstehst du, man kann dich eigentlich nicht wirklich einen Hund nennen, obwohl du kein Spielzeug mehr bist. Tatsächlich hat es Psamathos ziemliches Kopfzerbrechen bereitet, glaube ich, was er mit dir anfangen sollte, als du sagtest, dass du nicht nach Hause wolltest.‹*

›Wohin fliegen wir denn?‹ fragte Rover. Er war enttäuscht, dass er sich die Insel der Hunde nicht genauer anschauen konnte, nachdem er von den Knochenbäumen gehört hatte.

›Geradewegs den Mondpfad hinauf zum Rand der Welt und dann über den Rand und auf den Mond.‹«

Schön, nich? Und gesagt, getan: Auf dem Mond erwartet sie ein Kumpel von Psamathos Psamathides – niemand Geringerer als der Mann im Mond. Der lebt mit einem Hund namens Rover in einem weißen, von rosafarbenen und mattgrünen Linien durchzogenen Turm. Und weil zwei Hunde mit gleichem Namen einen nur ganz Konfuzius machen, wird unser irdischer Rover kurzerhand in Roverandom umbenannt und nicht etwa in Jadehase, denn als Tolkien das schrieb, hatten die Chinesen noch keinen Rover auf dem Mond. Tolkien geht in der Beschreibung von Fauna und Flora auf dem Mond in die Vollen: Riesige weiße und schwarze Spinnen jagen unentwegt Mondstrahlen, neben gefährlichen Schwertfliegen und Glaskäfern gibt es Einhörnchen und Schattenfledermäuse, aber auch Kaninchen, die – Mistikack! – ebenso schwer zu erwischen sind wie auf der Erde, und reichlich Schafe. Zur einfacheren Fortbewegung auf dem Mond wird Roverandom mit einem Paar Flügel ausgestattet, die er auch bitter nötig hat, als er und Rover einen riesigen weißen Drachen aufstöbern, der Roverandom im Zuge einer heftigen Verfolgungsjagd mit seinem feurigen Atem den Schwanz versengt. Ich krieg bei jedem Wiederlesen immer noch die große Flatter.

Auf der Erde hat mittlerweile Artaxerxes Sternkes inne Augen und auf Vermittlung des Sandzauberers Psamathos Psamathides eine Nixe geheiratet, die zehntälteste Tochter des reichen Meerkönigs. Mit diesem Arrangement ist allerdings das Amt des »Pazifischen und Atlantischen Magiers«, kurz PAM genannt, verbunden, was eine Übersiedlung in den Palast des Meerkönigs am Grund des Ozeans erfordert. Also muss Roverandom Artaxerxes dorthin folgen. Auch dort lebt ein Meer-Hund namens Rover, der zunächst auf

den Eindringling von der Erdoberfläche gar nicht gut zu sprechen ist. »*Tatsächlich wurden sie bald gute Freunde – vielleicht nicht so gute wie Rover und der Mond-Hund, wenn auch nur, weil Rovers Aufenthalt unter Wasser kürzer war und diese Tiefen für kleine Hunde nicht so kurzweilige Orte sind wie der Mond, denn sie waren voll von dunklen und schaurigen Winkeln, in denen es nie hell war und nie hell sein wird, weil sie niemals enthüllt werden, bis alles Licht entschwunden ist. Entsetzliche Wesen hausen dort, unvorstellbar alt, gefeit gegen alle Zaubersprüche, unermesslich riesig. Artaxerxes hatte das bereits herausgefunden. Das Amt des PAM ist nicht gerade das angenehmste auf der Welt.*«

Artaxerxes dachte dabei ja mehr an so eine Sesselpupser-Stellung, aber da hat er sich schwer geschnitten. Weil Artaxerxes Roverandom immer wieder vertröstet, hat dieser reichlich Gelegenheit, Abenteuer auf dem Meeresgrund zu erleben. Er gewöhnt sich an die fischigen Abendessen und jachtert mit Meerfeen, See-Kobolden und den Tausenden von Enkelkindern des Meer-Königs durch die Gegend. So wie Roverandom vom Mann im Mond ein Paar Flügel zur besseren Erkundung der Mondoberfläche erhielt, wird er auf dem Meeresgrund mit Schwimmfüßen und einem flachen Schwanz zum Navigieren ausgestattet. Bei aller kindgerechten Erzählweise: Der erwachsene Tolkien wollte auch seinen Spaß haben und ein bisschen Spökes machen. Das merkt man insbesondere seinen scharfzüngigen Anmerkungen zur Dynamik eines Ehelebens am Beispiel der Ehe von Artaxerxes und der Meernixe an oder seiner Schilderung, wie sich der Meermagier trotz heißer Bemühungen bei der ozeanischen Bevölkerung immer unbeliebter macht. Doch Tolkiens Erzählweise ist auch ein keineswegs naives, sondern durch und durch ehrliches Staunen über die Komplexität der Welt eingeschrieben, das später in seinen Beschreibungen von Mittelerde zum Tragen kommt. Einen kleinen Vorschein auf Mittelerde gibt es denn auch schon in »Roverandom«. Uin, der älteste der Walfische, nimmt Rover und Roverandom mit auf einen Ausflug: »*Ein anderes Mal nahm er sie mit auf die andere Seite (wenigstens so weit, wie er es wagte), und das war eine noch längere und aufregendere Reise, die wunderbarste aller Reisen Roverandoms, wie ihm später klar wurde, als er zu einem älteren und klügeren Hund herangewachsen war. Man brauchte mindestens eine ganze zweite Geschichte, wollte man von allen ihren Abenteuern in den Unerforschten Gewässern erzählen, ehe sie die Schattenmeere durchquerten und die große Bucht von El-benland (wie wir es nennen) jenseits der Verwunschenen Inseln erreichten; und weit in der Ferne sahen sie im äußersten Westen die Berge von Elbenheim und das elbische Licht auf den Wellen. Roverandom glaubte, einen Blick auf die Stadt der Elben auf dem grünen Hügel unterhalb des Gebirges zu erhaschen, aber Uin tauchte so unvermittelt, dass er nicht sicher sein konnte. Wenn er recht hatte, ist er eines der sehr wenigen Geschöpfe, ob auf zwei oder vier Beinen, die in unseren Landen umhergehen und sagen können, sie hätten das andere Land erspäht, wenn auch in weiter Ferne.*

›Ich kriege Ärger, wenn das herauskommt‹, sagte Uin. ›Angeb-lich darf niemand aus den Äußeren Landen jemals hierher kom-men, und das tun jetzt nur wenige. Kein Wort darüber!‹«

Ist das der Weg nach Mittelerde? Tolkien lässt das of-fen. Und Roverandom is dat gehoppt wie gesprungen, der Junge hat echt andere Sorgen. Im Folgenden erleben wir das grandiose Scheitern eines Zauberers. Seine Aufgaben als PAM wachsen Artaxerxes bald rattendoll übern Kopp – kein Wunder, droht doch eine riesige Seeschlange, vermut-lich niemand anderes als Ouroboros selbst, aus ihrem vieltausendjährigen Schlaf zu erwachen. Am Ende scheucht die aufgebrachte Meeresbevölkerung den Magier mitsamt seiner Frau und Roverandom zurück an die Erdoberfläche. Und dort erhält unser Held dank der Vermittlung der gütigen Meernixe von dem ollen Stinkstiebel Artaxerxes endlich wieder seine angestammte Gestalt.

Bei Tolkien denkt man immer an Mittelalter, Rüstungen und Walle-walle-Gewänder. Dabei war der Schöpfer von Mittelerde ein passionierter Autofips. Tolkien liebte schnelle Flitzer, war aber ein miserabler Fahrer. »*Charge them and they'll scatter!*« lautete die Devise des Veterans aus dem Ersten Weltkrieg, wenn er in dichten Verkehr geriet. Seine Abneigung gegen den Massenverkehr und Technik generell blitzt jedoch immer wieder in seinen Texten auf – so auch am Ende von »Roverandom«: »*Das trockene Land war, wie er feststellte, für einen Hund genauso gefährlich wie der Mond oder der Ozean, wenn auch viel langweiliger. Automobile lärmten vorbei, alle (wie es Rover vorkam) mit denselben Leuten gefüllt, die alle mit Höchstgeschwindigkeit (nichts als Staub und Gestank) irgendwohin rasten.*

›Ich glaube, nicht mal die Hälfte der Leute weiß, wohin sie fährt oder warum sie dort hinfährt, oder wird es wissen, wenn sie hinkommt‹, knurrte Rover, während er hustete und würgte, und seine Pfoten wurden müde auf den harten, trübseligen, schwarzen Straßen. Also schlug er sich in die Felder und erlebte dort, ohne dass er darauf aus gewesen wäre, viele unbedeutende Abenteuer mit Vögeln und Kaninchen, mehr als einen erfreulichen Kampf mit anderen Hunden und zahlreiche eilige Fluchten vor größeren Hunden.

Und so kam er schließlich, Wochen oder Monate nach Beginn dieser Geschichte (er hätte auch nicht sagen können, welcher), an sein eigenes Gartentor. Und da war der kleine Junge und spielte

auf dem Rasen mit dem gelben Ball! Und der Traum war wahr
geworden, wie er es wirklich nie erwartet hätte!

›Da ist Roverandom!!!‹ schrie der kleine Junge Nummer Zwei.
Und Rover setzte sich auf und machte Männchen und fand gar
keine Stimme, um etwas zu bellen, und der kleine Junge küsste
Rovers Kopf und flitzte zurück ins Haus und rief: ›Mein kleiner
Hund ist zurückgekommen, so groß, wie er wirklich war!!!‹«

Isset also donnoma gut gegangen. Dobsche, dobsche tral-
lala. Und nochen Griff zum Tempo fällig, ganz stickum und
gerührt.

J. R. R. Tolkien: »Roverandom«
In: »Geschichten aus dem gefährlichen Königreich«
Deutsch von Hans J. Schütz
Klett-Cotta, 333 S.

KAPITEL 11

Schlussrunde

»Ihr glaubt, Hunde kämen nicht in den Himmel?
Glaubt mir, sie werden lange vor uns allen dort sein.«

Robert Louis Stevenson

Angeblich unterscheiden wir uns von Hunden und von Tieren generell durch das Bewusstsein unseres Todes. Daran ist zumindest so viel wahr, dass kein Tag vergeht, ohne dass wir uns vor Augen halten, was für ein Glück es ist, mit Stubbs zusammenzuleben. Aber jedes Glück ist endlich. Die durchschnittliche Lebenserwartung eines Jack Russells liegt zwischen 13 und 16 Jahren. Stubbs ist jetzt elf. Ob mein Hund auch mich gelegentlich ansieht und darüber nachgrübelt, wie lange ich wohl noch lebe? Zumindest habe ich den Verdacht. Insbesondere, wenn ich die zweite Flasche Wein am Abend öffne. Andererseits: Das Jenseits kann warten.

Jeder unserer Abende endet mit dem gleichen Ritual, das wir mit allen Hunden und ihren Haltern auf der Welt teilen: einem letzten Gang um den Block, der Schlussrunde. Wenn wir Glück haben, begegnen wir dabei Mister Miez, einem Kater aus der Nachbarschaft, der ein Lieblingsplätzchen auf der Mülltonne in seinem Garten hat und dort wie ein Shah-in-Shah der Katzenwelt huldvoll Audienz hält. Mit zunehmendem Alter kämpft Mister Miez allerdings gegen sein Übergewicht, was es ihm nicht

mehr ganz so leichtpfotig erlaubt, sich von seinem Mülltonnen-
thron auf einen Baum zu retten, falls weniger katzenfreundliche
Hunde vorbeikommen. Stubbs gegenüber verhält sich Mister
Miez reserviert, verfolgt von oben jede seiner Bewegungen auf
dem Bürgersteig, lässt sich von Christina und mir aber mit Behagen streicheln. Stubbs knurrt zwar durchaus einmal eine Katze
an, die unter einem Auto Zuflucht sucht, verheddert sich aber
ansonsten nie in feline Fehden, sondern scheint Muhammad
Alis weise Absage an die Beteiligung an überkommenen fremden Kriegen »I Ain't Got No Quarrel With The VietCong ... No
VietCong Ever Called Me Nigger« zu beherzigen.

Warum hängen wir so an unserem Hund? Die einfache
Antwort darauf lautet: Weil er uns glücklich macht. Blicken
sich Hunde und Menschen länger in die Augen, steigt ihr
Oxytocin-Wert im Blut um sagenhafte 30 Prozent. Oxytocin
ist »das Kuschelhormon«, verantwortlich für die Bindung von
Menschen untereinander, etwa die Beziehung von Müttern zu
ihren Kindern. Es regelt unser Liebesleben und wen wir sympathisch finden.

Stubbs ist kein Wunderhund. Aber ein Hund, der eines
Wunders teilhaftig wurde – zumindest in der Literatur. Nicht
nur Donna Leon hat sich von Stubbs becircen lassen. Auch
die deutsche Büchner-Preisträgerin Sibylle Lewitscharoff ist
seinem Charme erlegen und hat Stubbs in ihrem Roman »Das
Pfingstwunder« unter dem Namen »Kenny« verewigt. Lewitscharoff erzählt darin von einem internationalen Kongress
von Dante-Forschern in Rom im Jahr 2013, als dessen Maskott-
chen, ein Jack Russell des amerikanischen Delegierten George
Kennan, die mitunter etwas drögen Vorträge zur »Divina
Commedia« auflockert: »Wir hätten Kenny ins Visier neh-

men müssen, dann wäre uns vielleicht aufgefallen, dass etwas Sonderbares im Spiel war. Unser verständiges Hündchen war plötzlich außer Rand und Band. Es zuckte, kratzte sich wie verrückt hinter den Ohren, sprang auf, als würde es unter seinen Pfoten brennen, rannte herum und wollte auch George nicht gehorchen, der Kenny zur Ordnung rief. Das dauerte vielleicht zwei, drei Minuten, dann gab der Hund auf, legte sich wieder an seinen Stammplatz vorn neben das Pult, aber nicht ohne leise zu knurren und sich mit der Pfote über die Schnauze zu fahren, als müsse da etwas verscheucht werden. Wir lachten, verschwendeten aber sonst keine Gedanken darauf.«

Diese Unaufmerksamkeit wird sich im Verlauf des Romans natürlich bitter rächen. Kenny ist sensibler für das Wirken transzendenter Mächte als die Dante-Experten, deren Kongress sich in ein veritables Himmelfahrtskommando verwandelt. Von den aus allen Herren Ländern angereisten Literaturwissenschaftlern fahren tatsächlich 33 gen Himmel auf. Was dem Erzähler von Lewitscharoffs Roman schwer zu schaffen macht: Nur er muss auf Erden zurückbleiben und wird nicht zu Gott erhoben, während sogar Kenny gen Himmel fahren darf. Ohnehin hat der Jack Russell viel zur Unterhaltung der Literaturwissenschaftler beigetragen, indem er die teils ermüdend langwierigen Vorträge auf seine Weise kommentierte: »Vielleicht ließ sich George ein bisschen zu weitschweifig über die drei Laster aus, die wegversperrend in Gestalt der Bestien aufgerufen werden – superbia, avaratia und concupiscentia carnis –, aber er tat es, um den Einfluss der drei helfenden Mächte zu betonen, die dem Irrfahrer Dante in Canto II zur Seite stehen und ihm aus dem Tal der Sünde heraushelfen – potentia, clementia und diligentia. Kenny legte sich an dieser

Stelle wie erschöpft zur Seite und ließ einen befriedigten Seufzer hören, was wiederum Gelächter hervorrief. Ich kann jedem Redner nur empfehlen, seinen Vortrag von einem schauspielbegabten Tier kommentieren zu lassen. Mit Kenny würde ich übrigens liebend gern tauschen. Er ist nämlich mit von der Partie, wo immer sich diese Partie jetzt befinden mag. Was mich wurmt, obwohl ich Kenny mochte und ihm ohne weiteres eine andere, beschwingtere Seinsweise gönne. Aber es trifft mich doch. Ein kleiner, zugegeben witziger Hund ist der Gnade teilhaftig geworden, ich bin es nicht. Auch wenn Gnade nicht unbedingt zu meinem häufig aufgerufenen Wortschatz zählt, fällt mir hierfür kein anderer Begriff ein. Denn um eine Art Gnade handelt es sich sehr wohl, eine Auszeichnung unbegreiflicher Art, die allen Geschöpfen, die sich im großen Saal der Malteser versammelt hatten, zuteil wurde. Nur mir, dem Unglücksraben mit der Nummer 34, nicht.«

Selbstverständlich möchte ich, dass Stubbs mindestens so lange lebt wie ich. Das Gedankenexperiment, ob ich mir auch wünschen würde, Stubbs im Himmel zu wissen, wenn ich selbst nicht dort hinkäme, ist ein reizvoller moralischer Test. Übrigens natürlich auch auf den Ehepartner bezogen ... Ich wäre schon gern für immer mit Stubbs zusammen. Christina auch. Angesichts der 13, 14 Milliarden Jahre seit dem Urknall ist unsere Lebensspanne doch recht trivial – im Grunde besteht da im Vergleich gar kein signifikanter Unterschied zur Lebenserwartung eines Jack Russell.

Alle Kinder der Welt interessieren sich für Tiere. Warum? Weil das Tier einen Zugang zur Welt bietet – und in die Welt jenseits. Während der Kindheit ein Haustier zu halten, behaupten viele Pädagogen, übe uns unter anderem in unseren

Umgang mit dem Tod ein. Angesichts der notorisch geringen Lebenserwartung von Hamstern, Meerschweinchen, Kanarienvögeln und Kaninchen können das sicher viele Menschen bestätigen. Zu meiner Kindheit auf dem Land gehörte noch das Ritual der Hausschlachtung von Schafen aus der Herde meines Vaters. Insofern war ich früh mit der Endlichkeit allen Lebens konfrontiert und reagierte darauf wie die meisten Kinder in meinem Umfeld mit einer Mischung aus Ehrfurcht, Neugier und Schrecken. Die Hundeliteratur wimmelt von Geschichten über Hunde, die über den Tod hinaus treu auf die Wiederkehr ihrer Besitzer warten, weil sie nicht wissen, dass diese gestorben sind. Ob in Indien, den USA, Argentinien, China, Brasilien oder Russland: Die Welt ist voller Hunde, die gramverzehrt Ausschau nach ihren verstorbenen Herrchen halten; erstaunlicherweise sind wir bei unseren Recherchen unter allen Hundehaltern auf keine einzige weibliche Bezugsperson gestoßen. Der berühmteste dieser Hunde ist Hachikō, ein Akita, der am Bahnhof des Tokioter Stadtteils Shibuya vom 21. Mai 1925 bis zu seinem Tod fast zehn Jahre später jeden Tag darauf wartete, dass sein Besitzer, ein Professor für Agrarwirtschaft, von der Universität zurückkehrte. Hachikō ist in Japan zum Inbegriff von Treue geworden, sein Bronzedenkmal steht unweit der extrem wuseligen Shibuya-Kreuzung, ein beliebter Ort für Verabredungen. Ebenfalls mit einem Standbild geehrt wurde in Borgo San Lorenzo in der Toskana der Mischling Fido, der vierzehn Jahre lang auf sein bei einem Bombenangriff der Alliierten im Zweiten Weltkrieg ums Leben gekommenes Herrchen wartete. Greyfriars Bobby hingegen war ein schottischer Skye Terrier, der im 19. Jahrhundert vierzehn Jahre lang auf dem Grab seines Besitzers, eines Nachtwächters namens John

Gray, auf dem Friedhof der Greyfriars Kirk in der Altstadt von Edinburgh verharrte. Der US-amerikanische Hütehund Shep wartete am Bahnhof von Fort Benton auf die Rückkehr seines Herrn, eines Schäfers, dessen Sarg von dort mit der Great Northern Railway gen Osten geschickt wurde.

Warum finden solche Erzählungen einen so starken und langen Nachhall? Welche Saite bringen sie in uns zum Klingen? Was uns an diesen Geschichten von Getreu-über-den-Tod-hinaus-Hunden offenbar so fasziniert, ist der ihnen zugrunde liegende religiöse Impuls. Für die Tektonik solcher Beziehungen sind wir mit den Buchreligionen Sozialisierte offenbar besonders hellhörig und empfänglich: Wer, wenn nicht wir, könnte sich in das endlose Warten auf die Wiederkehr des Messias einfühlen?

Die spirituelle Seite unserer Bindung an den Wolf und an den Hund als seinen zivilisierten Nachfolger ist lange unterschätzt worden. Im Werwolf-Mythos, den schon die antiken Griechen kannten, lebt die schamanistische Vorstellung des Wolfs als Mittler zwischen den Welten weiter. Der Verhaltensbiologe Josef H. Reichholf behauptet: »Mit dem Hund wird die von der christlichen Religion so strikt behauptete Trennung von Mensch und Tier zumindest ansatzweise überbrückt.« Die Geringschätzung von Hunden in der Bibel und im Koran ist in der Tat frappierend. Selten werden Haushunde im Alten Testament einfach neutral als Begleiter des Menschen erwähnt (Tob 6.1: »Tobias zog dahin und sein Hündlein lief mit ihm«), Jagdhunde kommen gar nicht vor. Immer wieder werden die Vierbeiner dagegen als gemeingefährliche Streuner beschrieben, die Reisenden auflauern, sich am Blut der Verletzten und Sterbenden satt trinken und von Leichen fressen (1Kön 23/24: »Und auch über Isebel hat der HERR geredet und gesprochen:

Die Hunde sollen Isebel fressen an der Mauer Jesreels. Wer von Ahab stirbt in der Stadt, den sollen die Hunde fressen, und wer auf dem Felde stirbt, den sollen die Vögel unter dem Himmel fressen«). Auch das Neue Testament zeichnet kein freundliches Bild vom Sozialkumpan Hund: (Mt 7,6: »Ihr sollt das Heilige nicht den Hunden geben und eure Perlen sollt ihr nicht vor die Säue werfen, damit die sie nicht zertreten mit ihren Füßen und sich umwenden und euch zerreißen.«) Der Koran kennt ohnehin gerade mal dreißig Tierarten und erwähnt nur an drei Stellen einen Hund, unter anderem in Sure 18 und der rätselhaften Geschichte »Gefährten aus der Höhle«, die im christlichen Kontext die sieben Schläfer aus Ephesus heißen. Interessant ist diese Stelle, weil Allah den Hund den Schlaf der Jünglinge bewachen lässt, der Hund übt also eine positive Funktion aus. Im Gegensatz dazu steht der häufig zur Rechtfertigung der hundefeindlichen Haltung vieler islamischer Gesellschaften zitierte Hadith: »Die Engel betreten kein Haus, in dem sich ein Hund oder ein Bild befindet.« Das teuerste Gemälde der Welt, Leonardo da Vincis bei Christie's in New York für 450 Millionen Dollar versteigerter »Salvator Mundi«, hängt ja angeblich deshalb nicht im Palast, sondern auf der Privatjacht des mordlustigen saudi-arabischen Kronprinzen Mohammed bin Salman; ob auch ein Hund an Bord ist, wissen wir nicht.

Fest steht, wir sind sicher nicht die ersten, die über Hunde und ihre – und unsere! – Sterblichkeit nachdenken. Die von uns heiß bewunderte Multimediakünstlerin Laurie Anderson hat mit »Heart of a Dog« einen wundervollen Spielfilm über ihren verstorbenen Mann Lou Reed, eigentlich aber über ihren verstorbenen Terrier Lollabelle gedreht, in dem sie sagt: »Den Sinn des Todes habe ich jetzt gefunden. Es ist das Loslassen der Liebe.«

Anfang des Jahres hatte ich überraschend die Gelegenheit zu einem Interview mit Barack Obama. Für das Ende des Gesprächs hatte ich mir eine ironische Volte einfallen lassen und fragte: »Aus dem Weißen Haus auszuziehen und sich von der Macht und ihren ganzen Privilegien zu verabschieden, fällt gewiss sehr, sehr schwer. Wie haben Ihre Hunde Bo und Sunny darauf reagiert?« Obama antwortete gewohnt schlagfertig, dass die beiden während ihrer Zeit im Weißen Haus vielleicht die wichtigsten Spitzendiplomaten ihres Landes gewesen seien und jetzt ihren verdienten Ruhestand genössen. »Sie bekommen reichlich Leckerlis und sind noch genauso verwöhnt wie früher«, so der Ex-Präsident. Am 10. Mai 2021 gab Michelle Obama den Tod ihres Familienhundes Bo bekannt. Ihr bester Freund, so Michelle Obama, habe seine Schlacht gegen den Krebs verloren. »Wir machten uns keine Vorstellung, wie viel uns dieser Hund einmal bedeuten würde. Über ein Jahrzehnt lang war Bo eine konstante, Trost spendende Präsenz in unserem Leben. Er war da, wenn die Mädchen aus der Schule kamen, und begrüßte sie mit einem Schwanzwedeln. Er war da, wenn Barack und ich einmal eine Pause brauchten, und spazierte mit einem Ball zwischen den Zähnen in unsere Büros, als gehörten sie ihm. Er flog mit uns in der Air Force One, er war da, wenn Zehntausende aus Anlass des Easter Egg Roll oder des Papstbesuchs auf den South Lawn strömten. Und als etwas mehr Ruhe in unser Leben einkehrte, war er auch da – und half uns dabei, als die Mädchen zum Studium auszogen und wir uns auf ein Leben ohne sie einrichten mussten. Als im letzten Jahr wegen der Pandemie alle wieder nach Hause kamen, freute sich darüber niemand mehr als Bo. Alle seine Leute waren wieder unter einem Dach versammelt – genau wie an dem Tag, als er zu uns kam. Ich werde immer dankbar dafür sein, dass Bo und die Mädchen am Ende so viel Zeit miteinander verbringen konnten.«

Der berühmteste tote Hund in der Literatur ist unsterblich geworden dank eines klumpfüßigen, bisexuellen Adeligen, den eine verlassene Geliebte einmal mit der vermutlich durchaus zutreffenden Formulierung »mad, bad and dangerous to know« charakterisierte: George Gordon Byron. Lord Byron gedachte seines im Alter von fünf Jahren an der Tollwut verstorbenen Neufundländers Boatswain in seinem »Epitaph für einen Hund«, das als Inschrift auf dem Grabmal Boatswains in Byrons Herrensitz Newstead Abbey steht:

Near this Spot
are deposited the Remains of one
who possessed Beauty without Vanity,
Strength without Insolence,
Courage without Ferocity,
and all the virtues of Man without his Vices.
This praise, which would be unmeaning Flattery
if inscribed over human Ashes,
is but a just tribute to the Memory of
BOATSWAIN, a DOG
who was born in Newfoundland May 1803
and died at Newstead Nov. 18th, 1808
When some proud Son of Man returns to Earth,
Unknown to Glory, but upheld by Birth,
The sculptor's art exhausts the pomp of woe,
And storied urns record who rests below.

Nahe dieser Stelle
sind die Gebeine beigesetzt von einem
der Schönheit ohne Eitelkeit besaß,
Stärke ohne Anmaßung,
Mut ohne Bösartigkeit,
und alle Tugenden des Menschen ohne seine Laster.
Dieses Lob, das nichts sagende Schmeichelei wäre,
wenn über menschlicher Asche eingraviert,
ist ein mehr als billiger Tribut in Gedenken an
›Boatswain‹ einen Hund
der in Neufundland im Mai 1803 geboren wurde
und der starb in Newstead am 18. November 1808
Wenn heim zur Erd' ein stolzes Weltkind geht,
Das Ruhm nicht kennt, Geburt nur einst gebläht,
Zahlt Bildners reiche Kunst des Weh's Tribut
Und schmucke Urnen melden, wer dort ruht.

When all is done, upon the Tomb is seen,
Not what he was, but what he should have been.
But the poor Dog, in life the firmest friend,
The first to welcome, foremost to defend,
Whose honest heart is still his Master's own,
Who labours, fights, lives, breathes for him alone,
Unhonoured falls, unnoticed all his worth,
Denied in heaven the Soul he held on earth –
While man, vain insect! hopes to be forgiven,
And claims himself a sole exclusive heaven.
Oh man! thou feeble tenant of an hour,
Debased by slavery, or corrupt by power –
Who knows thee well, must quit thee with disgust,
Degraded mass of animated dust!
Thy love is lust, thy friendship all a cheat,
Thy tongue hypocrisy, thy heart deceit!
By nature vile, ennobled but by name,
Each kindred brute might bid thee blush for shame.
Ye, who behold perchance this simple urn,
Pass on – it honours none you wish to mourn.
To mark a friend's remains these stones arise;
I never knew but one – and here he lies.

Wenn alles aus, ersieht man an dem Grab,
Nicht was er war, nein! wie er sich einst gab.
Jedoch der Hund, des Menschen treuster Freund,
Der stets zuerst beim Gruß und Kampf erscheint,
Des ehrlich Herz ganz seinem Herrn gehört,
Der für ihn ficht und lebt und sieht und hört,
Geht ungeehrt und ungeschätzt zu Grab,
Man spricht die Seel', die er gezeigt, ihm ab.
Der Mensch jedoch will hochgewürdigt sein
Und einen Himmel für sich ganz allein.
O Mensch! der kaum die Stunde hat in Pacht,
Beschmutzt durch Knechtschaft und verderbt durch Macht,
Mit Ekel lässt dich, wer dich recht erkennt,
Belebten Staub's gemeines Element!
Lust ist dein Lieben, deine Freundschaft Trug,
Dein Lächeln Heucheln, deine Worte Lug.
Schlecht von Natur, schön durch des Namens Zier,
Könnt' dich beschämen jed' verwandtes Thier.
Geht, die ihr diese simple Urne schaut!
Ihr klagt doch nicht um diese biedre Haut.
Der Stein deckt eines Freundes Neste mir,
Ich kannte Einen nur – und der liegt hier.

Byrons letztem Wunsch, neben seinem Hund begraben zu werden, wurde seitens der Familie nicht entsprochen.

Anfang der 90er-Jahre lernte ich John Updike kennen und hatte Gelegenheit, ihn ein paarmal in seinem spektakulären Haus an der Ostküste bei Boston zu besuchen. Haus ist ein wenig untertrieben – man durfte schon von einem Anwesen sprechen, wenn es auch etwas kleiner als Lord Byrons Landsitz war; vom Fahnenmast aus, erzählte mir Updike einmal mit ironischem Glitzern in den Augen, könne er an klaren Tagen die Küste Portugals sehen. Der Blick auf den Atlantik entschädige ihn auch für das Gewusel in Manhattan, dem er schon in den 60er-Jahren den Rücken gekehrt habe – da hätte es einfach zu viele »literary Wizenheimers«, literarische Klugscheißer, gegeben, um in Ruhe zu arbeiten. In Deutschland ist John Updike in erster Linie als Romancier und Verfasser etwa des grandiosen »Hasenherz«-Quintetts bekannt, aber so wie im Fall des großen Robert Gernhardt liegen seine Wurzeln ursprünglich im Zeichnen und der humoristischen Lyrik. Sein Leben lang hat John Updike gedichtet. Wenige Jahre vor seinem Tod 2009 gab ich eine thematisch auf maritime Themen eingegrenzte Auswahl seiner Lyrik heraus. Ich erinnere mich lebhaft daran, dass ich ihn mit Engelszungen aus diesem Anlass überreden musste, selbst einige Gedichte für eine dem Band beigelegte CD einzulesen – heute läuft mir ein Schauder über den Rücken, wenn ich seine Stimme höre. Updike stotterte, und dieses Handicap ließ ihn zunächst sehr gehemmt wirken; wenn man ihn im Gespräch aber auf ein Feld lockte, das ihn interessierte, fiel diese Reserve bald ab, und aus einem stocksteif und hölzern agierenden Pinocchio von einem Mann wurde plötzlich ein mit der Anmut eines Albatrosses gestikulierender, weite Wissensräume vermessender Rhetor. Eine solche fast magisch erscheinende Verwandlung durch Zuwendung hatte ich bis dahin nie erlebt, und sie ist mir ebenso in Erinnerung geblieben wie die Rosetten der vielfachen Auszeichnungen, die Mrs Updike für ihre Rosenzüchtungen auf diversen Schauen errungen hatte. Diese steckten in Updikes Bibliothek als Lesezeichen in Ausgaben von Werken Vladimir Nabokovs mit persönlicher Widmung, die ich mir anzusehen nicht widerstehen konnte, während Updike in der Küche Tee für uns kochte – in der Mikrowelle, der Barbar!

Heute ist mein Lieblingsgedicht von John Updike ausgerechnet eins, das nicht in meiner Auswahl vorkommt: »Another Dog's Death« von 1976 – das Echo auf sein Gedicht »Dog's Death« von 1965. Ich mag es, weil es präzis und ohne Sentimentalität die Stationen eines unausweichlichen Verlusts protokolliert, ohne zu beschönigen den Schmerz festhält und auf fast magische Weise doch Trost bietet:

Another Dog's Death

For days the good old bitch had been dying, her back
pinched down to the spine and arched to ease the pain,
　　her kidneys dry, her muzzle white. At last
I took a shovel into the woods and dug her grave

in preparation for the certain. She came along,
which I had not expected. Still, the children gone,
　　such expeditions were rare, and the dog,
spayed early, knew no nonhuman word for love.

She made her stiff legs trot and let her bent tail wag.
We found a spot we liked, where the pines met the field.
　　The sun warmed her fur as she dozed and I dug;
I carved her a safe place while she protected me.

I measured her length with the shovel's long handle;
she perked in amusement, and sniffed the heaped-up earth.
　　Back down at the house, she seemed friskier,
but gagged, eating. We called the vet a few days later.

They were old friends. She held up a paw, and he
injected a violet fluid. She swooned on the lawn;
　　we watched her breathing quickly slow and cease.
In a wheelbarrow up to the hole, her warm fur shone.

»Noch ein toter Hund

Seit Tagen lag die gute alte Hündin im Sterben, den Buckel
Krumm, den Rücken hohl gegen den Schmerz,
    Ausgetrocknet die Nieren, weiß die Schnauze. Schließlich ging ich
Mit einer Schaufel in den Wald und hob ein Grab für sie aus,

Mich ins Unvermeidliche schickend. Sie begleitete mich,
womit ich nicht gerechnet hatte. Aber solche Ausflüge waren
    seit dem Auszug der Kinder inzwischen selten, und der Hund,
früh kastriert, kannte kein nichtmenschliches Wort für Liebe.

Sie zwang die steifen Läufe in Trab, den eingezogenen Schwanz zum
    Wedeln
Zwischen Kiefern und Feld fanden wir ein Plätzchen, das uns passte,
    Die Sonne wärmte ihr Fell, während sie döste und ich grub;
Ich hob einen sicheren Ort für sie aus, während sie auf mich
    aufpasste.

Ich maß ihre Länge mit dem langen Stiel der Schaufel;
Sie stellte amüsiert die Ohren auf und schnüffelte an der
    aufgehäuften Erde.
    Wieder daheim, wirkte sie munterer, würgte aber
Beim Fressen. Ein paar Tage später riefen wir den Tierarzt.

Sie waren alte Freunde. Sie hielt eine Pfote hoch, und er
Spritzte ihr eine lila Flüssigkeit. Auf dem Rasen schwanden ihr die
    Sinne;
    Wir verfolgten, wie ihr Atem langsamer wurde und verlosch.
In der Schubkarre unterwegs zu der Grube lag Sonne auf ihrem Fell.

Warum wollen wir mit Hunden leben? Warum können wir das? Hunde können lesen. Fährten sowieso. Unsere Mienen auch. Ebenso unser Verhalten, unsere Gewohnheiten. Und noch sehr viel mehr. Menschen sind »biophil«, so die Erkenntnis des US-amerikanischen Insektenforschers und Evolutionsbiologen E. O. Wilson: Wir zeichnen uns durch »die angeborene Tendenz aus, uns mit Lebensformen und lebensähnlichen Prozessen zu beschäftigen«. Keine andere Spezies lebt so wie der Mensch mit anderen Tieren zusammen, führt Wilson in seinem Buch »Biophilia« aus; Biophilie sei das Alleinstellungsmerkmal des Menschen. Seine Lernfähigkeit und seine genetische Disposition machen den Hund zum idealen Gefährten in unserem Leben. Wir kommunizieren mit ihm, indem wir Blickkontakt suchen, unser Gegenüber oft beim Namen nennen, unsere Stimme heben, Schlüsselwörter verabreden, ritualisierte Handbewegungen und Abläufe: Keine andere Spezies macht das. Im Grunde verwende ich haargenau dieselben Techniken auch, wenn ich jemanden fürs Radio, einen Podcast oder fürs Fernsehen interviewe. Es geht um Zuwendung, eine gesteigerte Art der Aufmerksamkeit, wenn man so will: Liebe.

Unsere Beziehung zum Hund stellt also keinen dekadenten Zug spätindustrieller westlicher Gesellschaften dar, sondern entspricht unserem tiefsten Wesen. Ein Hund bedeutet eine Wiederverzauberung der Welt: Er lässt einem die Welt neu, frisch und verlockend erscheinen wie in der Kindheit. Er gibt einem die Unschuld zurück, flößt einem Urvertrauen ein und öffnet einem die Augen für einen ungetrübten Blick auf die simplen Freuden des Lebens: den Duft einer Blumenwiese, die Wärme des Sonnenscheins auf der Haut, einen Spaziergang.

Kitsch, mögen da manche einwenden. Mag schon sein; wir haben nur nichts anderes im Angebot. Stubbs bewahrt uns vor Einsamkeit und Depression. Und das gilt nicht nur für Christina und mich: Das wichtigste Tier im Leben vieler Menschen ist der Hund. Hunde machen uns zu ethisch besseren Menschen. Im Idealfall werden wir durch unseren Hund aufmerksamer, höflicher, vertrauensvoller, empathischer. Die soziale Funktion des Hundes als Bezugstier und Familienmitglied wird viel zu wenig gesehen und gewürdigt: Längst ist sie viel wichtiger als sein Einsatz für die Polizei, im Bundesgrenzschutz oder auf der Jagd. Wenn es stimmt, dass uns evolutionär erst der Hund zum Menschen gemacht hat, dann ist ein Mensch ohne Hund genau das, was Robert Gernhardt in seinem Gedicht »Tier und Mensch« beschrieben hat: »gar kein Mensch mehr.«

Und die Welt ohne Stubbs? Kein Gemälde aus nassen Nasenabdrücken auf der Beifahrerscheibe unserer Autos mehr. Keine noch warme Liegekuhle auf der Sofadecke. Kein Quietschknochen vor der Bettseite. Kein freudiges Gebell beim Aufschließen der Haustür. Kein auffordernder Nasenstüber zum Mittagsspaziergang. Keiner, der den Postboten, den Paketausträger, die Nachbarn in die Schranken weist. Kein anklagender Blick auf den wieder einmal rätselhaft leeren Napf.

Einmal fragte uns ein Besucher, der sich in unserem Badezimmer umgesehen hatte, offenbar in der Erwartung, einer Ménage-à-trois auf die Spur gekommen zu sein, und auf deftigen Klatsch lauernd, wem denn die dritte Zahnbürste in unserem Badezimmer gehöre. Wir reagierten erst verblüfft, dann lachend: Stubbs besitzt eine eigene elektrische Zahnbürste und vor allem auch eine eigene Zahnpasta in den

Geschmacksrichtungen Hühnchen und Leberwurst, denn natürlich müssen auch Hundezähne gepflegt und gesäubert werden.

Zweimal haben wir eine Vorschau auf ein Leben ohne Stubbs erhalten. Einmal, als wir bei Freunden zu Gast im Schwarzwald waren, die ihr Leben ebenfalls mit einem Hund teilen: einer hinreißenden Jack Russell-Dame namens Pünktchen. Auch wenn die deutsche Gesetzeslage etwas anderes verlangt: Selbstverständlich trabt Stubbs auf ausgedehnten Spaziergängen durchaus ohne Leine auf Sichtweite vor uns her. Wer will schon immer mit einer Lederschlaufe um den Hals durch die Welt gehen? Anders als Stubbs besitzt die etwas größere Pünktchen allerdings einen ausgeprägten Jagdtrieb und ist es gewohnt, auch mal über Stunden in den heimischen Wäldern zu verschwinden und so unausweichlich das eine oder andere Duell auf Leben und Tod mit einem Fuchs oder Dachs auszufechten, der so dumm ist, das über ihn hereinbrechende Verhängnis nicht zu ahnen. Beschwatzt von seiner abenteuerlustigen Gastgeberin ließ sich auf einem gemeinsamen nachmittäglichen Spaziergang auch Stubbs einmal verleiten, uns Langweiler auf einem Waldweg zurückzulassen, um sich gemeinsam mit Pünktchen auf die Verfolgung eines verlockend riechenden Rehs oder Wildschweins zu machen.

Zunächst dachten Christina und ich noch, nach einigen Minuten würde das Jagdfieber abflauen, das im Stirnhirn sitzende Über-Ich wieder das Kommando übernehmen, folglich Reue einsetzen und eine schwanzwedelnde Rückkehr unseres lieben Hundes auf den Waldweg auslösen. Weit gefehlt. Eine gute Stunde sah der Schwarzwald zwei Hundehalter in immer aufgelösterer Verfassung Berg, Klamm, Wald und Wiese durchkämmen und ihren Hund rufen. Man muss es erlebt haben, um zu verstehen, wie dünn der Firnis der Zivilisation ist und wie schnell sich saturierte Mitteleuropäer in zwei Häuflein Elend verwandeln können, die nicht mehr ein noch aus wissen. Einen kleinen Hund bei einsetzender Dämmerung in einem dunklen Wald zu suchen ist kein Spaß. Zumal es so gar keine Erlebnisse vorher gab, die uns auf diese Situation vorbereitet hätten ... »Zwischen Lipp und Kelchesrand/ Schwebt der dunklen Mächte Hand«: Wer einen Hund hält, muss in Erwartung des Unvorhergesehenen leben. Unbeschreiblich die Erleichterung, als plötzlich und ohne das geringste Fitzelchen von Schuldbewusstsein Stubbs weit unter uns auf dem Waldweg stand und zu uns hoch bellte, ob wir jetzt nicht vielleicht doch langsam nach Hause gehen wollten, schließlich nähere sich die Abendessenszeit? Es war uns eine Lehre ...

Das zweite Verschwinden von Stubbs ereignete sich im Burgund. Am Ende eines ereignisreichen Urlaubstags hatten wir unser Hotel erreicht, eine weitläufige Burganlage mit einem riesigen, von Kanälen aus der Barockzeit durchzogenen Park. Nach einem opulenten Abendessen, bei dem Stubbs auf einer Decke neben uns lag, wollten wir uns dort noch etwas die Beine vertreten, und weil die Atmosphäre der von Gaslaternen beschienenen Gartenanlage so bukolisch wirkte, zögerten wir nicht, Stubbs von der Leine zu lassen. Welch ein Fehler! Urplötzlich war er weg – wie vom Erdboden verschluckt. Zwanzig Minuten suchten wir in jedem Kanal, jeder Rohröffnung, hinter jeder Hecke und unter jedem Brücklein. Längst sahen wir vor unserem geistigen Auge seinen leblosen Körper in irgendeinem Abwassergitter hängen, angesaugt von einem plötzlich aktivierten Abfluss, unter Wasser gedrückt von einer

Wurzel, einem losen Ziegelstein ... Bis uns die Idee kam, noch einmal im Restaurant nachzusehen. Was wir, nicht aber unser Hund bei unserem Aufbruch übersehen hatten, war, dass gerade ein Côte de Bœuf am Nachbartisch serviert wurde. Als wir den Gastraum betraten, war Stubbs kurz davor, eine Adoptionsurkunde zu unterschreiben.

Plötzlich nicht mehr da. Wird es so sein, wenn Stubbs stirbt? Wird es so sein, wenn wir sterben? Ich weiß es nicht. Ich habe drei Tode von Nahem miterlebt: den grausam langen meines Vaters, den friedlichen meiner Großmutter und den jähen meiner Mutter. Zwei von dreien dieser Abschiede waren furchtbar und ließen mich unversöhnt zurück. Ich fühle mich jedenfalls in keiner Hinsicht gewappnet, gefeit, geschützt. Ich bin nicht gut darauf vorbereitet. Habe ich deshalb wie Elias Canetti »eine Todfeindschaft mit dem Tod«? Sagen wir so: Ich kenne im Grunde keinen Trost über den Tod außer dem, den Charles M. Schulz im Angebot hat. »Eines Tages werden wir alle sterben!«, sagt Charlie auf einem Steg am See sitzend zu seinem Hund. Worauf Snoopy erwidert: »Ja, das stimmt. Aber an allen anderen Tagen nicht.«

»Er ist kein böser Hund«

Sigrid Nunez: »Der Freund«

Boah, ej! Stell dir vor, dein bester Kumpel geht über die Wupper und hinterlässt dir nen Mordseumel von Dogge, die kranke achtzig Kilo auffe Waage bringt, und dat onnoch mit ohne Halsband. Das Viech namens Apollo, eine schwarz-weiß gefleckte Harlekindogge, frisst dir die Haare vom Dez und lässt dich in Schwulitäten kommen, weil du innem miet-preisgebundenen Apartment in Manhattan wohnst. Deine Wohnung issen besserer Schuhkattong, ein krepliges Kabuff, dat schon proppevoll is, wenn die Dogge nur ihren Gummel reinsteckt. Aber du biss ne alternde Schriftstellerin und hass in Manhattan im Grunde so viel verloren wien Schneemann inne Sahara und kannz deshalb schon mehr als froh sein, wennzet auffe Reihe kriss, die Miete für dein Wohnklo von 45 Quadratmeters irngswie mit Creative-Writing-Lehraufträ-gen zusammenzuraffen.

Auch wennern Gemüt wie ne Brummfliege hat, en Hund wie Apollo kann den stärksten Kawenzmann umhauen. Dabei isser friedlich wien Bählamm und mit acht Jahren schon en zimmicher Kneisterkopp – so richtich große Hunde werden einfach nich alt, da machsse nix dran: Scheißspiel! Allerdings is Apollo, wie wir im Verlauf des Romans von Sigrid Nunez mitkriegen, noch nichma die halbe Sorgenlast der Ich-Erzäh-lerin. »Der Freund« als Romantitel is nämlich hübsch doppel-deutig und lässt sich sowohl auf Apollo beziehen als auch auf

Apollos verblichenes Herrchen, nen echt schrägen Fürst und ne Nummer für sich, aber auch der lebenslange beste Freund der Erzählerin ... und wohl auch nochen Tuffi mehr, wennze schnalls, wat ich mein. Dieses Ex-Herrchen von Apollo, ein Schriftsteller wie die Frau, die uns all das berichtet, hat sich geext, also den Löffel wechgelegt, weil er sich umgebracht hat. Dabei war er früher en echter Rampelsant und mit entsprechend Schlag bei den Weibern, zumal er eine Zeit lang sogar für den Literaturnobelpreis im Gespräch war. Doch wie die Erzählerin im Gespräch mit »Ehefrau Drei« des Großautors erfährt, hat der große Herr postum noch ne kleine Aufgabe für sie – oder lässt sie sich da von der abgefeimten Witwe etwa an der Nase rumführen? Die Leserin, der Leser von »Der Freund« entscheide selbst – denn genau in dieser Ambiguität – tschuldigung, aber dat kamman echt nich anders als so großkotzig sagen – liegt der Witz dieses ganzen Buchs:

»›Ich würde gern darauf kommen, worüber ich mit dir reden wollte.‹ Daraufhin fängt mein Herz aus unerfindlichem Grund an, heftig zu pochen. ›Über den Hund.‹

›Den Hund?‹

›Ja. Ich wollte dich fragen, ob du ihn nehmen kannst.‹

›Ihn nehmen?‹

›Ihm ein Zuhause geben.‹

Es war so ungefähr das Letzte, was ich erwartet hatte. Ich fühlte mich gleichermaßen erleichtert und verärgert. Das kann ich nicht, sage ich. In meinem Haus sind keine Hunde erlaubt.

Sie blickt mich zweifelnd an und fragt dann, ob ich dir das jemals gesagt hätte.

Ich weiß nicht, sage ich. Ich erinnere mich nicht.

Nach einer Pause fragt sie mich, ob ich die Geschichte kenne, wie du zu dem Hund gekommen bist. Aus irgendeinem Grund schüttle ich den Kopf. Ich lasse sie die Geschichte erzählen, die ich schon kenne. Als du beschlossen hast, den Hund zu behalten, habt ihr heftig gestritten. Ein wunderschönes Tier – wie konnte sie kein Mitleid haben mit dem armen Ding, das einfach so ausgesetzt worden war? Aber sie mag Hunde nicht, hat sie noch nie gemocht, und dieser Hund – er ist kein böser Hund, ja, er ist sogar ein sehr braver Hund, aber er braucht viel Platz. Sie hat zu dir gesagt, dass sie keinerlei Verantwortung für ihn übernehmen würde – zum Beispiel, wenn du auf Reisen bist.

›Ich habe ihn gebeten, jemanden zu finden, der ihn nehmen würde, und da ist dein Name gefallen.‹

›Wirklich?‹

›Ja.‹

›Aber er hat mir nie etwas davon gesagt.‹

›Weil er den Hund wirklich behalten wollte. Und letztlich hat er mich mürbe gemacht. Aber dein Name ist mehrmals gefallen. Sie lebt allein, sie hat keinen Partner, keine Kinder, keine Haustiere, sie arbeitet vor allem zu Hause, und sie liebt Tiere – das hat er gesagt.‹

›Das hat er gesagt?‹

›Ich habe es mir nicht ausgedacht.‹«

Hustekuchen, denksse – wer hattet sich denn dann ausgedacht? Klaro, zunächst mal entstammt das der Hirngrütze von Sigrid Nunez. Was mich aber Männchen machen lässt vor Begeisterung für diesen Roman, ist seine essayistische Intelligenz. Ich mag's nämlich gaanich, wenn immer nur so linear der Nase lang gradaus erzählt wird von A nach B. Dat is, wie wemman zum Gassigehen zehn Runden umme gleiche Bushalte dreht: laaaangweilig! Mal hierhin und mal dorthin will mich meine Lesernase führen, so wie bei nem bomforzionösen Spaziergang; natürlich sind Irrwege immer willkommen, die Hauptlinie der Erzählung wird sich schon irgendwann herausmendeln! Dieses Spiel beherrscht die US-Amerikanerin Sigrid Nunez aus dem Effeff: Sie hält wie ein versierter New Yorker Dogwalker immer mindestens acht Hunde in Schach, und zwar mit links. Dabei ist sie das Gegenteil einer Gibbeltante. Gewieft wie ein geschulter Dramendichter der Antike baldowert Nunez aus, wie sie den Knoten eines klassischen Dilemmas zu schürzen hat: Unsere Heldin muss eine unmögliche Entscheidung treffen zwischen Loyalität zu und Verrat an dem Freund, respektive dem Hund. Sonst is ihre Wohnung und ihre ganze bürgerliche Existenz futschikato perdito – inklusive drohendem Abstieg in die Obdachlosigkeit, denn der mexikanische Verwalter ihres New Yorker Apartmenthauses lässt keinen Zweifel daran, dass er eine 80-Kilo-Dogge nicht übersehen kann und will. Aber meine Fresse, allein schon, wie empathisch Nunez diesen Hausmeister in diesem Roman zu zeichnen in der Lage ist, eben nicht als Schlunzkopp, nicht als Hassfigur, spricht für ihr literarisches Können. Doch Apollo und der Hausmeister sind nonimma die Hälfte von Schweinchens Problem. Im Verlauf des Romans dämmert uns geneigten Leserinnen und Lesern sehr bald und irgendwann auch der Erzählerin – sie is wie jeder in New York selbstverständlich bei nem Seelenklempner in Therapie –, dass ihr von eigener Hand aus dem Leben geschiedener Freund für sie mehr war als nurn Freund. Sie war von Beginn an rattendoll heiß auf ihn. Und obwohl sie irgendwann mit ihm auch inner Kiste gelandet is – wat für ihn wohl weniger bedeutete als eima auffe Schnelle Pommes Rot-Weiß anne Bude –, hat es zwischen ihnen nie wirklich gefunkt oder für mehr gereicht. Traurig, aber isso. Kannzen Ei drüberschlagen. In immer neuen Anläufen und Erinnerungen versucht sie sich darüber Rechenschaft abzulegen, wer dieser Mensch eigentlich war, den sie verloren hat, welche Rolle er für ihr Leben gespielt hat, warum sie nicht zusammenkamen – und versucht gleichzeitig, ihr Leben um ein 80 Kilo schweres Vermächtnis namens Apollo ihres Would-be-Lovers zu arrangieren. Es ist aber nicht nur die Trauer um einen verlorenen Freund, die für die Wehmut in diesem Roman verantwortlich zeichnet, sondern auch der Schwanengesang auf eine verschütt gehende literarische Welt. Sigrid Nunez gelingt es so mühelos wie Yasmina Reza oder Michel Houellebecq, das Unbehagen in der Kultur in drei, vier Sätzen auffen Punkt zu bringen: »*Wann immer ich zu einer Lesung gegangen bin, war es mir unwillkürlich peinlich für den Autor. Ich habe mich gefragt, ob ich selbst dort oben sitzen wollte, und die ehrliche Antwort war, nein, auf keinen Fall. Und so ging es nicht nur mir. Man kann es auch bei den anderen spüren, dieses Unbehagen. Und ich dachte: Das hat Baudelaire gemeint, als er davon sprach, dass Kunst Prostitution ist.*«

Starke Worte – so isset! Was aber stört Nunez' Erzählerin am Hops un Holla des heutigen Kulturbetriebs? Das, woran alle Anstoß nehmen, die ihre Ideale für ein sicheres Auskommen verscheuert haben: der Preis der Konformität. Auch wenn dieser meistens so eingebildet ist wie der Schmerz über die Ungleichheit von Apollos Lauschern, die ein kurpfuscherischer Dilettant ungleich gekürzt hat: »*Beim Kupieren seiner Ohren ist etwas schiefgegangen, man hat beide zu kurz geschnitten und das eine ist obendrein größer als das andere.*« So lustvoll Nunez die Eitelkeiten der New Yorker Kulturschickeria karikiert, so intim kennt sie den Betrieb und seine Usancen: In ihrer Jugend war sie einige Jahre mit Susan Sontags Sohn David Rieff zusammen. Immer wieder thematisiert Nunez die Zwei-Klassen-Gesellschaft, die es unter allen sich zum Schreiben berufen Fühlenden seit Anbeginn der Zeiten und bis auf den heutigen Tag wohl gibt: die Wasserscheide zwischen jenen, die halbwegs amüsant sind und wirklich schreiben können, und dem Heer der dumpfen Langweiler und Nabelkreislerinnen, der Tiefempfindler, Aus-persönlicher-Betroffenheit-Sprecherinnen, der Seelengrübler und Anliegenhausiererinnnen. Wobei ja oft schon der bloße Verdacht, man könnte zu diesen gehören, wundersame Wandlungen ausgelöst hat: »*War er depressiv? Hat er darüber gesprochen? Ich frage nicht nur so, es hat mich nachts wach gehalten. Warum hat er aufgehört zu unterrichten?*‹

Ich liste deine diversen Klagen auf, die sich nicht groß von den Klagen unterscheiden, die man jeden Tag von anderen Dozenten hört; dass nicht einmal Studenten von Top-Unis einen guten von einem schlechten Satz unterscheiden können, dass niemand im Verlagswesen sich dafür interessiert, wie etwas geschrieben ist, dass Bücher sterben, dass die Literatur stirbt, das Ansehen von Schriftstellern so tief gesunken ist und es das größte Rätsel ist, warum alle Welt noch glaubt, Autorenschaft sei das Ticket zum Ruhm.

Ich sage ihr, dass dir die Überzeugung vom Sinn der Literatur abhandengekommen ist – heute, da kein Roman mehr, so brillant er auch geschrieben oder voller Ideen er auch sein mag, einen bedeutsamen Einfluss auf die Gesellschaft haben kann, da es unmöglich ist, sich auch nur etwas Vergleichbares vorzustellen wie Abraham Lincoln, der 1862, als er Harriet Beecher Stowe traf, zu ihr sagte: ›Sie sind also die kleine Frau, die das Buch geschrieben hat, das zu diesem großen Krieg geführt hat.‹

Falls Abraham Lincoln es wirklich gesagt hat.«

Sauber! Nunez schreibt ohne jeden Tinnef. Zumal der überall aufsehenerregende Apollo den Blick von Sigrid Nunez’ Erzählerin auf die Welt verändert – und zum Anlass einer geistfunkelnden Meditation über Tier und Mensch, Liebe und Tod, Erinnerung und Vergessen wird. »Der Freund« ist daneben auch eine bis ins Mark schmerzhafte und einsichtsreiche Auseinandersetzung mit dem internationalen Literaturbetrieb und den Tollheiten einer narzisstischen jungen Autorengeneration, die Nabelschau spannender als literarische Bildung findet. Über eine andere Autorin heißt es in dem Roman: »*Was sie schrieb, war vor allem aus drei Gründen gut: keine Sentimentalitäten, kein Selbstmitleid, aber mit Sinn für Humor.*« Der Satz passt auch exakt auf Sigrid Nunez. »Der Freund« ist nicht zuletzt auch ein Buch übers Schreiben. In vielerlei Hinsicht hat es auf mich wie die US-amerikanische Antwort auf Esther Kinskys Trauerroman »Hain« gewirkt – nur weniger tränenreich. »Der Freund« spricht über den Selbstzweifel, den Selbsthass, die Unsicherheit, die Scham, die mit Schreiben Hand in Pfote gehen. Schreiben ist eine Verhaltensstörung, hat W. G. Sebald mal meinem Herrchen gesagt: Das kann man laut sagen, wenn man sich das Personal in diesem Roman vor Augen führt, allesamt arrivierte oder Möchtegern-Schriftsteller, Creative-Writing-Lehrende oder -Studierende, Lyrikerinnen, Romanciers, Essayistinnen, Journalisten. Weil das Ganze aber hochreflektiert, humorvoll, sardonisch geschieht, kommt nie Larmoyanz auf. Die Ich-Erzählerin adressiert fortwährend den Freund, also sowohl die Dogge als auch den Toten, changiert zwischen Totenbeschwörung, Daseinsfreude, Elegie. Dabei erscheint der Freund oft als Monster, selten als Märtyrer. »*Was Schreiben als Selbsthilfe angeht, warst du immer skeptisch. Du hast gern Flannery O'Connor zitiert: Nur die Begabten sollten für die Öffentlichkeit schreiben.*

Aber wie selten trifft man eine Person, die der Ansicht ist, alles, was sie geschrieben hat, sollte privat bleiben. Und wie oft trifft man auf jemanden, der glaubt, alles, was er schreibt, räumt ihm nicht nur das Recht auf Öffentlichkeit, sondern auch auf Ruhm ein.

Du hast geglaubt, die Leute wären auf dem falschen Weg. Du

*hast geglaubt, das, wonach sie suchen – Selbstdarstellung, Gemein-
samkeit, Anschluss – findet man besser woanders. Gemeinsames
Singen und Tanzen. Quiltgruppen. Das hätten die Menschen in der
Vergangenheit getan, hast du gesagt. Schreiben ist zu schwer! Nicht
umsonst sagte Henry James, dass jeder, der Schriftsteller sein will,
seinem Banner das Wort Einsamkeit einschreiben muss. Schreiben
ist Frustration und Demütigung, sagte Philip Roth. Er verglich es
mit Baseball: ›Zwei Drittel der Zeit versagt man.‹*

*Das ist die Realität, hast du gesagt. Doch in unserem aufs
Schreiben versessenen Zeitalter sei die Realität verloren gegan-
gen. Jetzt schreibt jeder, so, wie jeder kackt, und wenn das Wort
Begabung fällt, würden viele gern zur Waffe greifen.«*

Das nenn ich Klartext! Sigrid Nunez »Der Freund« ist auch
eine buchlange Reflexion über den Freitod. »*Was wir vermis-
sen – was wir verlieren und worum wir trauern –, ist es nicht
das, was uns zuinnerst zu der Person macht, die wir wirklich sind.
Ganz zu schweigen davon, was wir im Leben wollten, aber nie
bekommen haben. Es stimmt definitiv ab einem gewissen Alter.
Und dieses Alter kommt früher, als die Leute glauben.«*

Mannomann! So heiter, gelassen und erkenntnisklar
wurde schon lange nicht mehr in der Literatur philosophiert.
Der Mensch ist das einzige Tier, das sich selbst umbringt.
Dieses Buch vermag mich darüber nicht zu trösten, aber
es lässt es mich ein wenig verstehen. Wennze son Buch am
Ende zuklapps, kucksse noch ne ganze Weile aussem Fens-
ter. Einfach so. Oder wedels am Ende mittem Schwanz. Am
Ende? Klar, wo sonz.

Sigrid Nunez: »Der Freund.«
Aus dem Amerikanischen von Anette Grube.
Aufbau Verlag, 235 S.

Kleines Glossar
Ruhrdeutsch – Deutsch

aasig: gemein, oft auch verstärkend: aasig teuer

abklabastern: der Reihe nach anfahren, aufsuchen

achottachott: lautmalerische Verballhornung von »ach Gott, ach Gott«

Ambach, wissen, was Ambach is: Bescheid wissen, wissen, wo's lang geht

asselig (mit stimmhaftem s): unangenehm

auffen: auf den

auskoddern, sich: ausführlich mit vielen Abschweifungen erzählen

aussem: aus dem

Autofips: Autofan

bekrabbeln, sich: gesunden

beömmeln, sich: sich amüsieren

Birnemann: imposanter Unsympath

Blagen: Kinder; »Blagen, die wat wollen, kriegen wat auffe Bollen«: Erziehungsgrundsatz

Blödbatz: Dummkopf

Boah: Ausruf des Erstaunens; boah ej: Werben um Aufmerksamkeit.

Bohei: Aufhebens

Bollen: Po

bomforzionös: exzellent

Brassel: Ärger, Unruhe

Check: Eindruck

daafichma: darf ich mal

Dez: Kopf

Dier, dat arm Dier kriegen: melancholisch werden, in
Depression versinken

direktemang: Verballhornung von frz. »directement«:
direkt

dobsche tucke-tucke, krisse nie ein auf die Hucke: Ruhrgebiets-
Weisheit = immer sachte mit den jungen Pferden

Döneken: stark übertriebene Erzählung

donnoma: doch noch mal

dösig: vertrackt, unangenehm komplex

Draht, jemand springt der Draht aus der Mütze: jemand ist
verrückt oder verliert den Verstand

Durchblickerlehrgang in Zwiesel, warst wohl: scherzhafte
Anerkennung für eine intellektuelle Leistung; die Stadt
Zwiesel im Bayrischen Wald ist für ihre Glasindustrie
bekannt

echt: verstärkendes Füllwort

ehmt: eben

Ei, kannzen Ei drüberschlagen: etwas taugt nichts, ist zum
Vergessen

eingslich: eigentlich

Eschek: Unsympath von respekteinflößenden Dimensionen

etepetete: gestelzt, geziert

exen, sich: sich das Leben nehmen

Fanne: Pfanne

Fatzke: aufgeblasener Unsympath

Fetze, voll die Fetze: gut, schick, ausgezeichnet

fimmelig: gespreizt, pedantisch

finze: findest du

Flatter, die Flatter kriegen: Angst bekommen

Fleppe, eine Fleppe ziehen: eine angewiderte Miene aufsetzen, schmollen

flörchig: von schleimiger Konsistenz, sich gezieltem Zugriff entziehend

Flötepiepen: Ausruf der Enttäuschung

Föhn: einen Föhn kriegn: sich aufregen, ärgern

fraachn: fragen: wennze mich fraachs: wenn du mich fragst

Frosch die Locken hat, wissen bzw. jmdn. zeigen, wo der ~: Bescheid wissen, Bescheid geben

Fürst, schräger: merkwürdiger Zeitgenosse

Furzknoten: Dummkopf

futschikato: weg, verloren, kaputt, verstärkend: futschikato perdito

gaanich: gar nicht

gebongt, is: geht klar, ist in Ordnung

Gegentum: Gegenteil

gehoppt wie gesprungen: egal

getz: jetzt

Gibbeltante: Klatschweib

glaubsse: einleitende Beteuerung, den Wahrheitsgehalts des Folgenden unterstreichend

Graf Koks von der Gasanstalt: arroganter Angeber

Gummel: Nase

Hackfresse: übellaunige Miene

Hängen im Schacht: ärgerliches, ohne fremde Hilfe nicht zu lösendes Problem (bezeichnete im Bergbau die Situation der Bergleute in einem stecken gebliebenen Förderkorb)

Hasse Scheisse am Schuh, hasse Scheisse am Schuh: fatalistische Einsicht in die Unveränderbarkeit der Weltordnung

Hemd am Flattern habn: Angst haben

Hömma: Kontraktion von »Hör mal«; gibt's auch
    vermeintlich vornehmer: »Hönnsema«

Hopps un Holla: oberflächliches Gebaren

Hustekuchen: Verballhornung von Pustekuchen, Ausruf der
    Enttäuschung

Inuit, das haut den stärksten Inuit vom Schlitten: Ausdruck
    des Erstaunens, früher: Eskimo

ipschig: klein, niedlich

irngs (irngsein, irngswann, irngswie): irgend

issat: ist das

jachtern: jockeln, ziellos, aber ausgelassen oder atemlos
    umherstromern

jau: ja, jawohl, zustimmendes Füllwort

Kabache: primitive Behausung

kamman: kann man

Kamuffel: Dummkopf

kannze drauf an: darauf kannst du dich verlassen

kapaaftich: mit voller Wucht oder lautem Getöse

kappores: zerbrochen, entzwei

kariolen: durch die Gegend fahren

Kawenzmann: ungewöhnlich großer, schwerer Mensch oder
    Gegenstand

Kerl inne Kiste: Ausdruck des Erstaunens

Killefitt: Unfug

Kitt, da fällt dir der Kitt ausser Brille: Ausdruck des
    Erstaunens

Klapse: Psychiatrie

Klotzkopp: Dummkopf

Kneisterkopp: engstirniger, missmutiger Mensch

Knüppel auffen Kopp, schmeckt wie ~: schlechtes oder fades
    Essen

Kokolores: Unfug

Kokoschewski, mein lieber ~: Pseudoanrede als Ausdruck des
  Erstaunens oder der Ratlosigkeit

Kokoschinski, mein lieber ~: Pseudoanrede als Ausdruck des
  Erstaunens oder der Ratlosigkeit

Konfuzius, jemanden Konfuzius machen: jemanden
  durcheinander bringen

Krepel: schmächtig, unansehnlich (Mensch, Tier oder
  Pflanze)

kreplig: klein, unansehnlich, missraten

Kröer: Hund, Köter

Kröskes: Liebschaften

krüsselig (mit stimmhaftem s): lockig

kucksse: guckst du

Laberköppe: Intellektuelle, Menschen, die gern und viel
  reden

Lapiralla: Unsinn

lau, für: umsonst, gratis

Laumalocher: unmotivierter schlechter Arbeiter

Leck mich inne Täsch: Ausdruck des Erstaunens

Leckoballo: Ausdruck des Erstaunens

Leckomio: Ausdruck des Erstaunens

Lehm: Leben

Lelleck: beschränkter Diener, Assistent (von polnisch: lelek =
  Ziegenmelker)

Mäkelpott: griesgrämiger Kritiker

malochen: (hart) arbeiten

Massel: Glück

Matte, auffe Matte stehen: an den Start gehen, sich
  anschicken, etwas zu tun

mau: mulmig

Menkenke: Skrupel, Einwände, Schwierigkeiten

Miesnixdörfer: schlecht; eine Hommage an Walter
 Kempowski.

Mischpoke: Verwandtschaft

Mistbolzen: extremer Unsympath

Mistikack: eine Hommage an »Das Spukschloss im Spessart«

Möpp: Mensch; fieser Möpp: Unsympath

Morbus Bahlsen: weicher Keks, Geistesschwäche

Mordseumel: riesiges, unproportioniertes Wesen

Mottek: Hammer, Werkzeug

Muffkopp: Miesepeter

Mumpitz: Unsinn

nämmich: nämlich

nonimma: noch nicht mal

numma: nur mal

Ohren, da kriegen die Ohren Besuch: ein Ohrenschmaus (der
 freudiges Grinsen auslöst, sodass sich die Mundwinkel
 den Ohren nähern)

Omme: Kopf

onnich: auch nicht

onnoch: auch noch

ösig: peinlich, unangenehm

Pampa: Provinz, menschenleere Gegend

Panhas: eine mit Buchweizenmehl, Schweineblut und Speck
 gestockte Wurstbrühe, die in Pastetenform gebacken
 und in Einzelscheiben angebraten wird; Panhas am
 Schwenkmast: drohendes Unheil oder unmittelbar
 bevorstehende Gewalt

panne: bescheuert

Pannemann und Söhne: extrem bescheuert

Penunsen: Geld

pille-palle: unwichtig

plemmkacki: doof

Pommes Rot Weiß: Pommes frites mit Ketchup und Mayonnaise

Poofe: Bett

pullern: urinieren

pusselig (mit stimmhaftem s): umständlich

Quaksack: geschwätziger Mensch

Quatschiquatschiquatschi: leeres Gerede

Rabotti machen: Lohnarbeit verrichten

Rachulla: Raffzahn

Ramba-Zamba: Trubel, spontanes Durcheinander

Rampelsant: Frauenliebling

rappzapp: schnell

rattendoll: verstärkend: extrem

reinpröffen: in etwas hineinquetschen, umständlich oder
   gewaltsam hineinstecken

Röllekes: Lockenwickler

rubbeldiekatz: blitzschnell

Schicht im Schacht: Feierabend (Bergarbeitersprache)

schickobello: schön, gut, ausgezeichnet

schisskojenno: egal, gleichgültig, aus dem Polnischen
   »wszystko jedno« (alles eins)

Schleimi: Schleimer, Anbiederer

Schlickefänger: Schlitzohr

Schlunzkopp: Unsympath, ungepflegter oder ungehobelter
   Mensch

Schmacht: Appetit, Lust, Verlangen

Schmackes: mit Schmackes: beherzt, kräftig

Schmierlapp: unseriöse Person

Schmonses: Blödsinn, leeres Gerede

schnallen: kapieren

Schnatz: beliebiges Ding, Gegenstand. Kein Schnatz: gar
   nichts, kein bisschen

Schnuff: Lust, Verlangen. Null Schnuff = keinen Bock auf
etwas haben.

schomma: schon mal

Schrapper: Geizhals

Senge: Prügel

Sesselpupser: Bürokrat

sonz: sonst

sowwat: so was; sowwat von: der Verstärkung dienender
Einschub

Spacko: dummer, ungeschickter Mensch

spannen: ahnen, begreifen

Sperenzkes: Faxen, Unfug, verzögerungstaktisches
Gehampel

Spinnewipp: dürrer, schlaksiger Mensch

Spökes: Scherze

spooky: unheimlich

Sternkes, Sternkes inne Augen kriegen: sich verlieben

stickum: heimlich, still und leise

Stinkefein: Parfüm

Stinkstiebel: Miesepeter

tapern: schlendern

teita gehen: spazieren gehen, mit einem Hund Gassi gehen

Tillefitt: Aufstand, Streit

Tinnef: unnötiger Zierrat

tucke-tucke: Aufforderung zur Verlangsamung, auch im Sinn
von: Junge, Junge

Tuffi: Kleinigkeit

usselig (mit stimmhaftem s): unansehnlich, unästhetisch,
zerzaust

Vadda: Vater

verdorri: verdammt

verklickern: erklären

verlöten, sich einen: sich betrinken

Waffel, einen anne Waffel haben: sich irren, nicht ganz richtig
im Kopf sein

wemman: wenn man

wennze: wenn du

zimmich: ziemlich

zisselmissel: malade, unwohl

Zitti: Innenstadt

Dank

Vor acht Jahren unterschrieb Stubbs einen Verlagsvertrag über ein Buch. Dafür, dass sie den Glauben an dieses Projekt nie verlor, obwohl unser leichtsinniger Hund den Vorschuss längst verjubelt hatte, ohne auch nur eine einzige Zeile zu schreiben, möchten wir uns bei unserer Verlegerin und Lektorin Kerstin Gleba bedanken. Der Übersetzer Claus Sprick, Autor des Standardwerks zur Sprache im Ruhrgebiet »Hömma«, begleitete mit Sachverstand und Sprachwitz Stubbs' Suche nach einem unverwechselbaren Idiom frei Schnauze. Wir finden es sehr schade, dass Bücher für Erwachsene so selten illustriert sind, und freuen uns riesig, dass Torben Kuhlmann Stubbs und uns für dieses Buch meisterhaft ins Bild gesetzt hat: So gut sahen wir in Wirklichkeit nie aus. Die Werke der Biologen Josef H. Reichholf und Kurt Kotrschal haben uns enorm dabei geholfen, Stubbs besser zu verstehen.

INHALT

Literaturhinweise

Auster, Paul: TIMBUKTU
Deutsch von Peter Torberg.
© 2000 Rowohlt Verlag GmbH, Reinbek

Byron, George Gordon (i.e. Lord): EPITAPH FÜR EINEN HUND. 1808
Deutsch von Adolf Seubert.
2012 Jazzybee Verlag, Altenmünster

Caroll, Lewis: THE WALRUS AND THE CARPENTER
(aus: Through the Looking-Glass, London 1871)

Davies, E. W. L.: ÜBER JACK RUSSELL
(aus: A Memoir of the Rev. J. Russell and his Out-Door-Life. R. Bentley & Son,
London 1878)
2005 Reprint: Read Books, s. l.

Eco, Umberto: APOKALYPTIKER UND INTEGRIERTE. Zur kritischen Kritik
der Massenkultur.
Deutsch von Max Looser.
© 2005 S. Fischer Verlag GmbH, Frankfurt am Main

Ekman, Kirsten: HUNDEHERZ
Deutsch von Hedwig M. Binder.
© dies.: Hundeherz © der deutschen Übersetzung: 2009 Piper Verlag GmbH,
München
© Kerstin Ekman, 1986. First published by Albert Bonniers Förlag, Stockholm,
Sweden. Published by arrangement with Bonnier Rights, Stockholm, Sweden

Franzen, Jonathan: DIE UNRUHEZONE. Eine Geschichte von mir.
Deutsch von Eike Schönfeld.
© 2007 Rowohlt Verlag, Hamburg

Gernhardt, Robert: TIER UND MENSCH
aus: ders., Gesammelte Gedichte 1954–2006
© 2008 S. Fischer Verlag GmbH, Frankfurt am Main

Kafka, Franz: FORSCHUNGEN EINES HUNDES
aus: ders., Die Erzählungen. Hg. von Roger Herms.
© 1997 S. Fischer Verlag GmbH, Frankfurt am Main

King, Stephen: CUJO
Deutsch von Harro Christensen.
© 2007 Heyne Verlag in der Penguin Random House Verlagsgruppe GmbH, München
© 1981 by Stephen King. Veröffentlicht mit Genehmigung Nr. 72 733 der
Paul & Peter Fritz AG in Zurich

Kotrschal, Kurt: HUND UND MENSCH. Das Geheimnis unserer Seelenverwandtschaft.
© 2016 Brandstätter Verlag, Wien

Lewitscharoff, Sibylle: DAS PFINGSTWUNDER
© 2018 Suhrkamp Verlag, Berlin

London, Jack: RUF DER WILDNIS
Deutsch von Lutz-W. Wolff.
© der deutschsprachigen Ausgabe 2013, dtv Verlagsgesellschaft mbH & Co. KG,
München

Mann Borgese, Elisabeth: DAS ABC DER TIERE. Von schreibenden Hunden und
lesenden Affen.
© 1970 Scherz Verlag, Bern

Mann, Thomas: HERR UND HUND
© 2005 S. Fischer Verlag GmbH, Frankfurt am Main

Nagel, Thomas: WIE IST ES, EINE FLEDERMAUS ZU SEIN / WHAT IS IT
LIKE TO BE A BAT?
Deutsch von Ulrich Diehl.
© 2016 Philipp Reclam jun. Verlag, GmbH, Ditzingen

Nunez, Sigrid: DER FREUND
Deutsch von Anette Grube.
© 2018 Aufbau-Verlag, Berlin

Oppel, Kenneth: SILBERFLÜGEL
Deutsch von Klaus Weimann.
© 2000, 2004 Beltz & Gelberg in der Verlagsgruppe Beltz · Weinheim Basel

Rauff, Ulrich: DAS LETZTE JAHRHUNDERT DER PFERDE
© 2015 C.H. Beck Verlag, München

Reichholf, Josef H.: DER HUND UND SEIN MENSCH. Wie der Wolf sich und uns
domestizierte.
© 2020 Carl Hanser Verlag GmbH & Co. KG, München

Rutschky, Katharina: DER STADTHUND
© 2001 Rowohlt Verlag, Hamburg.

Scherer, Marie-Luise: DIE HUNDEGRENZE
© 2018 Matthes & Seitz Verlag, Berlin

Schulz, Charles M.: PEANUTS. Werkausgabe.
Deutsch von Matthias Wieland.
© Carlsen Verlag, Hamburg

Shipman, Pat: THE INVADERS. How Humans and Their Dogs Drove Neanderthals
to Extinction.
© 2015 Belknap Press, Cambridge/Mass.

Simak, Clifford D.: ALS ES NOCH MENSCHEN GAB
Deutsch von Tony Westermayer und Ulrich Thiele.
© 2010 Heyne Verlag in der Penguin Random House Verlagsgruppe GmbH,
München. By courtesy of Peters Fraser + Dunlop Agents, London

Tolkien, J. R. R.: ROVERANDOM. Geschichten aus einem gefährlichen Königreich
Deutsch von Hans J. Schütz.
© 2012 Klett-Cotta Verlag GmbH, Stuttgart

John Updike ANOTHER DOG'S DEATH.
aus: ders., Collected Poems 1953–1993
© 2001 Alfred A. Knopf, New York.
aus: ders., Endpunkt und andere Gedichte. Deutsch von Helmut Frielinghaus und
Susanne Höbel.
© 2009 Rowohlt Verlag, Hamburg.

Wilson, Edward O.: BIOPHILIA.
© 1984 Harvard University Press, Cambridge/Mass.

Woolf, Virginia: FLUSH
Deutsch von Karin Kersten.
© 1993 S. Fischer Verlag GmbH, Frankfurt am Main

Viele Verlage haben den Abdruck von Textauszügen aus den genannten Werken freundlich ge-
nehmigt. Ihnen gilt der Dank der AutorInnen und des Verlags Kiepenheuer & Witsch GmbH & Co.
KG, Köln. Es konnten nicht in allen Fällen alle Rechteinhaber der verwendeten Texte in diesem
Band ermittelt werden, und wir bitten Inhaber, Erben oder Berechtigte, sich beim Verlag zu melden, falls sie hier nicht genannt sind.